Dermot Bolger

Wo die verlorenen Seelen wohnen

Dermot Bolger

Wo die verlorenen Seelen wohnen

Ein Mystery-Thriller

Aus dem irischen Englisch
von Bernadette Ott

Boje

Dieser Titel ist auch als E-Book erschienen

Boje Verlag in der Bastei Lübbe GmbH & Co. KG

Die englischsprachige Originalausgabe erschien 2010 unter dem Titel »New Town Soul« bei Little Island, imprint of New Island, Dublin, Irland

Aus dem irischen Englisch von Bernadette Ott
Umschlaggestaltung: Kirstin Osenau
Einbandmotiv: © shutterstock/Irina Mozharova, © shutterstock/Tom Smith, © shutterstock/Galyna Andrushko, © shutterstock/Viktor Gladkov, © shutterstock/happydancing
Satz: Helmut Schaffer, Hofheim
Gesetzt aus der Adobe Caslon Pro
Druck und Einband: GGP Media GmbH, Pößneck

Printed in Germany
ISBN 978-3-414-82335-9

5 4 3 2 1

Sie finden uns im Internet unter: www.boje-verlag.de

Für meine Schwester Deirdre, in Liebe

Erstes Kapitel

Thomas

1932

Grammofonmusik erfüllt das Behandlungszimmer des alten Doktors. Jazz. Thomas versucht, nicht hinzuhören, während der Arzt ihm das kalte Stethoskop auf die Brust legt, aber die Klänge des Saxofons überwältigen ihn, beschwören in ihm Bilder von fremden Städten und Abenteuern herauf.

Doktor Thompson nimmt das Stethoskop weg und blickt in das ängstliche Gesicht des Jungen.

»Du brauchst nicht so erschrocken dreinzuschauen, Thomas. Mit einem Herz wie deinem wirst du ewig leben.«

»Pater O'Connor sagt, dass Jazzmusik vom Teufel kommt. Sie kann schreckliche Leidenschaften entfachen und einem die Seele stehlen.«

Der alte Doktor lacht. Er durchquert das Zimmer mit den vielen Büchern und stellt die Musik lauter.

»Wie kann Musik jemals böse sein, mein Junge? Es ist wohl wahr, dass einem die Seele gestohlen werden kann, aber nicht durch etwas so Unschuldiges wie Jazz.«

»Wodurch dann?«

Der alte Arzt dreht sich zu Thomas und sieht ihn mit ernsten Augen an. »Hast du jemals von Wechselbälgern gehört?«

»Nein.«

»Manche Mütter glauben, dass es böse Geister gibt, die ihnen, während sie schlafen, ihr Neugeborenes stehlen und ihnen stattdessen ein garstiges Wesen in die Wiege legen, das weder lebend noch tot ist. Ein Wechselbalg eben.«

»Und Sie, Doktor? Glauben Sie auch daran, dass es so etwas gibt?«

Der alte Mann zuckt mit den Schultern. »Ich war hier fünfzig Jahre lang Arzt. Schon seit sechs Generationen kommen die Ärzte in Blackrock aus unserer Familie. Fast zweihundert Jahre ist es her, da wurde der Großvater meines Großvaters zum Hellfire Club gerufen. Ein junger Stallbursche hatte dort seinen Herrn mit durchgeschnittener Kehle aufgefunden. Jener Gentleman war damals in ganz Blackrock berüchtigt. Es handelte sich um den letzten Spross der Familie Dawson – du weißt schon, in deren Besitz Castledawson House war. Ein richtiger Wüstling. Er hatte das ganze Vermögen seiner Familie verspielt, befand sich im letzten Stadium der Auszehrung und hustete ununterbrochen Blut. Hast du schon mal was vom Hellfire Club gehört?«

»Nein.«

»Das Haus ist jetzt nur noch eine Ruine, brannte irgendwann total aus. Die Überreste davon sind noch in den Dublin Hills zu sehen. Dort haben sich damals die Wüstlinge und Trunkenbolde der berüchtigten Eagle Tavern in Dublin ein Stelldichein gegeben. Man erzählt sich, Henry Dawson sei es irgendwann überdrüssig geworden, auf das Wohl des Teufels anzustoßen und unverdünnten Whiskey, vermischt mit geschmolzener Butter, vor einem lodernden Kaminfeuer hinunterzustürzen; solange, bis die gnadenlose Hitze und der Alkohol die Säufer bewusstlos umkippen ließen. Doch er konnte es nicht lassen, immer wieder und wieder in den Hellfire Club zu kommen, zum Karten- und Würfelspiel, dem dort mit blasphemischen

Schwüren und Flüchen gehuldigt wurde. Ganze Anwesen wurden so verspielt und der Gottseibeiuns, der Herr der Finsternis – oder auch Beelzebub oder Luzifer –, war stets in aller Munde. Alle machten sich einen Spaß daraus, ihn in Gestalt einer schwarzen Katze herbeizurufen. Mit Dawson aber wollte bald keiner mehr spielen, denn er besaß nichts mehr, das einen Einsatz wert gewesen wäre. Manche sagen allerdings, dass er noch eine allerletzte Wette mit dem Teufel einging. Keiner weiß, was an dem Morgen, als Michael Byrne, sein junger Stallbursche, kam, um ihn dort abzuholen, tatsächlich geschah. Aber die alten Leute in Blackrock erzählen sich, dass Dawson noch einen letzten Wunsch aussprach und dass er Michael Byrne durch unredliche Mittel dazu brachte, ebenfalls einen Wunsch auszusprechen. Sie legten beide einen Schwur auf die Reliquie eines Heiligen ab, das Stück eines Knochens, das sich bereits seit Generationen im Besitz der Familie Dawson befand. Man glaubte damals, dass solche Reliquien die Kraft besäßen, die mächtigsten Wünsche eines Menschen wahr werden zu lassen. Aber das unbändige Wollen hat auch eine finstere Seite; jeder Wunsch, der einem erfüllt werden soll, hat auch einen Preis. Man sagt, dass Michael Byrne sich später aus dem Knochen des Heiligen zwei Würfel schnitzen ließ. Und falls er sich damals Gold gewünscht haben sollte, dann wurde ihm dieser Wunsch erfüllt, denn er hatte fortan teuflisches Glück beim Karten- und Würfelspiel. Was aber Henry Dawson sich gewünscht hatte, erfuhr keiner. Sein Bursche behauptete später beharrlich, als er an jenem Morgen nach ihm sehen wollte, habe er ihn bereits mit durchgeschnittener Kehle vorgefunden, einen Dolch mit schwarzem Griff neben sich.«

»Hat Byrne es getan?«, fragt Thomas. »Hat er seinen Herrn ermordet?«

»Manche behaupten, er sei der Mörder gewesen. Andere sagen, dass gar nicht Byrne, sondern an seiner statt ein Wechselbalg an jenem Tag nach Blackrock zurückgekehrt sei. Er war kaum wiederzuerkennen und hatte keine Ähnlichkeit mehr mit dem immer hungrigen jungen Burschen, der losgefahren war, um seinen Herrn aus dem Hellfire Club abzuholen. Ich habe noch die ärztlichen Aufzeichnungen des Großvaters meines Großvaters zu diesem Fall. Er war der Meinung, der Junge sei durch das Auffinden der Leiche aus dem psychischen Gleichgewicht gebracht worden. In gewisser Weise war er tatsächlich ein Wechselbalg geworden, doch anders als die Bauern das verstanden. Mein Ururgroßvater hatte den Eindruck, dass dem Jungen seine Seele gestohlen worden war. Es schien ihm, als wohnten andere, fremde Wesen in dessen Körper, verlorene, tote Seelen, die aus den verwirrten Augen des Jungen in die Welt starrten. Begreifst du, was ich dir damit sagen will, Thomas?«

»Nein.«

Der Doktor lächelt. »Natürlich hast du recht, Thomas. Solche Geschichten sind nichts als Märchen. Bloßer Aberglauben. Aber eins weiß ich ganz sicher, dass der Jazz dir jedenfalls nichts Böses antun wird. Was auch immer du im Leben machst, pass trotzdem auf und lass dir von niemandem deine Seele stehlen!«

Die Musik hat aufgehört zu spielen. Thomas hört das leise *pffft, pffft* der Nadel, während die Schallplatte sich weiterdreht. Gespanntes Schweigen.

»Wie könnte mir jemand meine Seele stehlen?«

»Indem er mit dir einen Pakt abschließt, indem er dir verspricht, dass sich die geheimsten Wünsche deines Herzens erfüllen werden. Was wünschst du dir denn am meisten, Thomas?«

Thomas steht auf und mustert mit liebevollem Blick die fremden Städtenamen, die in goldener Schrift auf dem Radioapparat neben dem Grammofon zu lesen sind: Kairo und Hilversum, Helsinki und Paris, Berlin und Kopenhagen. Was für eine faszinierende Vorstellung, dass er nur den Apparat einzuschalten und am Knopf des Radios zu drehen braucht – und Stimmen aus aller Welt sind dann in diesem Zimmer zu hören, als würden Gespenster aus der Ferne ihm etwas zuflüstern. Er behält seinen unbändigen Wunsch, in die große, weite Welt zu reisen, für sich; niemals wird er einfach tun können, was er will. Als er sich abwendet, bemerkt er auf einem Schränkchen eine aus Holz gedrechselte Puppe.

»Öffne sie«, sagt der alte Arzt.

»Was soll ich tun?«

Doktor Thompson nimmt die Holzpuppe und zeigt Thomas, wie sie sich in der Mitte öffnen lässt. In der Puppe kommt eine weitere Puppe zum Vorschein, ein wenig kleiner als die erste, aber ansonsten gleich.

»Ich habe sie einem Emigranten in Paris abgekauft«, sagt der Arzt, »einem Adeligen, der vor den Bolschewiken floh. Man nennt diese Puppen in Russland Babuschka oder auch Schachtelpuppen.«

Der Arzt öffnet eine Puppe nach der anderen und zieht immer kleinere Puppen daraus hervor, bis zwölf davon auf dem Schränkchen nebeneinander aufgereiht dastehen.

»Wie schön«, sagt Thomas.

Der Arzt nickt. »Und zugleich grausam. Stell dir nur mal vor, wie es sich anfühlen muss, eine Puppe in der Puppe zu sein, dein eigenes Ich zu verlieren und dein Leben in Dunkelheit zu verbringen, eingeklemmt zwischen Verdopplungen deiner selbst. Dauernd zu wissen, dass ein anderes Gesicht über dein eigenes gestülpt ist. Zum Glück brauchen Puppen keine Luft zum Atmen, sonst würden sie alle hier ersticken.« Doktor Thompson steckt die Puppen bedächtig wieder ineinander. »Vermutlich war es das, was der Großvater meines Großvaters mit einem Wechselbalg meinte; dass jemand gezwungen wird, Glied zwischen den Gliedern einer Kette zu sein, nachdem eine Person oder irgendeine Macht ihm seine Seele gestohlen hat. Sucht, Abhängigkeit, Triebe, Wünsche sind alles Formen von Sklaverei. Geh nach Hause, Thomas. Sag deiner Mutter, dass mit deinem Herz und deiner Lunge alles in Ordnung ist. Nimm die Schallplatte als Geschenk von mir mit.«

»Pater O'Connor würde es nicht gutheißen, dass ich eine solche Schallplatte besitze. Er sagt, aus mir wird später einmal ein Priester werden.«

»Im Leben läuft es selten so, wie wir uns das vorstellen, Thomas. Du kannst nicht wissen, was aus dir einmal werden wird. Doch was auch immer an Gefahren auf dich wartet, von Jazzmusik drohen sie dir ganz bestimmt nicht. Pass auf deine Seele auf, Thomas! Wenn sie dir nämlich einmal gestohlen worden ist, wirst du sie nie mehr wirklich besitzen.«

Zweites Kapitel

Joeys Vater

1993

Musik dröhnt aus den Lautsprechern im Auto meines Vaters. Er tritt aufs Gaspedal. Nicht das hirnlose Hämmern von Synthesizern ist zu hören oder das wie fremdgesteuert wirkende Trällern cleverer Blondinen, die von geistig beschränkten Männern gemanagt werden. Sondern der Rohschnitt von Liedern aus seinem Debütalbum, an dem er schon so lange arbeitet. Auf seinen langen Fahrten zu uns nach Hause, nach Blackrock, umgibt er sich gern mit den Klängen seiner noch unfertigen Stücke; im Kopf verbessert er die Musik und die Texte, seine Gedanken rasen, während er ungeduldig eine scharfe Kurve nach der anderen nimmt. Solche nächtlichen Autofahrten gehören zum täglich Brot eines Musikers, er kennt viele solche Straßen wie die verlassene Landstraße, auf der er in dieser Nacht durch die Berge in Richtung Dublin braust. Er beschleunigt noch weiter. Die Katzenaugen, die ihm rechts und links aus der Dunkelheit entgegenleuchten, geben ihm das Gefühl inmitten eines Computerspiels zu sein.

Er kommt von einem Auftritt in einem der hintersten Winkel von Wicklow, in einem tief eingeschnittenen Tal. Mit seiner Gitarre hat er es kaum geschafft, das unablässige Wummern der Karaoke-Maschine in der Bar neben dem Saal zu übertönen.

Dreißig enthusiastische Fans hatten sich nach dem Konzert um ihn gedrängt und wissen wollen, wann sein Album *New Town Soul* denn nun endlich erscheinen würde. Das Magazin *Hot Press* hat es bereits als interessantestes Debüt des Jahres bezeichnet. Aber Hot Press hat sein Album bereits seit drei Jahren zum vielversprechendsten Debüt erklärt. Mehrere Plattenfirmen haben ihn unter Vertrag genommen und irgendwann wieder abgestoßen. Keine davon schaffte es, ihm die Mastertapes zu entreißen. Dad kann seinen Fans kein Erscheinungsdatum nennen, weil er dauernd weiter an den Stücken herumbastelt, auf der Suche nach dem perfekten Sound, der ihm die Unsterblichkeit garantieren soll. Er will sich mit nichts zufriedengeben, erst wenn er sicher sein kann, dass mit dem perfekten Sound seine Stimme für immer fortlebt – wie es bei Kurt Cobain war, bevor er sich erschossen hat; wie bei Sam Cooke und Marvin Gaye, bevor andere sie erschossen haben; wie bei Buddy Holly und Richie Valens, bevor sie unklugerweise schrottreife Flugzeuge bestiegen; wie bei Jimi Hendrix, bevor er an Erbrochenem und Wein erstickte; wie bei Jim Morrison, bevor das Heroin ihm das Gehirn und die Adern verklebte; wie bei Phil Lynott, in Dublin berühmt und verehrt, bevor er an seinen Fußsohlen keine Ader mehr finden konnte, um sich dort eine Spritze zu setzen; wie es bei den anderen Unsterblichen war, deren Musik mein Vater immer hörte, überzeugt davon, dass er eines Tages auch zu ihnen zählen würde.

Wenn er *New Town Soul* herausbringt, das weiß er, werden zehnmal so viele Leute zu seinen Konzerten kommen. Aber an diesem Abend ist er schon froh, dass ein paar Dutzend Hardcore-Fans gekommen sind, um sein Work in Progress zu hören. Sein unvollendetes Meisterwerk. Die Landstraße ist finster, aber mein Vater hat keine Lust, Geld, das wir nicht haben, für eine

Übernachtung in einem Hotel zu vergeuden. Noch vor der Morgendämmerung kann er es zurück zu unserem winzigen Cottage schaffen. Er kennt sämtliche Abkürzungen nach Hause, von all den Fahrten nach seinen unzähligen Auftritten. Gleich wird er an den Ruinen des Hellfire Clubs vorbeikommen, wo einst die Wüstlinge sich betrunken und auf den Teufel angestoßen haben. Kurz darauf folgt die Abzweigung nach Tibradden. Von dort wird ihn eine Kette aus Neonlichtern hinunter nach Whitechurch geleiten und dann die Blackglen Road entlang, am Sandyford Industrial Estate und der N 11 vorbei, auf die Newtownpark Avenue in Blackrock. Von dort braucht er nur noch nach links in die Frascati Road und danach in die Temple Road abzuzweigen. Er wird schwungvoll in die Hauptstraße von Blackrock abbiegen, die direkt auf das Meer zuführt und die verlassenen Bäder, nur wenige Hundert Meter hinter den Bahngleisen. Und schließlich wird er in die Brusna Cottages einbiegen – die schmale Einbahnstraße, wo meine Mutter in einem Kingsizebett auf ihn wartet, das so groß ist, dass in dem vollgestopften kleinen Schlafzimmer kaum noch Platz für die Wiege ist, in der ich unruhig schlafe, weil mich meine ersten Zähne quälen.

Doch diesmal wird die Heimfahrt vor ihrem Ziel enden. Mir gefällt die Vorstellung, dass mich um zwei Uhr früh ein schwaches Echo des Unfalls weckt. Ein Geräusch, das nur ein Baby hören kann: der Ton, der durch die Luft fährt, wenn die eigene Zukunft völlig umgekrempelt wird. Nimmt Dad die Hand vom Steuerrad, um die Musik noch lauter zu drehen? Blickt er auf und merkt plötzlich, dass hinter der Kurve etwas die Straße blockiert – ein Schaf, das sich verlaufen hat, ein alter Mann mit einem schwarzen Hut, der mit einem Stock fuchtelt, oder vielleicht auch der Geist von Henry Dawson, der aus der verlassenen Hellfire Lodge stürmt und lauthals schreit: »Ist meine Seele wirklich verdammt?«

So male ich es mir immer aus, aber mit Sicherheit weiß ich nur zwei Dinge: erstens, dass Hunderte von Glassplittern über den Asphalt verstreut werden, als Dad bei dem Aufprall durch die Windschutzscheibe geschleudert wird. Ich mag die Vorstellung, dass jeder Splitter ein anderes Bild von ihm reflektiert, sodass während der unendlichen Dauer der wenigen Sekunden, bis die Windschutzscheibe völlig zersplittert ist, eine Art Diashow mit Bildern von ihm auf die Straße herabregnet.

Und zweitens, dass der Kassettenrekorder immer noch läuft – obwohl von seinem Auto an dem Stück Waldrand, hinter dem der Hellfire Club liegt, nur noch ein zusammengepresster Schrotthaufen übrig ist. Denn als ein Motorradfahrer dort zufällig vorbeikommt und die Leiche meines Vaters findet, unweit des Gipfels des Montpelier Hill, ist ringsum alles still, bis auf die Musik, die aus den Lautsprechern dröhnt. Es sind die Lieder, nach denen ich mich meine ganze Kindheit lang sehnen werde. Doch ich werde sie nie zu hören bekommen. Der Versuch meines Vaters, Unsterblichkeit zu erlangen, war vergeblich.

Drittes Kapitel

Joey

September 2009

Du schaffst das, Joey, sagte ich zu mir. Kein Grund zur Panik, du darfst dir nur nicht anmerken lassen, dass du Angst hast. Du bist nicht der erste Junge auf der Welt, der einen überfüllten Schulflur entlanggehen muss und dann hinein in ein Klassenzimmer, in dem lauter Fremde sitzen. Aber ich hatte Angst. Denn ich wechselte nicht nur die Schule, ich hoffte, dass sich mein ganzes Leben ändern würde. Es war eine Woche nach meinem sechzehnten Geburtstag. Ich hatte eine neue Schuluniform, eine Schultasche voll mit neuen Büchern und den Kopf voll mit schlechten Erinnerungen an mein früheres Klassenzimmer. In meiner alten Schule war ich immer gemobbt und verspottet worden, aber hier im Stradbrook College würde ich es nicht mehr so weit kommen lassen. Ich würde mich besser beherrschen. Das hatte ich mir fest vorgenommen. Doch mit meinem Plan war es aus und vorbei, sobald ich Shane O'Driscoll näher kennenlernte.

Selbst wenn ich der coolste Junge im ganzen Universum gewesen wäre, hätte es mich nervös gemacht, ein Klassenzimmer voller fremder Gesichter betreten zu müssen, voller Leute, die sich untereinander bereits kannten, ihre gemeinsamen Scherze hatten und wo jeder von jedem den Spitznamen wusste. Aber ich war nicht cool: Ich war der uncoolste Junge, den ich kannte. Als Gott die Coolness verteilte, muss ich wohl gerade auf dem Klo gewesen sein. Oder vielleicht stand ich im Himmel auch in der Schlange an, wo all die Nasen anstehen, die sich beschweren wollen, weil sie mit ihrem Aussehen zu kurz gekommen sind.

Ein Schwarm von Gesichtern wandte sich mir zu, um mich zu mustern. Aha, ein neuer Mitschüler. Ich versuchte, meine Nervosität zu verbergen. Die Blicke waren eher abschätzig als neugierig. Aber auch nicht wirklich feindselig. Ich war offensichtlich zu normal, als dass sie meinetwegen ihre aufgeregten Gespräche am ersten Schultag nach den Sommerferien unterbrochen hätten. Bereits jetzt konnte ich ein paar Cliquen in der Klasse ausmachen. In der einen Ecke trösteten sich ein paar Möchtegern-Gothic-Fans gegenseitig, dass sie wieder Schuluniform tragen mussten. In der anderen verglichen mehrere Sportskerle die Aufschürfungen, die sie sich bestimmt bei einem Rugbyspiel geholt hatten, tauschten ihre Erfahrungen mit Vitaminpräparaten aus, Rezepte zum Muskelaufbau und protzten mit ihren angeblichen sexuellen Eroberungen. Zwei mögliche Bewerber um den Preis für den Nachwuchswissenschaftler des Jahres studierten ein Blatt Papier, bei dem es sich entweder um ein altes Physikprotokoll oder um die Bastelanleitung für eine selbst gebaute Atombombe handelte. Aber die große Mehrheit meiner neuen Klassenkameraden am Stradbrook College wirkte ziemlich entspannt. Es handelte sich um eine multireligiöse und ethnisch gemischte Schule. In meiner neuen Klasse schienen alle Richtungen vertreten zu sein – bis auf ein Mädchen oder einen Jungen, denen vielleicht die Musik gefiel, die ich gern spielte. Ich war Experte, was den Musikgeschmack von allen betraf, die sich hier im Raum befanden, weil ich in den vergangenen beiden Wochen sämtliche Facebook-Accounts der Klasse geknackt hatte. Und das bedeutete, dass ich genau wusste, wer mit wem zusammen war, wer nicht mehr mit wem zusammen war und wer am liebsten mit wem zusammen gewesen wäre. Das Internet war voll mit so vielen Fotos von allen in meiner neuen Klasse und von den Partys, auf denen sie sich den ganzen Sommer über herumgetrieben hatten, dass ich von den meisten sogar bereits den Namen wusste.

Mit mir wäre das umgekehrt nicht möglich gewesen, denn selbst wenn sich jemand die Mühe gemacht hätte, meinen Namen zu googeln – er wäre nicht fündig geworden. Auf Facebook war ich nicht mehr, da hatte ich meine Seite vor ein paar Monaten löschen lassen. Es war gar nicht mal das ständige Cyber-Mobbing in meiner alten Schule, was mich so weit gebracht hatte, sondern die ätzende Vorhersehbarkeit der immer gleichen Beschimpfungen. Sogar wenn es darum ging, einen anderen Jungen – wir waren eine reine Jungsschule! – richtig fertigzumachen, besaß kein einziger genug Intelligenz, um dort einen wirklich originellen Kommentar abzugeben. Nicht, dass hier ein falscher Eindruck entsteht. Ich war in meiner alten Schule nicht der krasse Außenseiter gewesen. Mit meiner unbeholfenen Art war ich eigentlich gar nicht unbeliebt. Oder zumindest hatte ich nie große Schwierigkeiten mit den anderen gehabt. Das änderte sich erst nach meinem Auftritt bei dem Wettbewerb. Ich hatte gelernt, mich unauffällig an den Rändern der Cliquen zu bewegen, sodass es immer wirkte, als ob ich dazugehörte. Aber in Wirklichkeit gehörte ich nirgendwo so richtig dazu, und dabei war ich nicht einmal ein Streber oder so was. Ich passte einfach nie so richtig ins Bild, weil meine Klassenkameraden in meiner alten Schule mich zu Tode langweilten. Sie interessierten sich nur für Fußball und ihre Garagenbands und dafür, wie sie die Kopien drittklassiger, lahmer, überhaupt nicht punkiger oder punk-rockiger Rapper liefern konnten. Trotzdem kam ich immer so halbwegs durch, obwohl mich die meisten in meiner Klasse für leicht bekloppt hielten und ich sie für eine Versammlung von Idioten, schwachsinnig, aber harmlos. Doch das war nur bis zu dem Wettbewerb so, danach fingen sie mit dem Mobbing an. Jeder von ihnen führte sich wie der Leithammel auf, aber sie waren einfach nur eine Schafherde. Alle miteinander trampelten sie in den letzten Monaten an meiner alten Schule unablässig auf mir herum.

Deshalb hatte ich mir geschworen, dass ich mich im Stradbrook College niemals mehr so zum Affen machen würde. Ich wollte auf keinen Fall auffallen. Wozu allerdings auch kaum Gefahr bestand, denn nur wenige beachteten mich, als ich etwas zögerlich in der Tür stand. Die meisten hatten nur kurz zu mir hingeblickt und sahen dann gleich wieder weg. Nur ein Mädchen mit kohlrabenschwarzen Haaren lächelte mir von ihrem Platz direkt am Fenster einen schüchternen Willkommensgruß zu. Ich lächelte zurück, sie lächelte noch breiter und schaute danach zum Fenster hinaus. Ihr Gesicht war mir von keinem Facebook-Foto bekannt, aber ihr Lächeln reichte aus, um mein schwankendes Selbstbewusstsein zu stärken, als ich überlegte, was ich als Nächstes tun sollte. Mich einer der Gruppen anschließen? In der Hoffnung, dass man mich vielleicht akzeptierte? Oder mein Lager an dem verführerischen freien Platz am Fenster aufschlagen, hinter dem schwarzhaarigen Mädchen? Wo ich dann unglaublich eifrig meine Bücher herausholen würde, um zu überspielen, wie nervös ich war?

Ich wollte gerade auf den leeren Platz am Fenster zusteuern, als die Stimmung sich plötzlich änderte. Alle blickten auf einmal wieder in meine Richtung. Ich war es nicht gewohnt, angestarrt zu werden, und musste mich stark zusammennehmen, um nicht zu deutlich nach unten auf meinen Hosenschlitz zu schauen, ob er vielleicht offen stand. Oder hatte mir schon an meinem ersten Tag irgendein Witzbold »Opfer« auf die Stirn geschrieben? Aber es wirkte nicht, als würden sie sich über mich lustig machen wollen. Vor allem die Mädchen signalisierten mir durch ihre Blicke, dass sie mich unglaublich gern kennenlernen wollten, und ich kam mir richtig smart und sexy vor. Das Gefühl kannte ich nicht und ich begriff nicht, was auf einmal diesen Wandel ausgelöst hatte. Nur ein Mädchen beteiligte sich nicht: das Mädchen mit den kohlrabenschwarzen Haaren. Sie schaute mich nur noch einmal kurz an, diesmal ohne zu lächeln, beinahe als sähe sie einen Geist.

Dann wurde mir durch eine leichte Bewegung hinter mir klar, dass die Klasse gar nicht mich anschaute. Sie sahen alle durch mich hindurch, als wäre ich Luft.

Ihre Augen waren auf einen Jungen in einer schwarzen Lederjacke gerichtet, der gerade den Raum betrat. Er schien weder besonders sportlich noch besonders hübsch zu sein, aber er hatte etwas an sich, lächelte so selbstbewusst und als ob ihm im Leben nichts etwas anhaben könnte, dass auch ich davon wie gebannt war. Er wirkte, als hätte er bereits alles gesehen und sich entschieden, das T-Shirt mit dem coolen Spruch trotzdem nicht zu kaufen, weil er es nicht nötig hatte, damit anzugeben. Er muss der Anführer hier in der Klasse sein, dachte ich; er hat alles, was es dazu braucht. Wenn sie mich mobben, dann wird er derjenige sein, der die anderen dazu anstachelt. Aber ich würde hier nicht gemobbt werden, denn dieser Junge würde nicht zulassen, dass in seiner Klasse so etwas geschah. Wäre ihm viel zu blöd. Und alle würden es dann machen wie er und mich einfach ignorieren. Genau das tat er nämlich, als er sich jetzt an mir vorbeischob.

Aber als er dann zu reden anfing, merkte ich, dass keiner im Raum wusste, wer er war. Außer dem schwarzhaarigen Mädchen vielleicht, das sich schnell wegdrehte. Alle anderen, das spürte ich, waren von seinem Auftreten genauso gebannt wie ich.

»Ich bin Shane O'Driscoll«, verkündete er ruhig. »Ich bin der Neue. Hab gehört, dass es bei euch so ein Aufnahmeritual gibt und jeder erst mal ein lebendiges Huhn opfern muss.«

Gelächter. Ein Mädchen fragte ihn, wo er denn seine Lederjacke herhätte.

»Hab ich von einem polnischen Seemann geklaut, im Captain Americas in Dún Laoghaire. Der arme Kerl läuft jetzt im Blazer von meiner alten englischen Schule rum.« Shane drehte sich zu mir um, als hätte er erst jetzt gemerkt, dass ich auch da war. »Alles in Ordnung bei dir? Willst du hier Wurzeln schlagen? Oder bist du mit dem Türrahmen verheiratet?«

»Nein, ist unser erstes Date.«

Erleichtert stellte ich fest, dass alle in der Klasse lachten, weil er lachte.

»Ich warn dich aber, sie kann recht hölzern sein.«

Shane schlenderte zu dem Platz, zu dem ich gerade gewollt hatte, und blickte dann noch einmal zu mir rüber.

»Wie war noch mal dein Name?«

»Joey. Joey Kilmichael.«

»Du sitzt nicht zufällig hier am Fenster, Joey, oder?«

»Nein«, sagte ich, »aber ich …«

»Cool. Dann setz ich mich hier hin.« Das schwarzhaarige Mädchen kehrte ihm den Rücken zu, als er es sich auf dem Platz hinter ihr bequem machte. Mir blieb nichts anderes übrig, als mir ganz hinten im Klassenzimmer einen Platz zu suchen. Shane O'Driscoll schien die verkrampfte Haltung des Mädchens zu bemerken.

»Wie geht's denn so, Geraldine?«, fragte er.

Sie beachtete ihn nicht. Shane zuckte leicht amüsiert mit den Schultern und genoss den Blick aus dem Fenster, auf den ich mich schon gefreut hatte. Er machte sich nicht die Mühe, so zu tun, als sei er beschäftigt. Er wirkte total entspannt, als wäre ein Schulwechsel für ihn eine seiner leichtesten Übungen. Obwohl er zuletzt eine Schule in England besucht hatte, hatte er einen Dubliner Akzent, und ich fragte mich, was da wohl dahintersteckte. Eigentlich hätte ich sauer auf ihn sein müssen, weil er mir den Platz am Fenster weggeschnappt hatte. Stattdessen beneidete ich ihn, weil er so cool und selbstbewusst war, wie ich das nie sein würde. Shane strahlte etwas aus, das auch mein Vater ausgestrahlt haben musste, jedenfalls erzählten mir das die Leute so. Er machte den Eindruck, viel älter als sechzehn zu sein und sich für alles zu interessieren, aber durch nichts beeindrucken zu lassen. Nie würde ich so sein wie er, da brauchte ich mir gar nichts vorzumachen. Deshalb hatte ich in diesem Augenblick nur einen Wunsch – dass Shane sich aus irgendeinem Grund als vielleicht etwas beschränkten, aber treuen Freund mich aussuchen würde.

Viertes Kapitel

Shane

Juni 2007

In dem Sommer, als er vierzehn wurde, hatte Shane O'Driscoll keine große Lust, aus dem gemütlichen kleinen Reihenhaus, das in Sallynoggin seit jeher sein Zuhause gewesen war, nach Blackrock zu ziehen. Aber Shane hätte jeden Umzug mitgemacht, wenn danach nur seine Eltern aufgehört hätten, sich zu streiten. Doch der Umzug nach Blackrock setzte dem kein Ende. Jeden Abend wurde ihm ganz mulmig bei dem Gedanken, dass ihre neuen Nachbarn in dem luxuriösen Doppelhaus die ständigen Auseinandersetzungen um Geld und Rechnungen womöglich mit anhören mussten. Tagsüber bewirkten dieses mulmige Gefühl und seine angeborene Schüchternheit, dass er immer mit leicht gesenktem Kopf herumlief und jeden Blickkontakt vermied, wenn er die gepflegten Grünanlagen durchquerte, die zwischen das teure Neubauviertel am Sion Hill und das ständige Rauschen des Verkehrs auf der Rock Road geschoben waren. Die neuen Nachbarn im Viertel beobachtete er deshalb meist nur aus der Ferne, wenn sie mit ihren BMWs und SUVs auf den reservierten Plätzen parkten und daraus mit Designerlabel-Einkaufstüten aus dem Frascati Center ausstiegen. Manchmal hatten sie Kinder und Jugendliche im Schlepptau, in Ugg-Boots und Abercrombie-Hoodies und mit so perfekten Zähnen, als hätten sie schon im Mutterleib Zahnspangen getragen. Es folgte der typische Blickwechsel, bei dem blitzschnell alles abgecheckt wurde, aber darüber hinaus hatte er mit ihnen keinen Kontakt.

Zwischen Sallynoggin und Blackrock lagen nur drei Meilen. Viele Arbeiterfamilien – darunter auch Shanes Großeltern – stammten ursprünglich aus Blackrock und waren nach Sallynoggin gezogen, als dort vor einem halben Jahrhundert neue, billige Wohnungen gebaut worden waren. Aber Shane hatte den Eindruck, dass in Blackrock von dieser Vergangenheit, vom Leben der Arbeiter überhaupt keine Spuren mehr geblieben waren. Sogar die schmalen Reihenhäuser im Stil viktorianischer Cottages, nicht weit entfernt vom Meer, waren geschmackvoll modernisiert und für ganz andere Bedürfnisse hergerichtet worden. Aus beengten Schlafzimmern, in denen früher die Kinder zu viert oder fünft in den Betten geschlafen hatten, immer Kopf und Füße abwechselnd nebeneinander, waren Büros von Architekten geworden oder Behandlungszimmer von Ärzten, die sich der ganzheitlichen Medizin verschrieben hatten. Egal, wohin Shane in diesen ersten Wochen ging, überall in Blackrock entdeckte er die Spuren von Wohlhabenheit, diskret versteckt oder unverschämt zur Schau gestellt. Alle, die dort wohnten, schienen viel Geld zu haben. Nur seine Eltern nicht. Dafür konnten die neuen Nachbarn natürlich nichts, aber er achtete sorgfältig darauf, dass sie ihm nicht zu nahe kamen. Sie wirkten eigentlich sehr nett, wie sie da in ihren großen Autos ankamen und wegfuhren. Trotzdem hatte er immer das Gefühl, dass sie ihm nur signalisieren wollten, er selber sei nicht so nett wie sie und gehöre mit seinen Eltern eigentlich nicht in das Neubauviertel am Sion Hill.

Der einzige Jugendliche, den er dort näher kennenlernte, war Simon Wallace, ein paar Jahre älter als er. Aber auch ihre

Gespräche, wenn sie sich zufällig mal begegneten, waren eher halbherzig. Simon, der ein etwas schräger Typ war, redete mit Shane nur deshalb auf seine ziemlich blasierte Weise, weil er niemanden sonst hatte. Er war stets angezogen, als könnte er sich nicht entscheiden, ob er eher auf dem Gothic- oder dem Emo-Trip war, und behauptete, der Leadsänger einer Band zu sein, die viel zu avantgardistisch war, um für Auftritte gebucht zu werden. Angeblich probten sie regelmäßig in einer Garage, die der reiche Vater ihres Schlagzeugers extra für sie umgebaut hatte. Shane und Simon wechselten jedes Mal, wenn sie sich begegneten, ein paar Worte miteinander und Shane fühlte sich dabei immer etwas verlegen. Einmal lud Simon ihn ein, mit ihm doch eine Flasche Southern Comfort zu trinken, und ließ wie nebenbei fallen, er wüsste ganz in der Nähe einen großartigen Ort für Besäufnisse, wo niemand sie stören würde. Aber Shane ging nicht darauf ein. Er trank keinen Alkohol und hatte keine Lust, sich einen ganzen Nachmittag lang anhören zu müssen, wie Simon damit prahlte, wegen Drogenbesitz fast von der Schule geflogen zu sein und dass nur die guten Beziehungen seiner Eltern dies verhindert hatten.

Shane wollte seinen Eltern lieber keinen Ärger machen, weil sie sowieso schon genug Ärger hatten. Er wusste, dass seine Eltern ihn beide liebten, aber seit einem Jahr waren sie ständig so gestresst, dass sie sich nur noch gegenseitig anbrüllten – und ihn auch. Er konnte sich nicht daran erinnern, dass es solche Spannungen auch schon gegeben hatte, als er noch kleiner gewesen war. Eigentlich die ganzen Jahre nicht, in denen er in dem alten Haus in Sallynoggin aufwuchs, das ursprünglich seinem Großvater gehört hatte. Er sah ihn noch genau vor sich, seinen Großvater Jack O'Driscoll, den Vater seines Vaters – einen gutmütigen alten Mann, der den ganzen Tag im Lehnstuhl saß und immer behauptete, Shane sei ihm als Junge wie aus dem Gesicht geschnitten. Shane ging noch nicht in die Schule, da hatte Granddad Jack ihm schon das Schreiben beigebracht, indem er ihn seine eigene, wie gestochene Schrift nachahmen ließ. Er hatte Shane Geschichten aus seiner eigenen Kindheit in Blackrock erzählt; und wie er dann angefangen hatte, in einer kleinen Molkerei in der Castledawson Avenue zu arbeiten, angestellt bei Mrs McCormack – einer griesgrämigen Vettel mit der schärfsten Zunge und dem knauserigsten Geldbeutel in ganz Blackrock.

Das einzig Gute an seiner Zeit in der Molkerei, so pflegte Shanes Großvater immer zu sagen, sei gewesen, dass er dort seine Frau Molly kennengelernt habe. Molly hatte als Küchenhilfe bei Mrs McCormack gearbeitet. Sein Großvater hatte Shane unzählige Geschichten über Leute erzählt, die das Herz auf dem rechten Fleck trugen, und über andere, die knauserig und hartherzig waren. Beide Arten von Leuten hatte er zur Genüge kennengelernt, nachdem er McCormacks Molkerei verlassen hatte, um als Botenjunge für Findlater's an der Hauptstraße von Blackrock zu arbeiten. Er radelte in der Gegend herum, um Lebensmittel an die großen Landhäuser rund um Mount Merrion und Stillorgan auszuliefern. Das Dorf seiner Kindheit mochte sich zwar stark verändert haben, aber Shanes Großvater legte immer Wert darauf, dass bei den O'Driscolls – anders als bei dem neuen Volk, das in den hübsch herausgeputzten Landhäusern lebte – schon seit Generationen Blackrock-Blut durch die Adern floss. Das reichte bis in die Zeit zurück, als der Ort noch Newtown-by-the-Black-Rock hieß und nur aus wenigen Häusern bestand, an die Küste geschmiegt, die von einer dem Ufer ein Stück vorgelagerten, steil aus dem Meer ragenden Klippe aus schwarzem Fels beherrscht wird.

Shanes Großvater war vor fünf Jahren gestorben, und obwohl sich seine Eltern danach auch schon ab und zu gestritten hatten, hatte er die Zeit als ziemlich glückliche Periode in Erinnerung. Seine Eltern lachten und umarmten sich und sie umarmten auch ihn. Manchmal beschwerte sich seine Mutter darüber, dass im Haus alles etwas beengt war, aber Shane hatte die kleinen, gemütlichen Zimmer gemocht. Er fühlte sich in ihnen richtig daheim. Shanes Vater hatte in Sallynoggin auch glücklich gewirkt, bis sich dann vor einem Jahr auf einmal alles änderte. Plötzlich war Shanes Vater geradezu besessen von der Idee, nach Blackrock umzuziehen – und daraufhin hatte sich Shanes Leben total verändert.

Über mangelnden Raum konnte sich seine Mutter in dem neuen Haus, das auf dem Sion Hill an der Stätte eines alten Klosters erbaut worden war, nicht beklagen. Das Gebäude war ultramodern, auch wenn die hohen, gewölbten Decken an lang vergangene Zeiten erinnern sollten. Die Räume waren mit Eichenparkett ausgelegt und hatten Eichentüren mit Messinggriffen und farbigen Glasscheiben, die das Licht in alle Zimmer fluten ließen. Die Wände im Bad waren mit Kalksteinfliesen gekachelt und die Badewanne war dem viktorianischen Stil nachempfunden und hatte Löwenfüße. Im Wohnzimmer befand sich ein auf antik gemachter Marmorkamin, in dem Gasflammen brennende Holzscheite imitierten. Passend zur Einbauküche war eigens ein Granitküchentisch mit dazugehörenden Hockern gefertigt worden. Breite Doppeltüren öffneten sich auf einen nach Süden gelegenen Balkon. Fast alle Zimmer hatten einen weiten Blick über die Dubliner Bucht bis nach Howth Head. Direkt hinter der viel befahrenen Rock Road konnte Shane aus seinem Fenster den Blackrock Park sehen und die Zufahrt zum Emmet Square, jenem von schmalen Reihenhäusern im edwardianischen Stil umstandenen Platz, von dem aus sein Großvater jeden Tag zur Arbeit in McCormacks Molkerei aufgebrochen war.

Das neue Haus fühlte sich riesig an. In jedem Zimmer hallte es, weil sie bis auf die Einbaumöbel, die ihnen die Vorbesitzer hinterlassen hatten, fast leer waren. Ein Möbelwagen hatte alles aus ihrem alten Haus in Sallynoggin hertransportiert. Aber was dort gemütlich gewirkt hatte, sah in den neuen, großen Räumen abgenutzt und schäbig aus. Und um neue Möbel zu kaufen, fehlte Shanes Eltern das Geld.

Genug Platz gab es also in dem neuen Haus, aber trotzdem keinen Ort, an dem Shane dem Ehekrieg seiner Eltern hätte entfliehen können. Egal, in welches Zimmer er sich abends zurückzog, ihre wütenden Stimmen drangen durch alle Wände und es gelang ihm nur schwer, sich auf eines der Bücher zu konzentrieren, die er sich immer aus der Bücherei auslieh. Nirgends fühlte er sich geborgen.

Tagsüber fühlte Shane sich einsam und verlassen. Aber auch der Schlaf bot ihm nachts wenig Trost, denn in seinen Träumen wurde er immer von Wasser bedroht. Vor allem ein Albtraum kehrte immer wieder: Er beugte sich über ein Wasserbecken in einem Keller oder Verlies, jedenfalls an einem Ort, wo eine Leiche nie gefunden werden würde. Der Traum endete jedes Mal unweigerlich mit dem Gefühl, nach vorne zu kippen, in das Wasser hinein, das so tief und eiskalt war, dass es kein Entkommen gab. Schweißgebadet und mit hämmerndem Herzschlag wachte er jedes Mal auf, im letzten Moment, bevor sein Körper in das Wasser eintauchte. Shane erzählte seinen Eltern nie von seinen Albträumen, denn sie hatten genug mit ihren eigenen, echten Sorgen zu tun.

In den ersten Monaten in Blackrock vertraute er sich niemandem an. Er behielt alles für sich. Aber die Einsamkeit war für ihn schwer zu ertragen, vor allem, als die Sommerferien anfingen und seine Eltern jeden Morgen zur Arbeit fuhren. Das einzig Gute an diesen langen Vormittagen und leeren Nachmittagen war, dass im Haus nichts mehr von der Spannung zu spüren war, die sonst überall lauerte. Seine Eltern hatten ein schlechtes Gewissen, weil sie ihn den ganzen Tag allein ließen und sprachen immer wieder davon, ihn in ein Sommercamp zu schicken. Aber Sommercamps kosten Geld und Shane war erleichtert, als irgendwann nicht mehr die Rede davon war.

Jeden Abend, wenn seine Mum und sein Dad nach Hause kamen, log ihnen Shane etwas vor. Er erzählte von den neuen Freunden, die er angeblich kennengelernt hatte und mit denen er im Blackrock Park Fußball spielte. Er erzählte ihnen, es sei der beste Sommer seines Lebens, weil sie das so unglaublich dringend hören wollten. Er hätte ihnen jede Lüge erzählt, nur damit sie nicht wieder stritten. Aber in Wirklichkeit hatte er nach drei Monaten in Blackrock noch keinen einzigen neuen Freund. Die Jugendlichen, die sich im Blackrock Park oder am Frascati Center herumtrieben, waren ihm gegenüber nicht feindselig, aber sie kannten sich alle untereinander und Shane war ein Außenseiter. Er hatte Angst davor, sich vor anderen lächerlich zu machen, und ihm war jede Sekunde bewusst, dass seine Eltern nicht in dieses Milieu passten.

Es war total aberwitzig von seinen Eltern gewesen, sich ein Haus zu kaufen, das sie sich so offensichtlich nicht leisten konnten. Aber seinem Vater war mit Vernunft nicht mehr beizukommen gewesen, sobald er einmal von der fixen Idee besessen war, nach Blackrock umzuziehen. Schließlich hatte Shanes Mutter nachgegeben, durch das unablässige Drängen seines Vaters ermüdet und – wie sie immer wieder ins Feld führte – weil er sie und alle anderen belogen hatte, was die tatsächliche Kaufsumme betraf. Erst als sie mit ihm beim Notar den Kaufvertrag unterzeichnete, wurde ihr auf einmal bewusst, wie hoch die Hypothek tatsächlich war, die sie aufnehmen mussten. Die monatlichen Rückzahlungsraten würden jeden Cent verschlingen, den sie beide verdienten.

Shanes Vater war ein unverbesserlicher Optimist, der immer überzeugt davon war, dass sein jüngster Wie-werde-ich-schnell-reich-Plan ihnen tatsächlich zu einem Vermögen verhelfen würde. Er brachte es fertig, den Eskimos Schnee zu verkaufen. Das Problem war nur, dass die Eskimos den Schnee zurückschickten oder dass ihre Schecks platzten oder dass er selbst plötzlich beschloss, die Zukunft läge nicht darin, Schnee zu verkaufen, sondern Sand, weshalb er sich dann daranmachte, den Arabern in der Wüste eben Sand zu verkaufen.

Wenn Shanes Vater inzwischen mit seinem neuesten Plan daherkam, wie er schnell viel Geld verdienen konnte, verdrehte Shanes Mutter nur genervt die Augen und blickte dann zu Shane, damit er sie unterstützte. Shane sagte immer »Klingt großartig, Dad«, weil er spürte, dass sein Vater unbedingt jemand brauchte, der noch an ihn glaubte, und weil Shane allzu gern weiter an seine Ideen geglaubt hätte.

Nur einmal ließ sein Vater seine Maske fallen, eines Abends, als er Shane Gute Nacht sagte. Von seinem unverbesserlichen Optimismus war plötzlich nichts mehr zu spüren und er wirkte so erschöpft, dass Shane ihn fragte: »Dad, warum sind wir eigentlich hierher umgezogen?«

Sein Vater lag neben ihm auf dem Bett und starrte lange Zeit an die Decke, bevor er antwortete. »Hier ist dein Großvater geboren. Und auch sein Vater und der Vater seines Vaters. Alle sind sie in einem der kleinen Häuschen mit den Lehmwänden geboren worden, die früher entlang der Castledawson Avenue standen. Die Häuser wurden abgerissen, als die Mönche mehr Platz für das Blackrock College brauchten. Im letzten Jahr, als wir noch in Sallynoggin wohnten, kam jede Nacht die Stimme deines Großvaters zu mir und hinderte mich am Schlaf. Ständig flüsterte er mir zu, dass ich dich nach Blackrock zurückbringen sollte.«

»Aber warum hier nach Sion Hill, Dad? Wir können uns dieses Haus doch gar nicht leisten.«

»Weil es manchmal Dinge gibt, die wichtiger sind als Geld. Ich werd das Geld schon irgendwo auftreiben. Ich hab ja nach billigeren Häusern gesucht, aber keines davon lag so hoch.«

»Aber warum muss es so hoch liegen? Für den Blick aufs Meer zahlen wir doch nur extra.«

»Der Blick aufs Meer hat damit gar nichts zu tun, Shane. In dem Moment, als ich hier hereinkam, wusste ich: Das ist das Haus, das ich kaufen werde, egal, wie viel es kostet. So hätte dein Großvater es gewollt, denn hier wirst du sicher sein.«

»Sicher wovor?«

Shanes Vater wirkte verlegen, er blickte ihn müde an, offensichtlich fand er auch jetzt nicht viel Schlaf. »Sicher davor zu ertrinken, mein Sohn. Ich weiß, das klingt jetzt merkwürdig, aber ich war fest davon überzeugt, wenn wir weiter in Sallynoggin gewohnt hätten, wäre unser Haus vom Wasser überschwemmt worden.«

»Dad, unser altes Haus lag noch nicht mal in der Nähe eines Flusses.«

Sein Vater zuckte mit den Schultern. »Vielleicht ist es ja alles totaler Blödsinn. Aber ich kriegte das einfach nicht aus meinem Kopf. Jede Nacht, nachdem ich endlich eingeschlafen war, träumte ich, unter den Fundamenten unseres alten Hauses gäbe es ein verborgenes Wasserbecken; und während wir schliefen würde das Wasser durch den Fußboden sickern und die Stufen hochsteigen. Jede Nacht bin ich aus dem Schlaf aufgeschreckt, im festen Glauben, dass dein Zimmer überschwemmt war und wenn ich dorthin käme, würdest du in deinem Schlafanzug im Wasser treiben, ertrunken und für immer verloren.«

FÜNFTES KAPITEL

JOEYS MUTTER

1993

Musik dröhnt aus den Lautsprechern im Wohnzimmer, als meine Mutter aus dem Schlaf hochschreckt. Sie ist immer noch betrunken. Jede Nacht geht das nun schon so, seit vor drei Monaten mein Vater ums Leben gekommen ist. Jede Nacht bleibt sie bis zum Morgengrauen auf, mit einer Wodkaflasche und den Aufnahmen seines unveröffentlichten Albums als einziger Gesellschaft. Nachts wachzuliegen und seine Stimme zu hören lässt ihr Schauder über den Körper laufen. Die Demotapes bringen ihr nicht wirklich Trost, sondern lassen sie seine Abwesenheit nur noch stärker spüren. Was dazu führt, dass sie noch mehr trinkt, um den Schmerz zu betäuben. Auf dem Couchtisch liegen Plakate, auf denen mein Vater im Scheinwerferlicht zu sehen ist, die Gitarre im Arm. Hinter seinem Namen ist auf den Plakaten »kommt nach …« zu lesen und danach ein freies Feld gelassen. Meine Mutter kann sich schon gar nicht mehr daran erinnern, wie viele Namen von winzigen Spielstätten sie bereits in dieses freie Feld geschrieben hat. Kreuz und quer ist er durch Irland gereist und hat unermüdlich versucht, ein Publikum für seine Musik zu finden, die neuartig war und nur von ihm so gespielt wurde. Er trat nie in großen Sälen auf, außer wenige Male als Support Act, wo ihn die Hälfte des Publikums nicht beachtete. Aber sie weiß noch gut, wie er es fertiggebracht hat, in den Kneipen die Leute zu elektrisieren, weil sie auf einmal eine Musik hörten, die sie noch nie gehört hatten.

Eine Musik, so beschließt sie, die sie nie mehr hören will, denn wenn sie jetzt fortfährt, diese Kassette immer wieder und wieder anzuhören, wird sie auch weiter allein im Dunkeln Wodka trinken, vor sich hin lallend, mal mehr, mal weniger bei Bewusstsein. Sie wird sich selbst hassen, weil sie eine betrunkene Schlampe geworden ist, eine Säuferin. Sie steht unsicher auf, wankt in das Schlafzimmer, das sie bis vor drei Monaten mit meinem Vater geteilt hat, und schaut mich lang an. Ich liege schlafend in meiner Wiege. Sie weiß, dass ich bald aufwachen werde und gestillt werden muss. Ihre Hände haben gestern so stark gezittert, dass sie mich fast hätte fallen lassen. Es kann nicht so weitergehen mit dieser Spirale, die ins Chaos führt; die Nächte ohne Schlaf, die Tage ohne eine Menschenseele; der Schmutz und die Verwahrlosung hier im Haus, wo sie es nicht mehr über sich bringt, zu kochen oder ihr Kind zu baden oder irgendetwas anderes zu tun, außer zu weinen. Sie weiß, dass sie sich entscheiden muss. Entweder Dessie Kilmichaels Witwe zu sein oder eine Mutter für ihr Kind.

Wie lang sie wohl dagestanden haben mag, über meine Wiege gebeugt, zitternd vor Kummer und gierig nach Wodka, weil er ihr zu vergessen hilft? Schließlich dreht sie sich um. Sie holt den Koffer herunter, den mein Vater auf Tour immer dabei hatte. Sie stopft ihn mit allem voll, was an ihn erinnert. Mit allem. Unerbittlich. Dann lässt sie mich in meiner Wiege allein zurück, verlässt das Haus, geht die Brusna Cottages entlang und überquert die Main Street. Danach biegt sie links in die Bath Place, bis sie zur Idrone Terrace kommt. Jetzt liegen nur noch die Bahngleise vor ihr und dahinter das Meer. Es regnet heftig, als sie die alte Fußgängerbrücke hochgeht, die über die Gleise führt. Dort steht sie lange und schaut hinunter. Dann schleudert sie alles auf die Gleise: alle Demotapes meines Vaters, die Plakate und Zeitungsausschnitte, seine Songtexte und jedes Foto, das sie beide miteinander zeigt. Sie beobachtet, wie das alles vom Wind davongetragen wird, eine kostbare Erinnerung an meinen Vater nach der anderen, und wie der Regen seine handgeschriebenen Texte auslöscht. Sie weiß, dass es der einzige Weg ist, um sich von der Vergangenheit loszureißen, bevor sie von ihr zerfressen wird. Sie bleibt auf der Brücke stehen, bis eine Stunde später der erste Zug kommt und die Räder über die letzten Spuren meines Vaters hinwegrollen. Da hat der Wind bereits alle Taten und Träume seines Lebens die Gleise entlang verstreut. Schließlich geht sie nach Hause, um den letzten Rest Wodka in die Spüle zu kippen und von nun an nur noch an die Zukunft zu denken, mir zuliebe.

Sechstes Kapitel

Joey

September 2009

Meine erste Woche im Stradbrook College verging und ich erkannte, dass es dort nichts ausmachte, anders zu sein. Aber egal, wie tolerant die Atmosphäre zu sein schien, ich beschloss, weiter auf der Hut zu sein. Mein Plan war, mich im Hintergrund zu halten, sodass niemand mich groß bemerkte. Shane O'Driscoll bemerkte mich trotzdem. Während langweiliger Unterrichtsstunden winkte er mir quer durchs Klassenzimmer zu. In der Pause klopfte er mir von hinten auf die Schulter und fing ein Gespräch mit mir an. Shane quatschte mit jedem, aber wenn er mit mir redete, fühlte es sich immer an, als hätten wir einen Geheimclub gegründet, in dem nur wir beide Mitglieder waren. Als würden wir unsere privaten Scherze machen, die kein anderer verstand.

Obwohl er aus Blackrock stammte, wie manche sagten, oder vielleicht auch aus Sallynoggin, wie andere sagten, hatte er die letzten beiden Jahre in England verbracht. Die Tatsache, dass er sich anscheinend ausgerechnet mich zum Freund ausgesucht hatte, verwirrte mich, schließlich drängten sich – mit einer Ausnahme – alle in der Klasse danach, mit ihm befreundet zu sein. Nur Geraldine, das Mädchen, das mich am ersten Schultag angelächelt hatte, schien seinem Charme gegenüber immun zu sein.

Geraldine war anders als alle anderen Mädchen in der Klasse, reifer, aber irgendwie auch verletzlicher. Sie war diejenige, mit der ich mich am häufigsten unterhielt. Leider fanden alle diese Gespräche nur in meinem Kopf statt, denn ich hätte sie zwar gern gefragt, ob sie nicht mal mit mir ins Kino gehen wolle, aber mir fielen nie die richtigen Worte ein, um mit ihr ein Gespräch anzufangen. Und dass sie als Einzige in der Klasse nicht bei Facebook war, machte es noch schwieriger: Während ich über alle anderen viel zu viel wusste, wusste ich über sie viel zu wenig.

Nach zwei Wochen waren Shane und ich die besten Freunde und standen in den Pausen immer zusammen. Als ich ihm einmal von meiner Mutter erzählte, fiel mir erst auf, wie wenig ich eigentlich über ihn wusste. Er hatte mir nur erzählt, seine Eltern seien alle beide vor zwei Jahren gestorben. Wenn man erfährt, dass jemand keine Eltern mehr hat, ist man so geschockt, dass man lieber erst mal keine Fragen mehr stellt, aus Angst, ihn mit einer falschen Frage zu verletzen. Sooft ich danach irgendetwas aus seinem Leben wissen wollte, wich Shane aus, indem er einen Witz machte, anstatt zu antworten, und es endete damit, dass ich ihm nur noch mehr von mir selbst erzählte, weil er ein so guter Zuhörer war. Er lauschte gebannt, ja, er schien gierig, jedes Detail meines Lebens aufzusaugen.

»Was war das eigentlich für eine Geschichte mit dem Mobbing an deiner alten Schule«, fragte er eines Tages in der Pause.

»Es ging um die Seele«, sagte ich, mit dem Rücken an die Mauer gelehnt. »Alle anderen in meiner Klasse hatten keine und ich hatte zu viel davon.«

»Man hat nur eine einzige Seele«, sagte Shane, »außer man stiehlt sich eine von jemand anders.«

»Wenn ich Seele sage, meine ich damit Musik«, erklärte ich. »Soul-Musik. Wie mein Vater sie gespielt hat.«

»Und macht er das jetzt nicht mehr?«

»Er ist bei einem Autounfall umgekommen, in den Wicklow Mountains. Auf der Heimfahrt von einem Konzert. Er komponierte, sang und spielte seine Songs alle selbst.«

»War er gut?«

Ich zuckte mit den Schultern. »Wenn man seinen Namen googelt, landet man bei allen möglichen seltsamen Einträgen. Ein Blogger schreibt: ›Als ich das erste Mal das Wahnsinnsgenie Dessie Kilmichael hörte, beschloss ich auch, Gitarre spielen zu lernen.‹ Oder: ›Der und der Typ hört sich an wie ein neuer Dessie Kilmichael – wie tragisch sein Tod doch war, wenn man bedenkt, dass Songwriter mit nur einem Bruchteil seines Talents inzwischen Millionäre sind.‹«

»Und was hältst du von seinen Songs?«, fragte Shane.

»Hab nie einen gehört.«

Shane lachte ungläubig auf und kickte einen Stein über den Pausenhof. »Das ist jetzt ein Witz, oder?«

»Nein. Er hatte sogar schon den Titel für sein Debütalbum – *New Town Soul* –, aber er kam nicht mehr dazu, es zu veröffentlichen. Er bastelte dauernd daran herum, von jedem Song hat er unzählige Aufnahmen gemacht. Mum sagt, dass er nach dem perfekten Take gesucht hat, der Aufnahme, die ihn unsterblich machen würde. Sie hat alle seine Demotapes zerstört, als ich noch klein war.«

»Warum?« Shane sah mich an.

Wieder zuckte ich mit den Schultern. Ich hatte keine Lust, mehr davon zu erzählen. Manchmal, das wusste ich, sehnte sich Mum immer noch nach der Gesellschaft des Wodkas. Als Kind hatte ich ab und zu eine ungeöffnete Flasche unter ihrem Bett gefunden und wusste dann, dass sie hart dagegen ankämpfte, sie zu öffnen. Sie hatte der Versuchung immer widerstanden.

Aber noch tagelang danach konnte ich ihr jedes Mal anmerken, wie viel Überwindung es sie gekostet hatte. »War eben so«, antwortete ich. »Sie redet nur selten über ihn.«

»Fehlt er dir?«

»Ich hab ihn gar nicht gekannt. Ich war noch ganz klein, als er starb. Aber ich hab mir die ganzen alten Platten aus seiner Sammlung angehört. Die hat Mum alle behalten, obwohl sie sie selbst nie hört. Das war für mich der Weg, um ihn kennenzulernen. Verstehst du, was ich meine? Manche von den Platten sind so alt, dass er sie bestimmt schon besessen hat, als er so alt war wie ich und das Gitarrespielen gerade erst gelernt hat.«

»Spielst du selber auch?«

»Du willst mich wohl verarschen.« Ich verdrehte die Augen. »Was glaubst du, warum ich in meiner alten Schule so viel Ärger gekriegt habe?«

»Warum sollte ich das tun. Ich hab nur noch nie gehört, dass jemand wegen Gitarrespielen gemobbt worden ist.«

»Kommt drauf an, was du spielst«, sagte ich. »Ich hab es mir selber beigebracht. Ich hab bei mir auf dem Bett gesessen und mir vorgestellt, was mein Dad wohl in meinem Alter gespielt hat. War echt verrückt, ich konnte das stundenlang so machen, mit geschlossenen Augen dasitzen und mir Songs ausdenken und sie spielen. Ich hab mich da immer gefühlt, als würde mein Dad mir zuhören. Aber das war natürlich nur Einbildung.«

»Was soll daran schlimm gewesen sein?«, fragte Shane leise. Ich wusste, dass er an seinen eigenen Vater dachte.

»Das war noch nicht alles«, sagte ich. »Ich hab dann an diesem Wettbewerb teilgenommen.«

»Ja, und?«

»War eher so ein Karaoke-Wettbewerb, wo Typen einen Rapper-Auftritt hingelegt haben, und ihre Freundinnen machten die Tanzbewegungen von irgendwelchen Girl-Bands nach. Es ging da nicht um die Musik, es ging nur darum, die schlechte Kopie von irgendeinem Star abzuliefern. Bloß nicht komisch auffallen, das war die Devise. In meiner alten Schule bist du gemobbt worden, wenn du die falschen Turnschuhe angehabt hast. Wie blöd kann man da sein, nur mit einer Gitarre und einem selbstverfassten Songtext in der Hand auf die Bühne zu gehen?«

»Ich wette, dein Song war verdammt gut«, sagte Shane.

»Das war völlig egal. Wenn du da überleben wolltest, musstest du so sein wie alle anderen. Du hast immer dasselbe anhaben müssen wie alle anderen und deine Gedanken besser für dich behalten. Es ging darum, sich bloß nicht lächerlich zu machen. Ich weiß noch genau, wie sie mich alle anstarrten, als ich auf die Bühne kam, der ganze Saal voller Jungs mit ihren Freundinnen – oder ihren Schwestern, die sie mitgeschleppt hatten, um so tun zu können, als hätten sie eine Freundin. Plötzlich hatte ich keine Stimme mehr und alle meine Akkorde kamen total falsch. Und mir war klar, dass danach alle ihre Witze über mich reißen würden. Von da an war ich ihr Opfer.«

»Nicht alle Schulen sind so«, sagte Shane. »Hier ist es anders.«

»Ich lege keinen Wert drauf, das rauszufinden«, antwortete ich, während die Pausenglocke bereits schrillte. »Den Kopf rausstecken, nur damit mir dann jemand einen Fußtritt versetzen kann? Weil er mir zeigen will, wo mein Platz ist? Nein, danke! Die Jungs in meiner alten Schule wussten ganz genau, dass ich keinen Dad hatte und dass ich meiner Mutter nichts erzählen würde, weil sie schon genug andere Sorgen hatte.«

»Wie schlimm haben sie es denn getrieben?«, fragte Shane, als wir über den Hof zurückgingen.

»Zuerst nur das Übliche«, sagte ich. »Aus meinen Heften die Hausaufgaben herausreißen, Beleidigungen an die Wände schmieren, mein Pausenbrot klauen oder mein Handy in die Kloschüssel werfen. Aber bald haben dann alle mitgemacht, auch die Streber. Wenn nämlich jemand anders das Opfer war, brauchten sie selbst keine Angst mehr zu haben, dass sie gemobbt wurden. Am Schluss konnte ich die Striemen oder blauen Flecken nicht mehr verstecken, wenn sie mich mal wieder verprügelt hatten. Mum war großartig. Sie hat dem Direktor den Kopf gewaschen, als der von der Anti-Mobbing-Strategie an der Schule daherlaberte. Er hat ihr versprochen, die Geschichte werde für ein paar Schüler Konsequenzen haben, aber sie hat ihn angefahren und gesagt, er solle aufhören, solche Lügen zu erzählen, sie wüsste genau, dass die Väter der Anführer viel zu gute Beziehungen hätten, als dass die Schule es wagen würde, sie rauszuschmeißen. Er solle sich seine Schule sonst wohin stecken. Und danach hat sie dafür gesorgt, dass ich hierher an die Schule komme.«

Wir waren im Schulflur angekommen. Shane blieb auf der Schwelle kurz stehen und schaute mich an. »Klingt so, als wäre deine Mum eine ziemlich klasse Frau. Du hast Glück.«

»Sie ist für mich mehr als nur meine Mum«, sagte ich, als wir reingingen. »Sie ist meine beste Freundin.« Ich machte eine Pause. »Hör zu, Shane, bitte erzähl das alles keinem! Ich will nicht, dass mir hier noch mal so was passiert. Okay?«

Siebtes Kapitel

SHANE

Juni 2007

In dem Sommer, als er vierzehn wurde, lächelte Shane seine Eltern jeden Morgen ganz verschlafen an und log ihnen etwas vor, wenn sie ihn aufweckten, bevor sie aus dem Haus gingen. Angeblich hatte er immer jede Menge Pläne für den Tag. Aber das einzige Ereignis, auf das er sich wirklich freute, war sein tagtäglicher Besuch in der Bücherei von Blackrock. Immer vormittags. Sein ganzer Tag hing davon ab, ob er dort ein spannendes Buch fand. Wenn er nämlich eine gute Abenteuergeschichte fand, bei der er alles um sich herum vergessen konnte, machte es ihm nichts aus, den ganzen Nachmittag lang allein zu verbringen. Im Fernsehen gab es für einen Vierzehnjährigen um diese Zeit nicht viel zu sehen, und aus der neuen Xbox, die sein Vater ihm versprochen hatte, nachdem die alte kaputt gegangen war, wurde nie etwas. Auf seinem Handy trudelte auch fast nie eine SMS ein, weil seine alten Freunde in Sallynoggin zu sehr damit beschäftigt waren, mit sich selbst und ihrem Leben klarzukommen, um sich dafür zu interessieren, wie es ihm wohl jetzt erging. Ein- oder zweimal nahm er den Bus nach Sallynoggin und versuchte, dort auf der Grünfläche gegenüber von seinem früheren Zuhause ein wenig mit seinen alten Kumpels abzuhängen. Aber das lief nicht besonders gut, weil sie ihn inzwischen für einen Snob hielten, dem es wohl in Sallynoggin nicht gut genug gewesen war.

Das Muster, nach dem er jetzt seine Tage verbrachte, war klar und einfach. Nach seinem Besuch in der Bücherei unternahm er täglich einen langen, einsamen Spaziergang rund um Blackrock oder die Booterstown Road entlang bis zu dem überwucherten kleinen Friedhof, der dort hinter einer Esso-Tankstelle versteckt lag. Dort konnte man in aller Ruhe allein sitzen, ohne dass irgendwelche Leute, die vorbeikamen, womöglich dachten, dass er ein totaler Loser war. Manchmal schlenderte er auch die schmale Einbahnstraße entlang, die von der Castledawson Avenue abzweigte, bis er vor den verlassenen Gebäuden der Molkerei von Mrs McCormack stand, wo sich seine Großeltern kennengelernt hatten, als sie ungefähr in seinem Alter waren. Die Haustür sah aus, als wäre sie seit vielen Jahren nicht mehr geöffnet worden, und die zerschlissenen Spitzenvorhänge hinter den verstaubten Fenstern starrten vor Schmutz. Manchmal reizte es ihn, doch endlich einmal die leeren Räume des Hauses zu erkunden, aber eine unbestimmte Furcht hielt ihn zurück, eine grausige Vorahnung, die ihn befiel, sobald er auch nur mit der Hand das verrostete Eisentor berührte.

Er fühlte sich dann so einsam, dass er nach Hause zurückkehrte. Dort aber musste er zu seinem Schrecken feststellen, dass er sich an manchen Tagen in den Räumen wider Erwarten nicht allein fühlte. In einer Neubausiedlung wie Sion Hill konnten noch keine Geister umgehen, trotzdem hatte er manchmal das Gefühl, dass ihm unsichtbare Augen von Zimmer zu Zimmer folgten. An solchen Nachmittagen war es in dem neuen Haus immer deutlich kälter als sonst, und selbst wenn es regnete, setzte er sich dann lieber auf den Balkon, weil er sich dort sicherer fühlte. Er versuchte sich krampfhaft auf sein Buch zu konzentrieren, bis er endlich seine Mutter nach Hause kommen hörte.

Kein Buch konnte ihm jedoch das ersetzen, wonach er sich so sehr sehnte, nämlich einen neuen Freund zu finden. Den Büchern aber hatte er es zu verdanken, dass er Geraldine kennenlernte. In der drückenden Hitze jenes Sommers waren sie oft die Einzigen, die in der Blackrock Library die Regale durchstöberten. Sie war genauso alt wie Shane und total cool, erst recht für ein Mädchen. Sie wirkte fast ein bisschen wie ein Junge und dann auch wieder gar nicht. Bestimmt konnte man sich mit ihr gut unterhalten, das spürte er irgendwie, aber er war viel zu schüchtern, um sie anzusprechen. Geraldine kam und ging immer allein. Was aber nicht daran zu liegen schien, dass sie keine Freunde hatte. Sie mochte es wohl einfach nur, jeden Tag ein paar Stunden selbstvergessen herumzuschmökern.

Geraldine hatte tiefschwarze Haare und immer einen leicht überheblichen, abweisenden Gesichtsausdruck. Sie konnte unermüdlich in den Regalen suchen, bis sie endlich ein Buch gefunden hatte, das ihr gefiel, und dann stand sie auf einmal lächelnd da, ganz versunken in die erste Seite, bis sie das Buch dann zufrieden zuklappte und die Bücherei verließ, ins gleißende Sonnenlicht hinaus. Dass Shane da war und sie in einem fort anstarrte, schien sie nicht zu bemerken. Er fing an, alles auszuleihen, was sie auch ausgeliehen hatte, selbst wenn er die Bücher schon ein Dutzend Mal gelesen hatte. Das war seine Art und Weise, um sie kennenzulernen. Auf diese Weise hatte er, ohne dass sie es ahnte, das Gefühl, einen winzigen Teil ihres Lebens mit ihr zu teilen. Bald begann er, ihr nach Hause zu folgen – unauffällig, in sicherer Entfernung –, weil das für ihn die Zeit verlängerte, in der sie zusammen waren. Außerdem schob er damit die Einsamkeit etwas hinaus, die ihn wieder befallen würde, sobald er in das leere Haus zurückkehrte; die Einsamkeit und das merkwürdige Gefühl, beobachtet zu werden.

Geraldine lebte im letzten Haus einer Reihe von schmalen alten Backsteinhäusern, ganz am Ende der Newtown Avenue. An dem Haus war nichts besonders prächtig oder auffallend, genauso wenig wie an Geraldine. Aber es wirkte einladend, es war ein Haus, wie Shane es sich ausgesucht hätte, wenn er bei ihrem Umzug nach Blackrock irgendetwas mitzureden gehabt hätte. Es hatte auf der Seite einen Garten mit einem schmiedeeisernen Zaun, und einmal, nachdem Geraldine in dem Haus verschwunden war, spähte Shane zwischen den Stäben hindurch und entdeckte eine Hängematte, die zwischen einem Apfelbaum und der Hauswand aufgespannt war.

Am Abend dieses Tages stritten seine Eltern so laut und heftig miteinander, dass er nicht lesen konnte. Da schloss er die Augen und versuchte sich vorzustellen, dass er selbst friedlich in der Hängematte lag und hin und her wippte.

Das fünfte Mal, als er Geraldine nach Hause folgte, blieb sie vor dem Zaun stehen und blickte plötzlich die Straße entlang. Shane konnte sich gerade noch rechtzeitig hinter ein parkendes Auto ducken. Als er vorsichtig dahinter hervorspähte, stand sie immer noch da und wartete darauf, dass er wieder auftauchte. Beschämt stand er schließlich auf und ging davon, ohne sich noch einmal nach ihr umzudrehen. Egal, wie sehr er sich an diesem Abend auch bemühte, sich auf sein Buch zu konzentrieren, er brachte es nicht fertig, die lauten Stimmen seiner streitenden Eltern auszublenden. Er hatte das Gefühl, die einzige Freundin, den einzigen Freund, den er hatte, verloren zu haben. Auch wenn Geraldine davon nichts wusste, für ihn war sie eine gute Freundin geworden und er träumte jeden Nachmittag davon, neben ihr in der Hängematte zu liegen und zu lesen.

Am nächsten Vormittag drückte er sich verschämt zwischen den Regalen herum, als Geraldine in die Bücherei kam. Er hatte Angst, dass sie auf ihn zugehen und ihn einen widerlichen Kerl nennen würde. Aber sie gab nur ein Buch zurück und ging dann gleich wieder, ohne in seine Richtung zu blicken. Als Shane sich kurz darauf das Buch schnappte, bemerkte er, dass daraus ein Zettel hervorsah. In typischer Mädchenhandschrift war darauf zu lesen:

Wahrscheinlich glaubst du, dass du der schüchternste Mensch auf der ganzen Welt bist, aber da täuschst du dich. Ich bin nämlich noch schüchterner. Schreib mir doch, was du von dem Buch hältst, wenn du es gelesen hast. Ich finde das Ende irre.

Geraldine

Darunter hatte sie einen Smiley gezeichnet und ihre Handynummer geschrieben.

Shane ging gar nicht erst in das leere, neue Haus zurück. Er setzte sich auf eine Bank im Blackrock Park und las das Buch in zwei Stunden durch. Er liebte jedes einzelne Wort davon, zum Teil, weil das Buch wirklich so gut war, zum Teil aber auch, weil er wusste, dass es ihr gefallen hatte. Seine erste SMS war kurz: Wow, gefällt mir.

Es war einfacher zu schreiben, als miteinander zu reden. Bis zum Schlafengehen hatten sie zwei Dutzend Nachrichten ausgetauscht. Seine Eltern hörte er an diesem Abend kaum. Zwar konnte Shane auch diesmal nur schwer einschlafen, aber das lag nicht an seiner Angst vor dem wiederkehrenden Albtraum mit dem Wasser. Geraldine und er wollten sich am nächsten Vormittag vor der Blackrock Library treffen. Vielleicht hatte er endlich jemanden gefunden, der ihn aus seiner Einsamkeit erlöste.

Achtes Kapitel

Joey

Oktober 2009

Sechs Wochen nach Schulbeginn fuhr meine neue Klasse im Stradbrook College für ein Wochenende in ein Schullandheim in Glencree, in den Bergen. Auf dem Weg dorthin legten wir einen Halt bei den verkohlten Ruinen des Hellfire Club ein. Die anderen kreischten alle auf, vor allem die Mädchen, und versuchten sich gegenseitig zu erschrecken, während sie bei ihren Verfolgungsjagden sämtliche Winkel und Räume des verfallenen Gebäudes erkundeten. Nur Shane blieb draußen vor den Überresten des ehemaligen Herrensitzes auf einem Baumstamm sitzen. Als die anderen riefen, er solle doch kommen und mitmachen, grinste er nur und schüttelte den Kopf. Aber in seinen Augen lag etwas anderes, noch nie hatte ich bei ihm diesen Ausdruck bemerkt, den man fast Grauen nennen konnte.

Ich setzte mich neben ihn, zum Teil, um ihm Gesellschaft zu leisten, zum Teil, weil ich merkwürdig angespannt und nervös war. Denn die Straße, auf der wir hergekommen waren und weiterfahren würden, war die Straße, auf der mein Vater ums Leben gekommen war. Nach einer Weile blickte Shane auf.

»Whiskey mit geschmolzener Butter, muss ja widerlich geschmeckt haben«, sagte er. »Das haben sie da drin im Hellfire Club nämlich getrunken, wenn sie total besoffen aus der Eagle

Tavern hierher raufgekommen sind. Sie saßen vor dem lodernden Kaminfeuer und dann haben sie auf den Teufel angestoßen.«

»Ja, und bei uns heißt es gleich, die Jugend von heute besäuft sich, nur wenn wir am Freitagabend im Park mal ein paar Dosen Bier trinken.« Ich versuchte, ihn etwas aus seiner trüben Stimmung herauszureißen.

»Einer aus Blackrock ist hier oben mal ums Leben gekommen«, sagte Shane. »Henry Dawson. Sein Stallbursche behauptete, er habe ihn mit durchgeschnittener Kehle aufgefunden. Später wurde aus dem Stallburschen ein reicher Mann, dem halb Blackrock gehörte.«

»Und wer war dieser Henry Dawson?«

»Ein Zocker, der nichts mehr zu verlieren hatte. Er hatte alles verspielt. Ein Mann, der auch mit dem Teufel noch eine letzte Wette eingegangen wäre, wie man so schön sagt.« Shane bückte sich nach einem Stein und schleuderte ihn ins Unterholz. »Er war der letzte Spross der Familie, die Castledawson House erbaut hatte. Er trat sein Erbe viel zu jung an und brachte es viel zu früh durch. Am Ende war er nur noch ein Wrack, zu viel Alkohol, zu viele Weiber, zu viel Opium und nichts mehr als ein von Krankheit ausgemergelter Körper und ein Haus, auf dem nur Schulden lasteten.«

Nie zuvor hatte ich Shane so reden hören. »Wann ist das alles passiert?«, fragte ich.

Shane warf einen Blick auf die Ruinen. »Schon vor mehreren Generationen.«

»Woher weißt du das dann alles?«

»Ein alter Arzt hat es mir erzählt. Er warnte mich, dass ich mir niemals meine Seele stehlen lassen solle.«

Das hörte sich für mich ziemlich merkwürdig an. »Wie soll dir jemand die Seele stehlen können?«

»Das habe ich Dr. Thompson auch gefragt.« Shane stand auf. »Lass uns zum Bus zurückgehen. Hier krieg ich Gänsehaut, ein Ort wie der hier ruft in mir einfach zu viele schlechte Erinnerungen hervor. Ich ertrag es nicht, in der Nähe von einem Haus zu sein, das abgebrannt ist.«

Der Rest der Klasse trudelte irgendwann auch ein, bald lag der Wald rings um den Hellfire Club hinter uns und dann kehrte auch Shanes normale gute Laune zurück. Er unterhielt uns alle im Bus mit seinen Späßen, zog die Mädchen auf, ahmte Lehrer nach und traf mit seinen Sticheleien immer den Kern der Sache. Cool, locker und mit messerscharfem Verstand. Ununterbrochen ließ er sich auf die verrücktesten und waghalsigsten Wetten ein, von der Anzahl der Schafe auf dem nächsten Feld bis zur Farbe des nächsten Autos, das uns entgegenkommen würde.

Nach unserer Ankunft im Landschulheim hatten wir in Gruppen aufgeteilt für den Rest des Tages volles Programm. Erst musste jede Gruppe ein improvisiertes Theaterstück zum Thema Immigration aufführen, dann sollten wir uns einen Partner suchen und uns abwechselnd mit verbundenen Augen durch die Gegend führen lassen. Zweck des Ganzen war, dem anderen zu vertrauen zu lernen. Manche Übungen waren eher lächerlich, aber meine Klasse machte bei allem bereitwillig mit und die Stimmung kippte nie um. Es gab auch keinen, der darüber hochmütig die Nase rümpfte. Keine Ahnung, wie das mit meiner früheren Klasse gelaufen wäre, aber wahrscheinlich wären sie entweder vor lauter Verlegenheit gestorben oder sie hätten das Gebäude demoliert.

Nach dem Abendessen gab es kein Programm mehr und wir hatten die Zeit »zu unserer freien Verfügung«. Shane hatte nicht lockergelassen, bis ich ihm versprochen hatte, meine Gitarre mitzunehmen. Zwei andere aus der Klasse hatten ihre Gitarren ebenfalls dabei und bald saßen wir alle zusammen und sangen alle möglichen Lieder. Ich war es nicht gewohnt, vor anderen Leuten zu spielen, aber es war okay, weil es sich um lauter bekannte Songs handelte, meistens Hits aus den Charts, bei denen alle mitsingen konnten. Es war kurz vor Mitternacht, als Shane plötzlich die Hand hob und um Schweigen bat.

»Meine Damen und Herren, Ladies and Gentlemen, hochverehrte Fräuleins und Jünglinge, wir haben hier in unserer Mitte einen großartigen Singer-Songwriter und Dichter. Prägt euch gut ein, was er euch jetzt vorspielen wird, denn eines Tages werdet ihr stolz erzählen können, dass ihr die ersten gewesen seid, die seine Songs hören durften, und später werdet ihr viel Geld dafür hinlegen müssen, um diesen Kerl spielen zu hören. Und jetzt bitte ich um Applaus für Joey Kilmichael.«

Ich starrte Shane schockiert an. Wie konnte er mich so verraten? Er wusste genau, dass ich keines meiner Lieder vortragen wollte. Niemand sollte erfahren, dass ich überhaupt Songs schrieb. Nach allem, was in meiner alten Klasse passiert war, war es das Allerletzte, was ich brauchen konnte, mich noch einmal vor allen so lächerlich zu machen. Aber die Gesichter, die sich mir nun zugewandt hatten, wirkten nicht, als wollten sie mich gleich verspotten. Alle Augen schienen das Interesse in Shanes Augen zu spiegeln. Sie wirkten, als wollten sie meine Songs wirklich hören. Shane gab mir ein Zeichen, mit dem er mir zu sagen schien: Los, mach! Steh auf und zeig, was du kannst!

Das gab mir Kraft. Ich schloss die Augen und spielte die ersten Akkorde. Es war nicht mehr mein Vater, den ich mir als Zuhörer vorstellte, sondern Shane. Mir war, als spürte ich, wie sehr ihm die Musik gefiel und wie sich seine Begeisterung auch auf alle anderen übertrug. Meine Texte handelten von der Verletzlichkeit, davon, was es bedeutet, jung zu sein, davon, wie aufregend es ist, all die neuen Gefühle zu entdecken, die man noch nicht kennt, und wie verängstigt man sich dabei manchmal fühlt.

Das Schweigen, als ich meine Lieder sang, war völlig anders als das schreckliche Schweigen damals während des Talentwettbewerbs. Ich hatte das Gefühl, die Zeit angehalten zu haben. Alle schienen mir gebannt zuzuhören. Meine Stimme gewann an Kraft. Der erste Mal glaubte ich wirklich zu verstehen, was meinen Vater dazu angetrieben hatte, mit seiner Gitarre durch Irland und halb Europa zu ziehen. Was für eine Magie darin liegt, aufzutreten und zu spielen. Normalerweise war ich schüchtern und brachte kaum ein Wort heraus, aber mit meiner Gitarre wurde ich zu einer anderen Person, für die die alten Regeln nicht mehr galten. Als ich das erste Lied beendet hatte, klatschten die anderen und wollten mehr hören. Ich sang noch vier Lieder, dann legte ich meine Gitarre weg, weil mich so viel Beifall und Begeisterung verlegen machte. Shane machte noch einmal eine Handbewegung und ich wusste, dass er das alles getan hatte, weil er mich aus meinem Panzer herauslocken wollte. Ich hatte mich beim Singen sicher gefühlt, weil ich wusste, er würde kein Gejohle zulassen. Schockartig wurde mir klar, dass Shane für mich so etwas wie eine Vaterfigur geworden war.

Danach sangen wir gemeinsam weiter. Die ganze Klasse stimmte mit ein, weil wir Lieder nahmen, die einfach alle kannten. Ich überließ das Feld den anderen beiden Jungs mit ihren Gitarren. Als ich aufstand und zur Tür ging, nickten mir viele zu und reckten anerkennend den Daumen nach oben. Ich hörte hinter mir Schritte und dachte zuerst, Shane würde mir vielleicht nach draußen folgen. Aber dann merkte ich, dass es Geraldine war. Gemeinsam standen wir in der kalten Nachtluft und schauten schweigend in das Tal hinunter. Die Sterne leuchteten hier so klar, ringsum war es so still. Ich spürte sie neben mir, ich spürte ihren Körper; das war immer so, wenn wir nah beieinanderstanden. Sie war das schönste Mädchen, das ich jemals gesehen hatte, und sie roch auch verdammt gut. Ich wusste nicht, was ich mit ihr reden sollte, aber zum Glück sagte sie dann was.

»Mir haben deine Lieder gut gefallen.«

»Danke.«

»Die Texte sind einfach großartig. Wie kommst du denn auf das alles?«

»Fällt mir einfach so ein, ist mir selber ein Rätsel.«

Sie schien zu frösteln. »Ich mag keine Rätsel und Geheimnisse.«

»Magst du nicht?«

»Nein. Ich mag lieber, wenn was einfach zu verstehen und unkompliziert ist. Und auch solche Menschen, wie dich.«

»Findest du mich beschränkt?«

»Unkompliziert meint doch nicht beschränkt«, sagte Geraldine. »Eine unkomplizierte Person ist jemand, dem du vertrauen kannst. Nicht jemand, von dem du glaubst, du kennst ihn, und von dem sich dann herausstellt, dass er eigentlich ein völlig anderer Mensch ist.«

»Redest du von Shane?«

»Alles, was ich sagen will, ist: Pass auf dich auf. Du bist nämlich besser als Shane.«

Ich zuckte verlegen mit den Schultern. »Warum? Was findest du an mir besonders?«

»Ich sag nicht, dass an dir irgendwas besonders ist.«

»Aber du musst zugeben, dass an Shane irgendwas besonders ist.«

»Besonders? Eher irgendwie seltsam, würd ich sagen.«

»Was meinst du damit?«

»Ich hab ihn damals im Sommer kennengelernt, vor zwei Jahren. Da war er ein bisschen wie du.«

»Wie ich?«

»Na ja.« Sie wurde etwas rot. »Irgendwie süß … eigentlich ganz normal, aber sehr nett.« Sie schaute mich an. »Er benutzt dich.«

»Wie das denn? Bevor Shane zur Tür reingekommen ist, hat keiner in der Klasse auch nur registriert, dass es mich gibt.«

»Mir bist du sofort aufgefallen.«

»Und warum?«

Sie blickte verlegen zur Seite. »Willst du jetzt Komplimente hören oder was?«

»Ich bin es nur nicht gewöhnt, dass Mädchen mich anquatschen.«

»Ich quatsch dich nicht an.« Geraldine klang genervt. »Nur weil du ein paar anständige Lieder gesungen hast, bist du noch lange kein Rockstar. Ich bin noch nie in meinem Leben einem Jungen hinterhergelaufen.«

»So hab ich das nicht gemeint«, sagte ich hastig. »Ich bin nur einfach nicht gut darin, die Dinge auszudrücken, die mir wichtig sind, außer in meinen Liedern. Ich muss die ganze Zeit an dich denken, Geraldine. Aber ich hab bisher einfach nicht den Mut gehabt, dich zu fragen, ob du vielleicht mal mit mir ins Kino gehen willst oder so.«

»Nutz deine Zeit lieber besser, ich sage nämlich nein.« Als sie merkte, wie niedergeschmettert ich war, strich sie mir sanft über den Arm. »Das klingt jetzt vielleicht total abweisend, aber ich bin noch nicht so weit. Ich kann mich noch nicht wieder auf jemanden einlassen. Schlechte Erfahrungen; da will ich jetzt nicht drüber reden.«

»Hat es mit Shane zu tun?«

»Ich hab gedacht, ich würde ihn kennen.« Sie machte eine Pause, suchte nach den richtigen Worten. »Dann war er von einem Tag auf den anderen auf einmal wie verwandelt. Hat er jemals was von seinen Eltern erzählt?«

»Nur, dass sie gestorben sind und dass er bei einer Tante in England gewohnt hat. Und als sie krank geworden ist, ist er jetzt nach Dublin zurückgekommen.«

»Erinnerst du dich noch an das Feuer in dem Haus in Sion Hill? Wo alles abgebrannt ist? Vor zwei Jahren?«

Ich erinnerte mich undeutlich, dass damals in den Nachrichten irgendwas berichtet wurde, aber mehr wusste ich nicht.

»Und da sind sie ums Leben gekommen?«

»Es war ihr Traumhaus, das sie sich leider nicht leisten konnten«, sagte Geraldine. »Seine Mutter starb an Rauchvergiftung. Sein Vater schleppte ihren toten Körper nach draußen und schrie dann, dass Shane noch drinnen im Haus sei. Da stand alles schon in Flammen. Die Nachbarn konnten ihn nicht zurückhalten. Er rannte wieder in die Flammen hinein und schrie, dass er seinen Sohn vor dem Ertrinken bewahren müsse – er muss wahnsinnig geworden sein, aus dem Haus schlugen ja die Flammen. Wenige Augenblicke später stürzte das Dach ein.« Geraldine musterte mich von der Seite. »Weißt du, wo Shane die ganze Zeit war?«

Ich schüttelte den Kopf.

»Er stand unbemerkt in seinem Schlafanzug mitten in der Menge und sagte nichts, als sein Vater zurück ins Haus rannte. In den sicheren Tod.«

Neuntes Kapitel

SHANE

Juni 2007

Als Shane und Geraldine sich am Morgen, nachdem sie das erste Mal miteinander SMS-Botschaften ausgetauscht hatten, trafen, war es, als müssten sie all die Male wettmachen, an denen sie nichts zueinander gesagt hatten. Auf einmal konnten sie gar nicht aufhören mit dem Reden und Lachen. Die Bibliothekarin wunderte sich, was plötzlich in sie gefahren war. Aber sie blieben auch nicht lang in der Bücherei, sondern schnappten sich nur schnell ein paar Bücher und spazierten danach die Newtown Avenue entlang. Als Geraldine diesmal durch das Gartentor ging, war Shane neben ihr. Alles fühlte sich für ihn neu und aufregend an, und als er vorsichtig die Hängematte neben dem Apfelbaum berührte, lachte Geraldine, weil auf seinem Gesicht ein so ungläubiges Staunen zu sehen war.

»Das ist eine ganz normale Hängematte, du Dummkopf«, sagte sie. »Du hast doch vorher schon mal eine Hängematte gesehen, oder?«

Aber für Shane war nichts an ihrem Garten normal. Es fühlte sich für ihn fast so an, als hätte sein Schutzengel ihn hierhergeführt, als hätte eine gute Fee, die wusste, wie einsam er war, ihm den zweiten seiner drei großen Wünsche erfüllt. Sein erster, dringendster Wunsch war und blieb, dass seine Eltern genug Geld hatten, um wieder miteinander glücklich zu sein. Aber an diesem Sommertag wollte er die Probleme zu Hause vergessen. Er war in Geraldines Garten und alles dort hieß ihn willkommen. Ihre Großmutter erschien in der Tür.

»Na ihr zwei, bleibt ruhig draußen in der Sonne«, sagte sie mit einem Lächeln. »Ihr schaut mir so aus, als hättet ihr nichts gegen Chips und Limonade.«

Shane verbrachte den ganzen Nachmittag in der Hängematte im Garten, während Geraldine ihm eine CD mit ihren Lieblingssongs brannte. Danach teilten sie sich die Ohrstöpsel ihres iPods, damit sie beide dieselben Lieder hören konnten. Immer wieder verschwand sie im Haus, um ein Buch zu holen, das er noch nicht gelesen hatte. Sie zeigte ihm sogar einen Cartoon, den sie selber gezeichnet hatte, mit Strichmännchen, die solchen Unsinn redeten, dass Shane und Geraldine in endloses Gelächter ausbrachen, als sie sich die Sprechblasen gegenseitig vorlasen. Am späten Nachmittag kehrte Geraldine mit einer zerbeulten Keksdose aus ihrem Zimmer zurück, in der sich ihre größten Schätze befanden.

Shane spürte, dass sie manche von diesen Erinnerungsstücken noch nie jemand anders gezeigt hatte. Eintrittskarten von Konzerten ihrer Lieblingsbands waren darunter, das abgewetzte Lederhalsband von ihrem Hund, der in ihren Armen gestorben war, und als kostbarstes Stück die Armbanduhr ihrer Mutter, die beim Schwimmen im Meer ertrunken war. Geraldine war da gerade erst drei gewesen.

»Niemand konnte sich das erklären«, sagte Geraldine. »Meine Mutter war Schwimmmeisterin von Leinster gewesen. Sie hatte durch das Schwimmen sogar ein Stipendium für eine amerikanische Universität ergattert. Es war schon die Rede davon, sie sei eine Medaillenhoffnung für Irland bei den nächsten Olympischen Spielen. Da bin ich ihr dann in die Quere gekommen.«

»Wie meinst du das?«, fragte Shane.

Geraldine spielte verlegen mit dem Armband der Uhr herum. »Von einem Ferienjob in London kam sie schwanger zurück. Zweiter Monat. Ein Sommerflirt, weiter nichts. Die einzige Erinnerung daran war ich. Aus dem Studium in Amerika wurde da nichts mehr. Ihr blieb nichts anderes übrig, als wieder hier in Blackrock zu leben, bei ihrer Mutter. Aber sie ging weiter jeden Tag zum Schwimmen. Als der Unfall geschah, trainierte sie für einen Langstreckenwettbewerb im Meer.«

»Wie ist es passiert?«, fragte Shane.

Geraldine legte die Uhr zurück in die Blechdose. »Ein unerklärlicher Vorfall, sagt Oma. Es war an dem Tag total ruhig, das berichten alle, und sie kannte den Teil der Küste in- und auswendig. Wenn mich meine Oma danach irgendwo in die Nähe von Wasser brachte, fing ich an zu schreien. Wasser jagte mir einen riesengroßen Schrecken ein. Tut es immer noch. Ich habe immer wieder Albträume, dass ich ertrinke.«

»Ich auch.«

Geraldine schaute ihn an. »Was für Träume?«

Shane zuckte mit den Schultern. Es war unmöglich, er konnte nicht über seine Albträume reden und darüber, dass sein Vater ebenfalls davon träumte, wie das Wasser durch die Dielenbretter ihres alten Hauses nach oben stieg. »Lass uns über was anderes reden«, sagte er. »Lass uns über Bücher reden. Stellst du dir manchmal vor, wie es wäre, wenn du eine Figur in einem Buch wärst, und dann würdest du dich in einer anderen Welt bewegen und mit den Geheimnissen dort beschäftigen und so was?«

Geraldine lachte, es war ihr recht, dass ihr Gespräch sich nicht länger um ihre dunklen Erinnerungen drehte. »Das könnten wir doch tun«, sagte sie.

»Was meinst du damit?«

»Wir könnten ein Detektivbüro gründen und ein paar Geheimnisse aufklären.«

»Meinst du das ernst?«

»Natürlich nicht. Nur damit wir ein bisschen was zum Lachen haben, etwas Unterhaltung. Wär doch ganz nett, oder?«

Geraldine sagte das so, als würde es sich um den größten Witz der Welt halten. Aber Shane wusste, warum sie das vorschlug. Die Idee gefiel ihr aus demselben Grund wie ihm – wenn sie so taten, als wären sie Detektive, die einen rätselhaften Fall aufklärten, hätten sie damit einen Vorwand, um sich immer wieder zu treffen und die Nachmittage miteinander zu verbringen. Und das alles ohne den Druck, sich zu fragen, ob sie denn jetzt »zusammen« waren.

»Dann brauchen wir aber auch ein Codewort«, sagte er, halb ironisch, halb ernst.

»Wohl wahr«, antwortete Geraldine. »Lass uns dafür die Marke der Armbanduhr meiner Mutter nehmen, die dort draufsteht. Aber nur wenn du versprichst, davon nie einer Menschenseele zu erzählen.«

Sie ging ins Haus und kam mit einem Umschlag zurück, in den sie die Armbanduhr steckte. »Lass es uns mit unseren Lippen besiegeln«, sagte sie. »Dann ist es *unser* Geheimnis.«

Shane hoffte, dass sie ihn küssen würde. Stattdessen befeuchtete sie den Kleberand an der Rückseite und reichte ihm den Umschlag. Er fuhr ebenfalls mit seiner Zunge darüber, klebte den Umschlag dann zu und reichte ihn Geraldine zurück.

»Jetzt haben wir ein Geheimnis«, sagte sie.

Er nickte. Dann stand er auf, um zu gehen. Auf dem Weg nach Hause sah er die ganze Zeit Geraldines Lächeln vor sich, als sie den Umschlag sorgfältig in der Blechdose mit ihren Kindheitsschätzen verstaute.

Zehntes Kapitel

Joey

Ende Oktober 2009

Als das neue Schuljahr bereits einige Wochen fortgeschritten war, begannen ein paar Lehrer, Shane zu misstrauen. Aber Geraldine, das fiel mir immer wieder auf, misstraute ihm nicht nur. Sie schien seine Gegenwart richtig unheimlich zu finden. Warum das so war, bekam ich nicht heraus, obwohl ich sie gern danach gefragt hätte. Doch wenn Shane in der Nähe war, redete sie nicht mit mir, und Shane war eigentlich immer in meiner Nähe, inzwischen mehr als vorher.

Vor dem Wochenende in Wicklow war ich für die anderen in meiner Klasse nur der beste Kumpel von Shane gewesen, aber jetzt hatte ich meinen eigenen Spitznamen weg und hieß bei ihnen nur noch der Liedermacher. Schüler aus höheren Klassen hielten mich auf dem Flur an und fragten mich nach meiner Meinung zu verschiedenen Bands. Zwei Jungs aus der sechsten hätten mich gern in ihrer Band gehabt, aber mit ihnen Coverversionen von berühmten Songs aufzuführen interessierte mich nicht. Niemand wurde unsterblich, indem er wie ein anderer klang. Ich wollte meine eigenen Lieder spielen, denn egal, ob sie gut oder grässlich waren, eines waren sie auf alle Fälle, nämlich meine eigenen.

Shane schien einen riesigen Spaß daran zu haben, dass den

anderen meine Lieder gefielen. Er witzelte dauernd herum, dass er mein Tourmanager werden würde, und zu seinen Aufgaben würde dann zählen, alle Orte, an denen ich spielte, vorher zu besuchen, um das Soundsystem, die Drogen und die Mädchen für mich auszutesten. Ab und zu ging ich, wenn mir langweilig war, zu Hause auf seine Facebook-Seite, aber seltsamerweise gab es dort nur ein Foto von ihm, sonst keine Einträge, keine Angaben zu seiner Person, nichts. Auf dem Foto war er bei Sonnenuntergang am Strand von Blackrock zu sehen. Er lächelte darauf nicht, er stand einfach nur da und schaute in die Kamera. Neben sein Gesicht hatte Shane noch eine ganze Serie anderer Aufnahmen davon eingefügt, die immer kleiner und verwischter wurden, während sie sich scheinbar unendlich in den Himmel hinein ausdehnten. Als ich ihn fragte, was er denn damit ausdrücken wolle, lachte er nur und nannte es »postmoderne Ironie«. Ich hatte keine Ahnung, was »postmoderne Ironie« war, aber ich spürte deutlich, das würde die einzige Antwort sein, die ich aus ihm herausbekommen könnte.

Shane wollte unbedingt, dass ich auch eine Seite auf Facebook hätte. Aber ich weigerte mich. Er wollte, dass dort die Texte meiner Songs nachzulesen waren. Er hätte dort gern die Fotos von mir gezeigt, auf denen ich mit meiner Gitarre zu sehen war. Er wollte auch meine Lieder aufnehmen. Aber ich weigerte mich, weil ich nicht wollte, dass irgendein Stück von mir aufgenommen wurde, bevor ich als Singer-Songwriter so weit war, dass ich einen unverwechselbaren Stil hatte, und bevor der Sound so vollkommen wie möglich war. Bestimmt hatte ich das von meinem Vater geerbt. Shane erklärte mir unablässig, dass mein Auftritt im Netz mein Leben ändern würde, dass die Hälfte der Mädchen in unserer Klasse mit jedem Jungen gehen würde, der ein paar Akkorde auf einer Gitarre zupfen konnte, und dass alle Mädchen insgeheim von einem Jungen träumten, der von allen anderen wegen seiner Songs angeschwärmt wurde. Auf Facebook hätte ich dann eine Riesenauswahl von Mädels. Aber ich träumte nur von einem Mädchen. Die nächste Gelegenheit, mit ihr mal wieder zu reden, ergab sich zwei Wochen nach unserem nächtlichen Gespräch in Wicklow, als wir zufällig nebeneinander unterwegs in den Chemiesaal waren.

»Ich warn dich noch mal, Joey. Shane benutzt dich. Du bist für ihn so was wie sein Schoßhündchen geworden.«

»Shane ist voll in Ordnung«, sagte ich. »Ich versteh nicht, was du dauernd gegen ihn hast. Wofür benutzt er mich denn?«

»Er will was von dir und das wird er auch bekommen – wart's nur ab. Du hast mir doch erzählt, dass er dir gesagt hat, er sei hierher zurückgekommen, weil seine Tante schwer erkrankt ist.«

»Ja, und?«

»Sie ist nicht krank. Sie ist tot.«

Im Chemiesaal setzte sich Geraldine möglichst weit weg von mir, weil sie wusste, dass alle den Platz neben mir automatisch für Shane frei ließen. Ich fragte mich, was ich mit ihrer Mitteilung anfangen sollte, und hatte keine Ahnung, was zwischen ihr und Shane damals eigentlich vorgefallen war, dass sie ihm nun immer nur böse Absichten unterstellte. Als ich Shane später in der Mittagspause danach fragte, schien ihn ihr Misstrauen zu kränken.

»Ich weiß nicht, warum sie mich so hasst. Wir waren vor zwei Jahren echt dicke Freunde, damals in den Sommerferien. Aber dann sind meine Eltern bei dem Brand ums Leben gekommen und danach war bei mir alles ein völliges Chaos. Wenn man die eigenen Eltern verliert, ist das ein riesengroßer Schock. Die Schwester meiner Mutter hat mich dann zu sich nach Leeds mitgenommen. Ich habe Geraldine das letzte Mal in Blackrock vor der Kirche gesehen, als der Leichenwagen weggefahren ist. Sie hat mir zugewunken, aber ich habe nicht zurückgewunken, weil damals alles für mich so unwirklich war. Ich wache immer noch regelmäßig nachts auf und glaube, den Brandgeruch in der Nase zu spüren. Als ich bei meiner Tante in England war, hab ich sie fast verrückt damit gemacht, dass ich immer steif und fest behauptet habe, meine Jeans, meine T-Shirts, alles würde nach Rauch stinken, obwohl ja alles neu gekauft war. Das Feuer hat in mir etwas abgetötet. An Geraldine hab ich überhaupt nicht mehr gedacht, aber dann saß sie plötzlich da, als ich ins Klassenzimmer kam. Keine Ahnung, warum sie mich jetzt so schneidet. Aber ich glaub, sie ist ganz schön hinter dir her, was?«

»Hab ich nichts von gemerkt«, meinte ich verlegen.

»Ich erkenn die Anzeichen, weil sie ja auch mal hinter mir her war. Ich sag dir, die ist total scharf auf dich. Ich hab bei ihr keine Chance mehr, weil sie offensichtlich in mir immer noch den Jungen mit den traurigen Augen sucht, den sie bei der Beerdigung meiner Eltern gesehen hat. Aber, hey, das Leben geht weiter, man muss über seine Trauer hinwegkommen. Ich finde, du solltest auch endlich mal dein Verlustgefühl überwinden.«

»Wovon redest du?«

»Na davon, dass du immer noch um deinen toten Vater trauerst.«

»Ich hab meinen Vater gar nicht gekannt.«

»Trotzdem denkst du die ganze Zeit an ihn. Ich weiß, wie sich Einsamkeit anfühlt, Joey, weil ich meinen Vater auch verloren habe. Das Leben hat uns beiden schon ganz schöne Tiefschläge versetzt. Aber was machst du, wenn dich jemand in die Magengrube geboxt hat? Du kannst dich zusammenkrümmen und sterben, oder du stehst wieder auf, egal, wie stark deine

Schmerzen sind, und zeigst der Welt, dass du es mit ihr aufnehmen willst.«

Shane stellte sich in der Haltung eines Boxers vor mich hin und boxte mich in die Schulter. »Hey, mach schon! Schlag so fest zu, wie du kannst! Ich steck's ein.«

Die Schulter tat mir weh. Ich schlug mit den Fäusten zurück, erst nur spielerisch, dann immer wütender. Er lachte, wehrte meine Fausthiebe ab und verpasste mir eine heftige Ohrfeige. »Du lässt zu viel raus, Joey, du verlierst deine Coolness. Zeig niemals deine Gefühle. Denn dann kann dein Gegner dir in die Seele blicken.«

Er packte blitzschnell meine Faust, als ich zum nächsten Schlag ausholte. Ich war wütend auf ihn, ohne so recht zu wissen, warum. Vielleicht lag es daran, dass er nicht aufhörte, meinen Vater zu erwähnen, wie um dessen Abwesenheit nur noch deutlicher spürbar zu machen. Als Shane meinen Zorn spürte, näherte er sein Gesicht meinem bis auf wenige Zentimeter, die Gesichtszüge zu einer wilden Grimasse verzerrt. Bei den Lauten, die aus seiner Kehle kamen, handelte es sich um keine Wörter mehr, sondern um ein halb ersticktes, hervorgewürgtes Stammeln, als könnte er nicht mehr sprechen. Sein Blick war flackernd und wirr. Es war furchteinflößend und unheimlich. Aber er schaffte es nicht, diese Maske lang durchzuhalten, dann musste er über sich selbst lachen und ich stimmte erleichtert ein.

»Zieh dieses Gesicht doch mal in Geschichte«, sagte ich, »und ich bin mir sicher Bongo Drums Quinn kriegt einen Herzinfarkt.«

Es klingelte. Die große Mittagspause war gleich vorbei. Ich wollte die gute Stimmung nicht gleich wieder verderben, aber was Geraldine mir erzählt hatte, wollte mir einfach nicht aus dem Kopf.

»Warum bist du aus Leeds wieder hierher zurückgekommen?«, fragte ich.

»Hast du jemals Leeds United spielen sehen? Würdest du wirklich dein Leben lang Fan von einer so miesen Fußballmannschaft sein wollen?«

»Du hast mir erzählt, dass deine Tante krank geworden ist.«

»Ja, stimmt, hab ich gesagt.«

»Ich hab gehört, das stimmt gar nicht. Sie soll gestorben sein.«

Shanes Antwort kam ganz locker, aber er hatte mich kurz misstrauisch gemustert. »Und was ist groß dran, wenn sie tatsächlich tot ist?«

»Aber warum solltest du mich da anlügen?«

»Steckt Geraldine dahinter? Sie hatte schon immer so einen Wahrheitsfimmel. Sah sich gern als Schnüfflerin und Detektivin.«

»Ist es wahr?«

Shane wartete ab, bis die Schüler, die an uns vorbei in ihr Klassenzimmer zurückdrängten, weitergegangen waren. »Meine Tante ist vor drei Monaten bei einem Autounfall gestorben. Ein Frontalzusammenstoß mit einem Laster. Sie fuhr auf der Autobahn auf der falschen Seite.«

»Und warum erzählst du den Leuten dann, dass sie krank ist?«

»Was für eine tragische Figur willst du denn noch aus mir machen, Joey? Ich hab schon genug Mitleid von den Leuten abgekriegt, als meine Eltern gestorben sind und alle mich mit Samthandschuhen angefasst haben und auf Zehenspitzen um mich herumgeschlichen sind. Ich brauch das nicht noch mal. Ich hätte auch in Leeds bleiben können, aber ich wollte hierher nach Hause, weil ich noch ein paar Gespenster zu verscheuchen habe.« Shane starrte in die Ferne. Er wirkte plötzlich viel älter und ich spürte in diesem Augenblick, wie fürchterlich einsam er war. Es war das erste Mal gewesen, dass er mir so offen und ehrlich von den traurigen Ereignissen in seinem Leben erzählt hatte. »Ich vermisse meine Eltern immer noch sehr. Sogar ihre quälenden Streitereien, die mich abends nicht einschlafen ließen, vermisse ich. Es drehte sich immer ums Geld, ständig kamen neue Rechnungen, die sie nicht bezahlen konnten. Mum hatte genug von allem, und zwar so sehr, dass sie immer wieder ausrief, der beste Weg, um den ewigen Schulden ein für alle Mal ein Ende zu bereiten, wäre, dass einer von ihnen stirbt und der andere dann dessen Lebensversicherung ausgezahlt bekommt.«

Der Pausenhof war inzwischen fast leer. »Wie schlimm, wenn man so was sagt«, antwortete ich, als wir uns auch auf den Weg ins Klassenzimmer machten.

»Aber sie hatte trotzdem recht. Sie hatten beide hohe Lebensversicherungen abgeschlossen. Nach ihrem Tod wurde mir ein kleines Vermögen ausgezahlt. Das Haus in Sion Hill war zwar total ausgebrannt, aber von der Brandschutzversicherung erhielt ich noch eine größere Summe drauf. Und bei meiner Tante bin ich auch der Alleinerbe. Mein Vormund macht schon immer Scherze, dass ich ein gutes Händchen habe, wenn es ums Erben geht. Vor zwei Jahren war es mein größter Wunsch, später einmal reich zu sein. Und jetzt bin ich reicher, als ich es mir jemals erträumt hätte, auch wenn ich von dem Geld bisher nicht viel sehe, weil es für mich treuhänderisch verwaltet wird. Erst mit einundzwanzig habe ich darüber die volle Verfügungsgewalt. Aber weißt du was? Jetzt würde ich den letzten Schilling dafür hergeben, nicht völlig allein zu seinm und noch Eltern zu haben.«

Das mit dem letzten Schilling fand ich etwas seltsam, so redete heute doch keiner mehr. »Wo wohnst du eigentlich?«, fragte ich. »Das hast du mir auch noch nie erzählt.«

»An der Pine Lawn, in einer kleinen Einliegerwohnung, eigentlich eine ausgebaute Garage. Ich bekomm dort was zu essen und die Wäsche wird für mich auch gemacht. Die Rechnungen zahlt alle mein gesetzlicher Vormund, außerdem krieg ich jede Woche ein Taschengeld.«

»Klingt etwas einsam.«

»Hat aber auch seine Vorteile. Ich kann tun, was ich will.«

»Warum isst du nicht mal bei uns?«, fragte ich. »Mum ist eine gute Köchin und sie würde sich bestimmt freuen. Kommt nicht so oft vor, dass ich Freunde mit nach Hause bringe.«

»Ich will mich nicht zwischen dich und deine Mum drängen«, antwortete Shane. »Wo sie doch deine beste Freundin ist. Außerdem solltest du nicht mich fragen. Ich finde, du und Geraldine, ihr passt eigentlich ganz gut zueinander.« Wir hatten jetzt das Klassenzimmer erreicht. Die Tür war bereits zu, Geschichte hatte schon angefangen. »Ich hab mitgekriegt, wie sie dich immer anschaut, Joey. Geraldine ist echt reif. Die brauchst du gar nicht mehr weichzukochen. Nimm sie dir einfach.«

Shane machte die Tür auf und im Klassenzimmer wurde es still, als wir den Raum betraten. Geraldine schaute uns an, als wüsste sie, dass wir über sie geredet hatten. Bongo Drums Quinn, unser Geschichtslehrer, der etwas an die Tafel schrieb, drehte sich um. Er war zu seinem Namen gekommen, weil er sich endlos mit seinen Heldentaten als Schlagzeuger in verschiedenen Bands brüstete. Man konnte ihm immer noch anmerken, dass er einmal ein leidenschaftlicher Rocker gewesen war. Aber jetzt legte er seinen seit zwanzig Jahren eingeübten Sarkasmus als Lehrer in seine Stimme, als er sagte: »Sie müssen wohl etwas sehr Wichtiges zu diskutieren haben, meine Herren, wenn Sie das davon abhält, sich mit Hitler zu beschäftigen.«

»Wir haben darüber gesprochen, was wir im Leben erreichen wollen, Sir. Wie wir unsere Träume auch wirklich in die Tat umsetzen können«, antwortete Shane.

»Ach ja?« Bongo Drums spielte mit der Kreide in seiner Hand herum, als würde er sie Shane am liebsten an den Kopf werfen. »Und wann wollen Sie Ihre Tatkraft entfalten, um Ihre Träume wahr werden zu lassen?«

»Am Tag nach meinem einundzwanzigsten Geburtstag, Sir.« Shane zwinkerte mir zu. »Dann wird Joey nämlich zu seiner Welttournee aufbrechen. Vielleicht kann er Sie ja sogar als Schlagzeuger brauchen, wenn Sie Ihre Einsätze noch richtig hinbekommen. Wir haben vor, in allen Städten zu spielen, deren Namen früher auf den alten Radios gestanden haben. Städte, von denen Joey bisher noch nie was gehört hat.«

Elftes Kapitel

Shane

Juli und August 2007

Den Rest des Sommers trafen sich Geraldine und Shane weiter jeden Vormittag in der Stadtbücherei von Blackrock. Sie verabredeten sich täglich. Manchmal – wenn sie sich reich fühlten, weil Shanes Vater wieder einmal darauf bestanden hatte, seinem Sohn Geld zuzustecken, obwohl er, wie Shane wusste, sich selbst das Essen vom Mund absparte – gingen sie in die Saftbar, die ein Stück weiter an der Bath Avenue lag, oder sie setzten sich in das Café Java neben O'Rourke's Pub.

Zusammen mit Geraldine erhielt Shane überallhin Zugang, mit ihr lernte er die Seele von Blackrock kennen. Sie schien alle zu kennen und alle kannten sie. An den Wochenenden machte sie ihn mit den Händlern des Blackrock Market bekannt, den Verkäufern von Sitzsäcken und Secondhandklamotten und den Tarotkartenlesern, den Besitzern des Old Curiosity Shop. Stundenlang stöberten die beiden dort herum, bis sie schließlich fortgejagt wurden. Aber auf Geheimnisse oder Rätsel stießen sie dabei nie.

Auch im Blackrock Park gab es keine Geheimnisse aufzuklären. Es sei denn, man zählte das Geheimnis dazu, wie sich ein Junge und ein Mädchen besser kennenlernen. Den ganzen Nachmittag jagten sie sich gegenseitig über den Rasen, rollten den Hang hinunter und juchzten dazu wie kleine Kinder, versuchten sich gegenseitig zu kitzeln, kämpften miteinander, ihre beiden Körper ein Durcheinander aus Armen und Beinen. Danach lagen sie atemlos nebeneinander, schauten in den Himmel, betrachteten die vorbeiziehenden Wolken und malten sich dazu ungewöhnliche Wesen aus: ein Kamel auf einem Einrad oder ein sechsbeiniges Schaf mit Giraffenhals, das Xylophon spielte. Jede neue Erfindung löste bei ihnen eine weitere Kaskade von Gekicher aus, bis Geraldine herausgerupftes Gras in den Ausschnitt von Shanes T-Shirt stopfte, aufsprang und sich von ihm erneut über den Rasen jagen ließ.

Der einzige Teil des Parks, den Geraldine nicht mochte, war der künstliche Teich. Aber eines Nachmittags Ende August ließ sie sich von Shane bei der Hand nehmen und über einen schmalen Damm auf die kleine Betoninsel führen. Der Teich war nicht tief, aber Shane wusste, dass sie einfach davor Angst hatte, auf allen Seiten vom Wasser umgeben zu sein.

»Durch Wasser werde ich mal sterben«, sagte sie.

»Das ist Unsinn! Sag nicht so was!«

»Aber ich weiß es. Meine Mutter ist durch Wasser umgekommen und mir wird es auch so gehen. Frag mich nicht, woher ich das weiß. Ich weiß es eben.«

Sie sah so verletzlich aus, wie sie im Gegenlicht vor ihm stand, dass Shane sie am liebsten umarmt und endlich seinen ganzen Mut zusammengenommen und sie geküsst hätte. Aber Geraldines Körper durchlief ein Frösteln, sie ließ seine Hand los und lief schnell über den Damm ans Ufer zurück. Er folgte ihr, kurz über die Rock Road in Richtung Sion Hill blickend, wo ihn ein weiterer Abend mit Streitereien zwischen seinen Eltern erwartete. Das verdarb ihm die Stimmung. Seine Unbeschwertheit war dahin. Trotzdem hätte er Geraldine immer noch gern geküsst, und zwar ganz dringend. Er brauchte irgendetwas, das ihre Freundschaft neu besiegelte.

»Lass uns morgen ins Schwimmbad gehen«, sagte er. »Ich bring dir Schwimmen bei.«

»Du weißt, dass ich Wasser hasse.«

»Feigling«, sagte er.

»Lass das.«

Aber er konnte nicht anders, er musste es noch einmal sagen. »Feigling.«

Geraldine antwortete nicht. Schweigend verließen sie den Park, Geraldine ein paar Schritte vor ihm, und dann marschierten sie hintereinander den Trampelpfad neben den Bahngleisen entlang, der als Abkürzung zum Bahnhof von Blackrock diente. Der Pfad war so schmal, dass Simon Wallace, der etwas seltsame Junge aus dem Nebenhaus in Sion Hill, ihnen beiden total den Weg versperrte. Er saß in sich zusammengesunken da, einen Flachmann in der Hand. Als sie näher kamen, schaute er auf.

»Wen haben wir denn da? Unsere zwei Turteltäubchen? Zum Knutschen unterwegs?«

»Halt's Maul, Simon!«, sagte Geraldine.

»Ist das dein Trinkerstübchen?«, sagte Shane. »Du hast mir doch erzählt, dass du da, wo du trinkst, nie gestört wirst.«

»Hab mich halt getäuscht, ja? Weil ich da heute Nachmittag nämlich gestört worden bin. Und ich weiß noch nicht mal, ob von Lebenden oder von Toten.«

»Was?«

»Am Ende der Castledawson Avenue gibt es so ein altes Haus.«

»Ja, kenn ich.«

Simon musterte Shane streng. »Was heißt das, kennst du?

Du gehörst doch gar nicht zu uns hier in Blackrock. Kommt so ein Vollassi aus Sallynoggin und will gleich Bescheid wissen.«

Shane machte einen Schritt auf ihn zu, aber Geraldine trat dazwischen.

»Ja, ja, versteck dich nur hinter deiner Freundin«, spottete Simon. Aber Shane bemerkte, dass der ältere Junge zurückgewichen war. Er war nicht nur betrunken, sondern wirkte richtig verstört. Außerdem schien es ihm nicht zu gefallen, dass Shane endlich jemanden gefunden hatte – und dann gleich auch noch eine Freundin.

»Ich kenne das alte Haus auch«, sagte Geraldine. »Meine Oma sagt, dass dort zwei alte Brüder gelebt haben. Das Haus um sie herum ist allmählich verfallen. Sie sind dann beide verrückt geworden und irgendwann hat man sie tot aufgefunden.«

»Da drin würde jeder verrückt werden«, sagte Simon. »Ich hab einmal den Fuß in die Küche gesetzt und bin dann sofort wieder rausgerannt, als ich gespürt habe, wie sich mir die Nackenhaare aufstellten. Aber nicht mal mehr in den Garten würde ich mich jetzt trauen.«

»Warum?«

»Wenn du dort hinter dem Haus über die Mauer springst, bist du wie in einer anderen Welt. Ich bin da immer gern hin, um in Ruhe etwas Gras zu rauchen. Aber vorhin ... Also, da brannte im Erdgeschossfenster auf einmal eine Kerze. Könnt ihr euch vorstellen, wie ich da erschrocken bin? Es ist dort immer ganz finster wegen der vielen Büsche ums Haus. Und dann hat mir dort ein gespenstischer Alter entgegengestarrt, mit einem hageren Gesicht, als wäre er mindestens hundert Jahre alt. Ich hab mich nicht lang aufgehalten, um rauszufinden, ob das wirklich ein Geist war oder was. Ich bin nach dem Anblick sofort über die Mauer zurückgesprungen, wo eine streunende Katze, die dort saß, mir die Arme zerkratzt hat.« Er zeigte ihnen zwei lange Kratzer an seinem Unterarm. »Ich zitter jetzt noch davon, Mann.«

»Wahrscheinlich hast du nur zu viel getrunken«, sagte Shane.

Simons Augen funkelten. »Wenn du mich einen Lügner nennen willst, dann steig doch mal am Abend dort ein und finde selbst heraus, wer er ist. Und jetzt lass mich in Ruhe, bevor ich dir einen Kinnhaken verpasse, der dich zurück bis nach Sallynoggin befördert.« Und damit führte Simon den Flachmann an die Lippen.

Shane und Geraldine zwängten sich schnell an ihm vorbei in Richtung Bahnhof und verlangsamten ihre Schritte erst, als sie Idrone Terrace erreichten. Sie waren sich einig, dass Simon ihnen Lügengeschichten erzählte, um ihnen Angst einzujagen. Das Haus war viel zu verfallen, als dass darin jemand wohnen konnte.

»Sogar wenn ich bloß davorstehe, bekomme ich schon Gänsehaut«, gestand Shane. »Ich würde keinen Fuß da reinsetzen wollen.«

Geraldine blickte ihn an. »Und wer ist jetzt der Feigling?«

»Das ist was anderes.«

»Der einzige Unterschied ist, dass ich in einem Schwimmbecken tatsächlich ertrinken könnte. Was kann dir in einem alten Haus denn schon geschehen? Warum soll es bei dir in Ordnung sein, wenn du dich vor etwas fürchtest, aber bei mir nicht?«

Geraldine sagte das in einem neckenden Tonfall, aber Shane spürte, dass es auch eine Art von Test war. »Ich geh rein«, sagte er, »wenn du mit mir reingehst.«

Geraldine blickte einen Moment weg, dann sah sie ihn wieder an und nickte.

»Okay«, sagte sie leise. »Wir können uns nicht immer vor allem Möglichen fürchten, schließlich sind wir keine Kinder mehr.«

Es fühlte sich für Shane so an, als wäre die Geschichte von Simon Wallace eine Art Mutprobe für sie beide, fast eine Prüfung, wie erwachsen sie schon wären. Selbstverständlich würden sie in dem Haus nichts finden. Aber der Sommer war inzwischen beinahe vorbei und hier bot sich endlich die Gelegenheit, ein richtiges Geheimnis zu erkunden.

Zwölftes Kapitel

Joey

November 2009

An meiner neuen Schule, dem Stradbrook College, drohte der erste große Schwung Prüfungen und machte mich etwas nervös. Ich war immer nur ein durchschnittlicher Schüler gewesen, aber für meine Mum wollte ich diesmal gute Noten schaffen. Ich wollte ihr beweisen, dass ihre ganze Bemühungen, mich auf einer besseren Schule unterzubringen, nicht umsonst gewesen waren. Das Fach, vor dem mir am meisten graute, war Geschichte. Die großen Zusammenhänge verstand ich ja, und es machte mir sogar Spaß, Bezüge herzustellen. Aber die Jahreszahlen von irgendwelchen Verträgen und Gesetzen im Kopf zu behalten und wann welche Regierung neu angetreten war, das schaffte ich einfach nicht. Als Shane eines Tages zu mir meinte, wir könnten doch beide zusammen für unsere Geschichtsarbeit lernen, nahm ich deshalb sein Angebot gerne an. Gleich nach der Schule wollte ich mit zu ihm gehen.

Ich schickte Mum eine SMS und sie schrieb zurück, das sei in Ordnung, wenn ich nicht zu spät nach Hause käme. Dann gab der Akku meines Handys den Geist auf, was öfters der Fall war. Überhaupt wurde mein Handy nur noch mit Klebeband zusammengehalten, weil es mir schon so oft runtergefallen war. Und dass sie es in meiner alten Schule in die Kloschüssel geworfen hatten, machte die Sache natürlich auch nicht besser. Es hatte danach drei Wochen gedauert, bis alles wieder trocken war. Mum und ich waren inzwischen Experten darin, die Innereien zu reparieren – wie Chirurgen beugten wir uns darüber und danach funktionierte das Ding wieder für ein paar Wochen. Ich wusste, dass sie Geld gespart hatte, um mich an meinem Geburtstag mit einem neuen Handy zu überraschen. Ich verfluchte den Akku, aber wenigstens wusste Mum jetzt, wo ich war.

Shanes Zuhause war genauso, wie er es mir beschrieben hatte: eine abgeschlossene winzige Wohnung in der ausgebauten Garage eines Hauses in der Pine Lawn, direkt von der Newtownpark Avenue abgehend. Eine aufgeregt wirkende Frau tauchte aus der Küche auf, als Shane die Haustür aufsperrte. Er stellte sie mir als seine Vermieterin Mrs Higgins vor, die mich einlud, doch zum Abendessen zu bleiben. Durch die offene Wohnzimmertür konnte ich ihre beiden kleinen Söhne sehen, die über eine Xbox gebeugt waren. Zwei Zimmer in den oberen Stockwerken hatte sie an Kunststudentinnen in Dún Laoghaire vermietet, beide Anfang zwanzig, mit denen Shane wenig Kontakt hatte. Das Haus von Mrs Higgins sprudelte über von Leben, aber Shanes kleine Wohnung schien davon ausgenommen. Als er die Tür hinter uns zugemacht hatte, bildete ich mir auch ein, dass es dort kälter war als im restlichen Haus. Man hatte das Gefühl, von allem abgetrennt zu sein. Wir setzten uns auf sein Bett und holten unsere Geschichtsbücher heraus. Bald war ein Klopfen zu hören und Mrs Higgins brachte auf einem Tablett zwei gefüllte Teller herein. Shane verschwand kurz in der Toilette. Mrs Higgins musterte mich neugierig.

»Du bist der erste Freund, den Shane hierher mitgebracht hat«, sagte sie. »Der erste Besuch überhaupt.«

»Ich hab Probleme in Geschichte«, sagte ich. »Er will mit mir zusammen lernen.«

»Kann ich mir gut vorstellen, dass er dir da helfen kann. Typisch Junge, immer nur seine Geschichtsbücher und der Computer. Er hat noch nicht mal ein paar Poster aufgehängt. Das einzige Persönliche hier im Zimmer sind die russischen Puppen da.« Sie deutete auf ein Regalbrett. »Du weißt schon, solche Puppen aus Holz, wo man eine aufmacht und dann noch eine, und dann steckt immer noch eine drin, die kleiner ist. Was stellt denn ein Junge mit so was an? Obwohl er ja die meiste Zeit im Internet rumhängt, auf irgendwelchen Zockerseiten. Er erzählt nie, ob er gewinnt oder verliert, aber ich glaub, für Geld hat er ein verdammt gutes Händchen. Na ja, freut mich, dass er wenigstens einen Freund zu haben scheint. Dann mal guten Appetit, ihr beiden!«

Das Essen schmeckte nicht schlecht, aber ich fragte mich, wie es sich wohl anfühlte, wenn man sein Essen jeden Tag auf so einem Tablett hingestellt bekam. Shane hätte auch mit der Familie in der Küche essen können, erzählte er mir, aber da kam er sich etwas vor wie das fünfte Rad am Wagen. Er durfte auch das vordere Zimmer mitbenutzen, das als Wohnzimmer für die Familie und für die Gäste gedacht war. Aber genauso fühlte es sich auch an – er war hier Gast. Wie es einem wohl erging, wenn man kein anderes Zuhause hatte als so eine umgebaute Garage?

Aber bald vergaß ich diese trüben Gedanken, denn ich kam aus dem Lachen gar nicht mehr raus. Shane machte nämlich unsere sämtlichen Lehrer nach, während wir aßen. Als wir aber dann mit dem Lernen anfingen, wurde er schnell sehr ernst. In Geschichte schien es nichts zu geben, was er nicht wusste und – noch wichtiger – in einfachen Worten erklären konnte.

Erst als wir fertig waren und ich von meinem Schulbuch aufblickte, sickerte die Atmosphäre des Zimmers erneut in mich ein. Nichts deutete darauf hin, dass hier ein Teenager wohnte. Die Wände waren kahl. Es erinnerte alles an eine Klosterzelle. Die Möbel waren eigentlich gar nicht schlecht, aber ich hätte es nie in einem solchen Zimmer ausgehalten, wie in einer Gefängniszelle. Shane schien zu spüren, wie unwohl ich mich fühlte.

»Ist doch ganz gemütlich«, sagte er mit einer Stimme, bei der mir nicht ganz klar war, ob er mich oder sich selbst davon zu überzeugen versuchte. »Mir gefällt's hier.«

»Aber was machst du denn abends?«, fragte ich. »Du hast ja noch nicht mal einen Fernseher.«

»Mrs Higgins hat angeboten, mir einen reinzustellen, aber das wollte ich nicht. Mir reichen das Internet und die Geschichtsbücher. Das Haus geht hinten auf den Tennisclub raus. Manchmal sitze ich im Dunkeln im Garten, wenn dort keiner mehr spielt und alles ringsum still ist. Niemand stört mich dann in meinen Gedanken.«

»Klingt etwas unheimlich.«

Shane grinste. »Nur die Ruhe vor dem Sturm, bevor ich mich in die Stadt aufmache, und dann geht's erst so richtig los. Ich hab was von einem Spieler in mir, ich kann einfach nicht aufhören. Wahrscheinlich verwette ich noch mal mein letztes Hemd.« Er stand auf. »Nimm deine Jacke, wir ziehen los.«

»Ich muss nach Hause«, sagte ich. »Meine Mutter wartet bestimmt schon. Und außerdem ist meine Schultasche tonnenschwer.«

»Du kannst deine Tasche hierlassen«, drängte Shane. »Ich bring sie dir morgen mit. Wir haben hart gearbeitet, du verdienst eine Belohnung.« Er bemerkte mein Zögern. »Nun zieh den Schwanz nicht so ein. Deine Mutter war auch mal jung.

Glaubst du, sie ist jeden Abend um acht brav nach Hause gerannt, als sie so alt war wie du? Ich wette, sie hat sich auch vergnügt, und das könnte sie immer noch, denn wahrscheinlich ist sie eine gut aussehende Frau. Keiner zwingt sie, jeden Abend wie eine alte Jungfer zu Hause zu sitzen und dir ein schlechtes Gewissen zu machen, wenn du mal nicht da bist, um ihr Gesellschaft zu leisten.«

»Lass meine Mum da raus«, sagte ich.

Er lachte. »Ich mein ja nur, sie sollte ab und zu auch mal raus, wenn ihr danach ist.«

»Halt die Klappe!«, sagte ich. »Meine Mutter geht dich nichts an.«

»Ich sag ja nur, dass sie vielleicht mal ihren Horizont erweitern sollte, wie du auch. Wenn du findest, dass dieses Zimmer etwas klein ist, dann wird es höchste Zeit für dich, mal mitzukriegen, was andere Leute so für ein Leben führen.« Er griff nach seiner Lederjacke, stand in der geöffneten Tür und wartete mit einem amüsierten Lächeln auf mich. »Also, entscheide dich – willst du mal ein bisschen von der Hölle kosten oder hast du vor, dein ganzes Leben lang verängstigt zu Mutti nach Hause zu rennen?«

Dreizehntes Kapitel

Shane

August 2007

Noch am selben Abend trafen sich Geraldine und Shane an jener Stelle der Rock Road, von der die schmale Einbahnstraße der Castledawson Avenue abzweigt; unbemerkt von den Tausenden von Autofahrern, die auf der breiten Straße vorbeirauschen. Der Verkehrslärm verebbte allmählich, als sie die Castledawson Avenue entlanggingen, die inzwischen kaum mehr war als ein breiter geteerter Weg, obwohl dort einst auf der rechten Seite eine Reihe von Häusern gestanden hatte. Diese hatten irgendwann dem Sportplatz des Blackrock College weichen müssen, der jetzt verlassen in der Abenddämmerung dalag. Auch auf der linken Seite waren nur noch zwei Gebäude stehen geblieben, alte Häuser, in denen man schicke Büros eingerichtet hatte. Beide wurden fast erdrückt von dem modernen Gebäudekomplex der Blackrock-Klinik dahinter. Der Asphalt wurde schlechter, und als sie die verlassene Molkerei erreichten, war von der Straße nicht mehr viel übrig.

Shanc und Geraldine musterten den halb verfallenen Dachstuhl des Hauses: Unmöglich, darin konnte niemand mehr wohnen! An der Haustür gab es einen Türklopfer, aber sie hatten nicht vor, damit anzuklopfen. Detektive arbeiten heimlich. Allerdings waren sie gar nicht wirklich hergekommen, um

Detektive zu spielen. Shane sah diesen abendlichen Ausflug eher als Chance an, im Dunkeln mit Geraldine allein zu sein. Wenn sie Angst bekäme, würde er einfach seinen Arm um sie legen. Und wenn er mutig genug war, in dieses gespenstische leere Haus einzubrechen, dann war er vielleicht auch mutig genug, endlich das zu tun, was er schon den ganzen Nachmittag im Blackrock Park hatte tun wollen: sie küssen. Ein Kuss würde reichen, um diesen Sommer, der so einsam begonnen hatte, zum größten Sommer seines Lebens zu machen. Ob sich seine Großeltern in diesem Haus auch zum ersten Mal geküsst hatten, heimlich, damit die Herrin des Hauses nichts davon merkte? Er hatte seine Großmutter nicht mehr kennengelernt, und es fiel ihm schwer, sich seinen Großvater als Jungen in seinem Alter vorzustellen. Shane blickte zu Geraldine.

»Sollen wir besser umkehren?«

Geraldine blickte ihn an. »Jetzt sag nicht, dass du plötzlich Schiss kriegst. Bist du ein noch größerer Feigling als Simon Wallace?«

Shane wusste nicht genau, ob das Funkeln in ihren Augen bedeutete, dass sie ihn aufziehen wollte, oder ob sie tatsächlich wütend war. Aber ihm war klar, dass es kein Zurück mehr gab. Er würde das Haus Zimmer für Zimmer erforschen, bis Geraldine ihn schließlich bitten würde, doch endlich aufzuhören und nach Hause zu gehen. Ein schmaler Trampelpfad lief am Haus und der Mauer entlang und endete vor einem verrosteten Eisentor, das oben mit einem Stacheldraht versehen war. Über dieses Tor konnte man unmöglich klettern, aber aus der Mauer waren einige Steine rausgebrochen, sodass man mit den Füßen genug Halt fand. Eine schwarze Katze, alt und halb verwildert, kauerte misstrauisch oben auf der Mauer und verfolgte jede ihrer Bewegungen. Als sie beide auf der Mauer standen, konnten sie auf der einen Seite den Sportplatz des Blackrock College sehen und auf der anderen die parkenden Autos vor der Blackrock-Klinik. Als sie jedoch in den Garten hinuntergesprungen waren, sah man nichts mehr, außer einem Dickicht aus Dornen und Gebüsch, das sich einen Abhang hinunter bis zum Haus hinzog.

Leere Flaschen lagen verstreut, Scherben und Kippen. Aber man hatte den Eindruck, dass der Müll sich nur in der Ecke neben dem Tor befand. Als hätten selbst die Leute, die hier gemeinsam Party gefeiert hatten, darauf geachtet, einen gewissen Sicherheitsabstand zum Haus einzuhalten. Shane hoffte, dass Geraldine bald der Mut verlassen würde, aber sie war es, die voranging und ihnen einen Weg durch die Ranken bahnte. Schließlich tat sich eine Lücke auf und sie stolperten und rutschten und rannten den Rest des Abhangs hinunter. Erst als sie mit ihren ausgestreckten Händen gegen die Hausmauer prallten, wurden sie gestoppt. Der Verputz zerbröselte zwischen ihren Fingern.

Hinter den Küchenfenstern, gegen die sich Zweige pressten, sah es finster aus. Die Scheiben waren von Spinnweben so dicht überwuchert, dass sie geheimen Landkarten glichen. Shane, der etwas atemlos war und sich über seine zerkratzten Arme strich, spähte durch das Fenster in die Räume hinein, in denen auch sein Großvater als Junge ein und aus gegangen war. Im Zwielicht sah alles bedrohlich und unheilverkündend aus. Die Rock Road führte nicht weit entfernt an ihnen vorbei, aber als Shane sich umdrehte und auf das Gestrüpp blickte, durch das sie sich gekämpft hatten, fühlte er sich, als hätte er einen zeitlosen Ort betreten.

Dann hörte er inmitten der Stille ein Geräusch, das ihn frösteln machte: ein ferner, leiser Laut, als wäre ein Tropfen auf einer ruhigen Wasseroberfläche aufgeschlagen und zerplatzt. Er blickte zu Geraldine, aber sie schien nichts gehört zu haben. Wäre Shane allein hier gewesen, wäre er jetzt umgekehrt. Aber er konnte nicht zulassen, dass Geraldine ihn einen Feigling oder noch schlimmer schimpfte. Geraldine wirkte auch verängstigt, aber sie schien ebenfalls fest entschlossen zu sein, nicht als Erste die Flucht zu ergreifen. Noch länger in die Küche hineinzustarren, hielt sie jedoch nicht aus. Sie wusste, wenn sie jetzt nicht gleich handelte, wäre sie von Furcht so gelähmt, dass sie es nicht mehr weiterschaffte.

»Heb mich hoch«, flüsterte sie und deutete auf ein kleines Küchenfenster, das einen Spalt offen stand. »Ich glaub, da kann ich mich durchquetschen.«

»Willst du das wirklich machen?«, fragte Shane.

»Du bist ein fürchterlicher Angsthase, weißt du das?«

Shane bückte sich, damit sie einen Fuß auf seine verschränkten Hände setzen konnte, dann hob er sie hoch. Mühsam zerrte Geraldine das Fenster auf. Als sie schließlich ihren Kopf ins Innere steckte, wehte ihr aus dem Zimmer der süßlich-fahle Geruch von abgestandener Luft entgegen. Sie hatte sich schon halb hineingeschoben, da befiel sie plötzlich die Angst, dass sie vielleicht nie mehr herauskommen würde, wenn sie jetzt kopfüber hineinstürzte und sich dabei den Knöchel brach. Sie wollte Shane schon sagen, er solle sie wieder auf dem Boden absetzen, aber als sie ihm den Kopf zudrehte, hatte sie auf einmal das Gefühl, von einem unsichtbaren mächtigen Wasserschwall überschwemmt zu werden, der sie gegen ihren Willen mit sich fortzog. Sie riss erschrocken die Arme hoch, wusste nicht, wie ihr geschah, und fand sich plötzlich auf dem Küchenboden wieder. Ringsum war alles staubtrocken und auch das Gefühl zu ertrinken war verschwunden. Aber sie keuchte so heftig, dass sie auf Shanes Rufe nicht antworten konnte. Sofort kam er ihr durch das schmale Fenster nach. Dabei schrammte er sich den Ellenbogen auf und Geraldine hörte ihn leise aufstöhnen, als er neben ihr auf dem Küchenboden landete.

»Hast du dir wehgetan, Shane?«

»Ich nicht – und du? Was ist passiert?«

In der Düsternis konnten sie kaum etwas erkennen. Alle Lichtstrahlen, die noch in die Küche drangen, waren wegen der Blätter und Zweige, die sich gegen die Fenster pressten, grün gefärbt. Shane knipste seine Taschenlampe an und Geraldine zuckte zusammen, als er den hellen Strahl auf sie richtete. Sie hatte gewollt, dass er mit ihr in dieses Geisterhaus eindrang. Es war für sie eine Mutprobe gewesen. Aber jetzt wollte sie einfach nur nach Hause. Im Schein der Taschenlampe war an der Rückwand der Küche eine schmale Tür zu erkennen. Shane stand auf, öffnete sie und leuchtete mit der Lampe in einen engen, niedrigen Gang hinein, der offensichtlich in den Keller hinunterführte. Wieder hörte er das Tropfen wie von einem undichten Wasserhahn. Das Geräusch hallte in dem leeren Raum dumpf wider. Eisige Kälte strömte ihm entgegen und er schauderte. Hastig stieß er die Tür zu. Auch dieses Geräusch hallte ihnen in den Ohren. »Glaubst du, jemand hat uns gehört?«

»Keine Ahnung«, flüsterte er. Beide hatten das Gefühl, in dem Raum nicht allein zu sein, aber sie wollten das Grauen, das sie bei der Vorstellung beschlich, hier in einem Haus voller Gespenster umgeben zu sein, nicht noch verstärken, indem sie es sich gegenseitig eingestanden. »Vielleicht benutzen ja Drogendealer diesen Ort als Lager«, meinte Shane, ohne selbst zu glauben, was er da sagte. Aber er brauchte unbedingt eine Erklärung dafür, warum er an diesem Ort so große Angst hatte, warum er sich beobachtet und belauscht fühlte. »Besser, wir flüstern nur.«

Er knipste die Taschenlampe wieder aus und Geraldine griff nach seiner Hand, weil die Küche ohne den Lichtstrahl auf einmal doppelt so dunkel war. Sie sahen zurück zum Fenster. Nein, so groß war ihre Angst doch nicht, dass sie gleich wieder nach draußen klettern wollten. Zögerlich und vorsichtig schlichen sie aus der Küche hinaus und gelangten in einen Flur, dessen Boden mit großen Steinfliesen belegt war. Eine Maus huschte vorbei und Geraldine unterdrückte einen Schrei. Sie fragte sich, welche anderen Wesen wohl noch in diesen Räumen hausen mochten. Shane knipste seine Taschenlampe wieder an, hielt aber die Hand vor den Strahl, sodass das Licht nur spärlich hindurchdrang. Aber es reichte aus, um zu erkennen, dass kein Diebesgut, Alkohol oder Drogen in dem Flur gestapelt waren. Es waren auch keine Zigarettenkippen zu sehen, schmutzige Fußabdrücke oder sonstige Spuren, die Kriminelle üblicherweise zurücklassen. Das einzige Lebenszeichen kam von den dicken Spinnen in ihren großen Spinnennetzen, die sie streiften. Angeekelt zog Geraldine den Kopf ein, weil sie fürchtete, eine Spinne könnte sich in ihren Haaren verfangen.

Sie erreichten den Fußabsatz einer Treppe, die hinauf in die Eingangshalle des Hauses führte. Inzwischen hatte sich ihre Angst etwas gelegt und sie waren überzeugt, dass Simon Wallace alles nur erfunden hatte, denn es war offensichtlich, dass seit vielen Jahren niemand das Haus betreten hatte. Und doch, eine Unruhe blieb, und je tiefer sie vordrangen, desto weiter entfernten sie sich von dem kleinen Fenster, das ihr einziger Fluchtweg war.

»Mein Großvater hat hier in der Molkerei gearbeitet«, flüsterte Shane Geraldine zu. »Hier hat er meine Großmutter kennengelernt, als sie beide ungefähr so alt waren wie wir.«

»Das hast du dir gerade ausgedacht.«

»Nein, es ist wahr. Er hat mir einmal erzählt, dass sie sich genau an dieser Stelle das erste Mal geküsst haben. Als er neben ihr auf der obersten Stufe der Treppe saß, die wir gerade hochgehen.«

Das hatte Shane jetzt tatsächlich erfunden, aber Geraldine blickte ihn seltsam an, stieg im Dunkeln rasch die Treppe hoch, setzte sich auf die oberste Stufe und sah dann zu ihm hinunter. Er wusste, ihm blieb nichts anderes übrig, als ihr zu folgen, und er begriff erst jetzt, dass sie seit Wochen darauf gewartet hatte, endlich von ihm geküsst zu werden. Langsam ging er Schritt für Schritt nach oben und bemühte sich, dabei möglichst cool zu wirken. Aber er wusste, dass ihm das nicht gelang. Als er auf der obersten Stufe angekommen war, machte sie ihm Platz. Sie saßen beide da und blickten in der Eingangshalle umher, die durch das schmale Oberlicht über der verschlossenen Haustür spärlich erhellt wurde. Eine halb verfallene Holztreppe führte hoch in die Zimmer im ersten Stock. Shane fröstelte – nicht nur, weil es hier drinnen kalt und dunkel war, sondern auch wegen des merkwürdigen Gefühls, hier im Traum schon einmal gewesen zu sein. Geraldine lächelte ihn an.

»Vielleicht bist du doch kein solcher Feigling und Schlappschwanz«, sagte sie.

»Man kann sagen, dass wir die Spurensuche in diesem Fall erfolgreich abgeschlossen haben«, sagte er, »Lass uns die Sache zu den Akten legen.«

»Einverstanden«, sagte Geraldine. »Zeit für D.E.K.«

»Wofür?«

Geraldine lachte. »Warum sind Jungs nur so dumm? Du hast wirklich von nichts eine Ahnung. Zeit für den ersten Kuss.«

Dann hörte sie auf zu lachen und ihre Augen blickten ernst. Shane und sie hatten ihre Mutprobe bestanden. Zwar hatten sie nicht das ganze Haus durchsucht, aber sie waren viel mutiger als Simon Wallace gewesen. Sie hatten sich ihren ersten Kuss verdient und vielleicht auch ihren zweiten und ihren dritten und danach würden sie die Treppe hinunter zurück in die Küche gehen, durch das Fenster hinaus und über die Mauer klettern und dann lachend Hand in Hand die Rock Road entlangrennen, endlich ein richtiges Paar. Shane beugte sich vor, um Geraldine zu küssen, und ihre Lippen berührten sich schon fast, da hörten sie es: ein schwaches, knisterndes Geräusch, Fetzen von leiser Jazzmusik, irgendwo im Haus.

Die Musik verlor sich in dem Knistern, als würde jemand bei einem alten Radio nach einer besseren Einstellung suchen. Dann kam sie wieder, lauter und klarer diesmal – mit einem schwermütigen Klarinettensolo. Alle Gedanken an einen Kuss waren wie weggeblasen. Geraldine wollte fort, aber Shane hörte der Musik wie hypnotisiert zu. Natürlich war das völlig unsinnig, aber er hatte das Gefühl, wenn er nur die richtige Tür öffnete, würde er die Geister seiner Großeltern sehen können, wie sie langsam zu der Musik tanzten, im selben Alter wie er jetzt.

Auf Zehenspitzen schlich er über die Holzdielen der Eingangshalle. Geraldine rief ihm flüsternd nach, dass er zurückkommen solle, aber er hörte nicht auf sie. Und schließlich folgte sie ihm, da sie nicht allein bleiben wollte, vorbei an der Treppe und einen schmalen Flur entlang bis zu einer Tür, die einen kleinen Spalt offen stand. Licht drang daraus hervor, so schwach, dass sie es vorher nicht bemerkt hatten. Jemand war in dem Raum.

Shane blieb vor der Tür stehen, gebannt von dem Licht und der Musik. Geraldine stand jetzt neben ihm und gemeinsam spähten sie durch den kleinen Spalt in das Zimmer hinein. Sie sahen dort keine Stapel gestohlener Banknoten oder Säcke mit Heroin, sondern nur einen Greis, der sich über einen alten Radioapparat beugte. Die Flammen der beiden Kerzen, die auf zwei leere Flaschen aufgesteckt waren, leuchteten so schwach, dass kein Lichtschimmer durch das verschmutzte Laken drang, das er vor das Fenster gehängt hatte, damit die Außenwelt nichts von seiner Anwesenheit erfuhr. Sie starrten auf seine wenigen Besitztümer: ein paar Bücher, ein Gaskocher und ein Topf, ein Schlafsack auf einer alten Matratze, zwei Fläschchen mit Medikamenten, ein abgenutzter Lehnstuhl, ein halber Laib Brot, eine Kaffeekanne und ein paar angeschlagene Teller und Tassen.

Der alte Mann hatte ihnen den Rücken zugekehrt. Er drehte immer noch an dem Radio, um den Empfang zu verbessern. Dann stand er auf, legte seinen Kopf wie in Trance zurück und begann zu tanzen, langsam, wie in Zeitlupe. Er lachte, während er sich um sich selbst drehte. Eine Minute lang schienen seine alten Glieder der Zeit und der Schwerkraft zu trotzen. Dann stolperte er und fiel rückwärts hin. Geraldine und Shane waren zu erschrocken, um sich zu rühren. Mit geschlossenen Augen lag der alte Mann reglos auf dem Rücken, und sie hatten keine Ahnung, ob er lebte oder tot war.

Vierzehntes Kapitel

Joey

November 2009

Shane und ich mussten nicht lange warten, dann kam ein 46A-Bus und nahm uns mit nach Dublin hinein. Weil mein Akku leer war, konnte ich Mum nicht anrufen, um ihr zu sagen, dass ich mit Shane noch etwas um die Häuser zog, und es war zu peinlich, Mrs Higgins zu fragen, ob ich ihr Telefon benutzen dürfe. Shane hatte kein Handy, als Einziger in der ganzen Klasse. Keine Ahnung, warum. Als wir in der O'Connell Street ausstiegen, hatten die großen Geschäfte alle schon geschlossen, nur noch Spielhöllen und Fast-Food-Restaurants waren geöffnet. Um die Uhrzeit musste man aufpassen. In den Hosentaschen nach Geld zu wühlen oder einfach nur verloren herumzustehen konnte schon Anlass genug sein, um zum Opfer gemacht zu werden.

Eine Gruppe von Jugendlichen hatte sich unter der Säulenhalle des General Post Office versammelt. Ihr Alter reichte so ungefähr von zwölf bis achtzehn und sie stammten von überall her: Afrika, Asien, Osteuropa. Als wir näher kamen, hörten sie zu reden auf. Meine Überlebensinstinkte sagten mir, dass ich den Augenkontakt vermeiden und mich so unsichtbar wie möglich machen sollte. Mir gefiel ihr bedrohliches Schweigen nicht, aber wenn wir es schafften, einfach an ihnen vorbeizugehen, ohne sie durch irgendetwas zu provozieren, dann war die Gefahr vorbei.

Doch Shane steuerte direkt auf sie zu, drängte sich zwischen sie, schob den Größten von ihnen, einen schon etwas älteren schwarzen Jugendlichen, mit der Schulter einfach zur Seite. Der andere richtete sich auf, musterte ihn und stieß Shane mit beiden Händen weg. Plötzlich waren wir von lauter fremden Gesichtern umringt. Aber von mir nahm niemand Notiz. Alle stürzten sich auf Shane. Er schubste und boxte aggressiv weiter. Seine Gesten, sein ganzer Auftritt, die Namen, mit denen er sie beschimpfte – er legte einen Auftritt hin wie ein Gangsta Rapper. Die anderen reagierten ebenfalls aggressiv, es war eine deutliche Spannung zu spüren. Fußgänger, die zufällig vorbeikamen, machten einen weiten Bogen um uns, sie wollten auf keinen Fall in eine Sache hineingezogen werden, die jeden Augenblick in eine hässliche Schlägerei ausarten konnte. Mit seinen Ellenbogen kämpfte sich Shane genug Platz frei, um wie ein Boxer die Fäuste vors Gesicht halten zu können. Er duckte sich, tänzelte, ließ die Fäuste ins Leere nach vorne schießen und sagte dazu etwas in einer fremden Sprache, das den großen schwarzen Jugendlichen, bestimmt ihr Anführer, laut auflachen ließ. Die anderen fingen auch laut und übermütig zu lachen an und plötzlich sah ich sie alle mit ganz anderen Augen – nicht mehr als gefährliche Bande, sondern einfach nur als Jungs, die miteinander rumhingen, sich gegenseitig aufzogen und ihre Späße machten. Shane legte mir den Arm um die Schultern.

»Das hier ist mein Kumpel Joey Kilmichael, er geht mit mir in dieselbe Klasse. Ich sag euch, der kann Gitarre spielen! Joey, das sind die Jungs.«

Joey stellte mir einen nach dem anderen vor und sie begrüßten mich nacheinander mit Handschlag. Aber ich konnte mir unmöglich alle Namen auf einmal merken oder die Länder, aus denen sie herkamen. Zuerst dachte ich, sie hätten überhaupt nichts gemeinsam, aber dann wurde mir klar, dass sie alle ihre Familien verloren hatten. Sie waren als Kinderflüchtlinge allein nach Irland gekommen. Irgendwann musste ihren Eltern in Zaire oder Somalia klar geworden sein, dass sie als ganze Familie keine Chance auf Asyl in Europa hatten, aber ein einzelnes Kind, so ihre Hoffnung, würde kein Land zurückweisen. Sie waren alle mit dem Schiff nach Irland gekommen. Manche erinnerten sich noch daran, dass ihre Eltern Kuriere bezahlt hatten, die sie dann in finstere Container einsperrten, in denen sie auf ein Schiff verladen wurden. Andere behaupteten, sich an nichts zu erinnern. Vielleicht, weil sie sich tatsächlich nicht erinnerten, vielleicht aber auch nur, weil ihre Eltern ihnen gesagt hatten, der sicherste Weg zu überleben, sei, alles zu vergessen. Wenn man nämlich keinen Namen und keine Herkunft hatte, konnte man auch nirgendwohin zurückgeschickt werden.

Die irische Regierung sorgte dafür, dass sie Essen und Kleidung bekamen, in die Schule gingen und in Heimen untergebracht waren. Aber ein Zimmer in einem Heim ist kein Zuhause, deshalb trafen sie sich jeden Abend. Auch Shane wirkte mit ihnen zusammen entspannter als sonst. Natürlich war er kein Flüchtling und an seinem einundzwanzigsten Geburtstag würde er ein Vermögen erben. Aber auch er hatte keine Familie mehr, und wenn er nachts aus einem Albtraum hochschreckte, war keiner da, der ihn trösten konnte.

Als wir alle zusammen die Henry Street entlanggingen, hatte ich das Gefühl, in einer völlig anderen Welt zu sein. Einige Jungs konnten ganz gut Englisch, andere beherrschten nur ein paar Wörter oder hatten eine so seltsame Aussprache, dass ich sie kaum verstand. Die Türsteher vor den Bars beäugten uns misstrauisch. Wir kamen zu dem riesigen Kinokomplex an der Parnell Street, dessen Stufen voller Leute waren, die sich einen Film angucken wollten. Aber das Geld für eine Kinokarte hatten von uns wohl nur wenige übrig, und selbst wenn, wäre es wahrscheinlich sehr schwierig geworden, sich auf einen Film zu einigen.

Niyi, der Jüngste aus der Gruppe, setzte sich mit seinem MP3-Player auf eine der Stufen und hörte still Musik, während die anderen herumstanden und in allen möglichen Sprachen quasselten. Er gehörte zwar zur Gruppe, schien aber trotzdem ganz in seiner eigenen Welt zu leben. Ich setzte mich neben ihn, weil ich mich auch verloren fühlte. Niyi beachtete mich zuerst nicht, aber dann zog er seine Ohrstöpsel heraus und reichte mir schweigend einen davon. Den anderen steckte er in sein rechtes Ohr, und gemeinsam hörten wir die Rap-Musik, die er auf volle Lautstärke gestellt hatte.

Ein Security-Mann tauchte aus einer Glastür auf und verscheuchte uns. Widerwillig setzten sich die anderen in Bewegung, nicht ohne den Typen wild zu beschimpfen. Niyi stand auf und ich mit ihm. Die Köpfe zueinandergesteckt, mit den Fingern die Ohrstöpsel festhaltend, damit sie nicht verrutschten, folgten wir den anderen. Wir gingen die Capel Street entlang. Als der Song vorbei war, zog Niyi seinen Ohrstöpsel heraus und ich machte es ihm nach. Er nahm ihn schweigend entgegen, ohne sich darum zu kümmern, dass wir inzwischen ein Stück hinter den anderen zurückgeblieben waren. Aus dem Pub an der nächsten Ecke dröhnte Musik. Vor dem Türsteher hatte sich eine lange Schlange gebildet. Ein paar Häuser weiter leuchtete mir im Schaufenster eines Musikladens eine blaue Gitarre entgegen, die ziemlich teuer aussah. Aber ich konnte nicht länger stehen bleiben, um sie zu bewundern. Niyi war bereits ein paar

Schritte voraus, er beeilte sich jetzt, weil er die anderen nicht ganz aus dem Blick verlieren wollte. Als ich wieder neben ihm war, brach er sein Schweigen.

»Also er dich auch gefunden.«

»Wer?«

»Shane.«

»Und warum gefunden?«

»Bevor er mich finden, ich nie gehen aus in der Dunkelheit. Zu viel Angst. Ich kennen niemand und draußen immer kalt. Auch irische Menschen hinter ihren Lächeln kalt. Meine Mutter mich gewarnt, sei wachsam!«

»Wovor?«

»Vor allem.«

»Wo ist deine Mutter jetzt?«

Er musterte mich plötzlich feindselig. »Bist du bei Polizei?«

»Nein, ich hab nur so gefragt.«

»Nicht fragen.«

Wir gingen schweigend weiter, weil ich nicht wusste, was ich sagen sollte. Vor uns drängelten sich die anderen dicht nebeneinander auf dem Bürgersteig, schubsten sich, kickten eine leere Dose die Straße entlang. Ich hörte Shane in ihrer Mitte laut lachen. Ich hatte mir bisher nie vorzustellen versucht, wie es sich wohl anfühlte, in einem finsteren Container lebendig begraben zu sein, auf einem Schiff um die halbe Welt unterwegs, ohne zu wissen, ob man jemals wieder das Tageslicht sieht. Und dann in einem völlig fremden Land anzukommen, in dem man keine Menschenseele kennt. Kein Wunder, dass Niyi so still und misstrauisch war.

»Entschuldigung, war wohl eine blöde Frage«, sagte ich.

»Du schon in Ordnung«, meinte er achselzuckend.

»Woher kennst du Shane?«

»Er an meine Tür in Dún Laoghaire klopfen, eines Abends. Ich liegen auf dem Bett und hören Musik. Niemand an meine Tür klopfen, deshalb ich weiter auf dem Bett liegen, aber er nicht weggehen, bis von mir Antwort. Shane mich anlächeln und sagen: ›Komm mit, du kannst nicht jeden Abend hier drin bleiben.‹ – ›Wer zum Teufel du sein?‹, ich fragen. ›Was zum Teufel du wollen? Woher zum Teufel du kommen?‹ Aber er nur lächeln und sagen: ›Lass uns losziehen, mal ein bisschen frische Meeresluft.‹ Zuerst er mir Angst machen – was er wollen, ich mich fragen –, aber er ist guter Junge. Verrückter Junge, aber gut. Durch ihn die anderen kennenlernen.«

»Sind sie auch in Ordnung?«

»Sind okay. Ich jetzt am Abend unterwegs, nicht mehr immer allein. Aber immer noch nicht wissen, warum Shane bei mir geklopft. Sonst nur Sozialarbeiter klopfen und stellen Fragen.«

Die anderen waren bereits am Ende der Straße angelangt und warteten an der Ampel darauf, auf die Capel Street Bridge hinüberzukommen. Neben ihnen standen drei Mädchen in engen schwarzen Minikleidern, die sich für den Abend total rausgeputzt hatten. Alle lachten miteinander. Es herrschte starker Verkehr, aber auch viele Fußgänger waren unterwegs. Wenn die Ampel jetzt auf Grün schaltete, würden die anderen vor uns über der Brücke sein und dann würden wir sie wahrscheinlich verlieren.

»Sollen wir rennen, um deine Freunde einzuholen?«, fragte ich.

»Das sind nicht meine Freunde. Nur Shane ist mein Freund.«

Im Verkehrsstrom tat sich eine Lücke auf und die Mädchen beschlossen, die Straße auch bei Rot zu überqueren. Mit gespieltem Gekreische rannten sie los. Trotz des lauten Gehupes bestand keine wirkliche Gefahr, bis ein Mädchen in ihren High Heels stolperte. Sie stand gleich wieder auf, doch der Scheinwerfer des auf sie zukommenden Autos verwirrte sie. Der Fahrer versuchte eine Vollbremsung, aber zu spät. Der Körper des Mädchens wurde durch die Luft geschleudert und blieb reglos auf dem Asphalt liegen. Ich starrte auf das Mädchen, dann auf den Schuh ein paar Meter weiter. Der Verkehr war zum Stillstand gekommen und es schien fast, als hätte das Leben angehalten. Die Freundinnen des Mädchens fingen an zu schreien und die Leute rannten auf die Straße.

Der Autofahrer stieg aus und sackte dann zitternd in sich zusammen. Als ich die Mitte der Straße erreichte, hatte sich um das Mädchen ein Kreis gebildet. Ihre Freundinnen schluchzten. Die Leute wussten nicht, was sie tun sollten. Als Shane ein paar Schritte nach vorn machte, hielt keiner ihn auf, weil er eine ruhige Autorität ausströmte. Er kniete sich neben das Mädchen und fühlte ihren Puls. Dann beugte er sich vor und flüsterte ihr etwas ins Ohr. Das Gemurmel der Schaulustigen ringsum wurde allmählich lauter, trotzdem konnte ich hören, was Shane gesagt hatte. Ich verstand die Worte nicht, weil es Latein war, aber ich begriff, dass er feierlich verkündete, für die Seele der Dahingeschiedenen beten zu wollen. Als er den Kopf wieder hob, bewegte er murmelnd die Lippen. Alle ringsum schienen sofort zu begreifen, denn sie schwiegen auf einmal, und als er geendet hatte und aufstand, schlugen viele ein Kreuz.

In der Ferne war die Sirene eines Krankenwagens zu hören. Ein Polizist auf dem Motorrad tauchte auf und übernahm die Regie. Er winkte ein paar Autos zur Seite, damit der Krankenwagen passieren konnte. Die Aufmerksamkeit der Leute war nicht länger auf Shane gerichtet. Die anderen Jungen wollten schleunigst weg – keinesfalls wollten sie in irgendeiner Weise mit dem Unfall in Verbindung gebracht werden. Am Ende würde man sie noch zu Schuldigen machen. Für mich war es das erste Mal, dass ich jemand hatte sterben sehen. Ich zitterte am ganzen Körper. Ich wünschte mir, meine Mutter wäre da, um mich in den Arm zu nehmen. Schweigend überquerten wir alle die Brücke. Auf der anderen Seite standen wir noch eine Weile bei der Wikingerboot-Skulptur herum. Wir hatten alle einen Schock. Einer nach dem anderen verschwanden die Jungs, bis nur noch Shane und ich übrig waren und Niyi, der wieder seine Ohrstöpsel aufgesetzt hatte. Shane berührte ihn an der Schulter, und als Niyi sie abnahm und hochschaute, bemerkte ich, dass er weinte.

»Beeil dich, damit du den letzten Zug nach Dún Laoghaire noch erwischst«, sagte Shane leise. »Alles wird gut. Vertrau mir.«

»Ich jemand vertrauen?« Niyi schüttelte den Kopf und wollte schon weggehen, da drehte er sich noch einmal um und sagte: »Aber ich dir vertrauen. Versprochen, du mich anrufen?«

Shane nickte und ich blickte Niyi nach, als er mit herabhängenden Schultern davonschlurfte.

»Wie hast du sie denn alle kennengelernt?«, fragte ich. »Niyi, zum Beispiel.«

Shane zuckte mit den Schultern. »Schiffbrüchige. Das sind sie alle.«

»Und was bist dann du?«

»So etwas wie ein Strandgutsammler. In Blackrock gab es immer Leute, die sich damit ihren Lebensunterhalt verdienten. Jahrhundertelang. Sie durchkämmten die Küste nach angeschwemmtem Holz, nach Stoffballen und was auch immer, hielten Ausschau nach aufgelaufenen Schiffswracks, die sie nach einem Sturm plündern konnten. Ich sammle anderes Treibgut. Nicht Brennholz, sondern Seelen, die vom Ozean des Lebens angespült wurden.«

»Was zum Teufel soll das denn heißen?«

Shane blickte mich einen Augenblick an, als wollte er darauf wirklich etwas sagen, doch dann lachte er nur. »Gar nichts. Reiner Unsinn.«

»Wirklich? Und woher kennst du die lateinischen Gebete, die du vorhin bei dem Mädchen gemurmelt hast?«

Shane wirkte belustigt. »Wie kommst du drauf, dass ich Latein kann?«, fragte er achselzuckend. »Vielleicht weiß ich ja nicht mehr als diesen einen Satz. Als ich klein war, wollte ich Priester werden. Schon erstaunlich, was man alles behält, wenn man früher mal Ministrant war.«

»Aber lateinische Messen werden schon seit ewigen Zeiten nicht mehr gelesen.«

Shane verdrehte die Augen. »Von Geschichte hast du keine Ahnung, aber in Religion, da bist du plötzlich der Experte, was? Komm, lass uns weiter!«

»Aber fährt jetzt nicht bald der letzte Bus?«

»Du enttäuschst mich, Joey. Ein Mädchen ist gerade vor unseren Augen gestorben und dir fällt darauf nichts Besseres ein, als nach Hause zu gehen?«

Shane drehte sich um und schien zu stolpern, denn er fiel rückwärts der Länge nach hin. Mit geschlossenen Augen lag er auf dem Rücken da und ich hatte schon Angst, er könnte auf dem Pflaster einen Schädelbruch erlitten haben. Aber als ich mich erschrocken über ihn beugte, schlug er plötzlich die Augen auf, grinste und schnippte mit den Fingern. »Das Leben kann von einem Moment auf den anderen vorbei sein, einfach so. Da will vielleicht sogar ein Stubenhocker wie du vorher noch mal was erleben. Also, bist du ein Schlappschwanz oder ein richtiger Mann?«

Damit kam er wieder auf die Füße und schlenderte am Flussufer entlang davon, ohne sich noch einmal nach mir umzudrehen. Ich wusste genau, dass er mich testen wollte und abwartete, ob ich ihm folgen würde.

Fünfzehntes Kapitel

Shane

August 2007

Mehrere Momente lang starrten Geraldine und Shane auf den alten Mann, der vor ihnen auf dem Boden lag. Dann schlug der Greis plötzlich die Augen auf und lächelte verschmitzt, als hätte er ihnen einen Streich gespielt. Er musterte sie ausführlich von unten, streckte einen Arm in einer etwas schiefen Willkommensgeste aus und murmelte etwas in einer Sprache, die keiner von beiden verstand. Als er ihre Verwirrung bemerkte, lächelte er wieder. »Mein Latein ist etwas eingerostet«, sagte er. »Es lautet ungefähr: ›Herzlich willkommen bei mir zu Hause, sagte die Spinne zur Fliege.‹«

Shane wollte davonlaufen, aber seine Füße gehorchten ihm nicht. Geraldine dagegen machte einen Schritt auf den Mann zu.

»Was machen Sie hier?«, fragte sie mit einer Stimme, die möglichst erwachsen klingen sollte.

»Was ich hier mache?« Der alte Mann blieb liegen, aber er schien keine Schmerzen zu haben. »Zufällig lebe ich hier. Das ist mein Haus. Ich wurde hier geboren. Darf ich euch also dieselbe Frage stellen? Was macht ihr hier?«

»Wir wussten nicht, dass hier jemand wohnt«, antwortete Geraldine.

»Und was wollt ihr hier?«

»Uns nur etwas umgucken, einfach so«, sagte Shane. »Wir haben so was wie einen Club gegründet.«

»Was für einen Club denn?«

»Wir wollen Rätsel und Geheimnisse aufklären.«

Shane spürte im selben Augenblick, wie dumm diese Antwort wirken musste. Aber ihm fiel nichts anderes ein. Der alte Mann ging jedoch ernsthaft darauf ein. »Und habt ihr welche aufgeklärt?«, fragte er, während er langsam aufstand.

»Nein«, gestand Geraldine. »Sie sind unser erster Fall.«

»Wer hat euch hergeschickt?« Die Stimme des Greises klang eine Spur härter.

»Niemand«, sagte Shane.

»Ganz sicher?« Der Mann blicktc auf cinmal nervös umher. »Woher wisst ihr, dass sie euch nicht benutzen?«

»Wer denn?«

»Wenn ihr mit eurer Erkundungstour hier fertig seid, für wen schreibt ihr dann euren Bericht?«

»Für niemanden«, mischte sich Geraldine ein. Die seltsame Spannung, die auf einmal im Raum spürbar war, gefiel ihr nicht. »Nur so zum Spaß. Außerdem wissen wir doch noch gar nichts, was wir über Sie berichten könnten.«

»Nein, tut ihr nicht.« Der Mann lachte, aber in dem Lachen war eine fürchterliche Einsamkeit zu spüren. »Doch einem dunklen Geheimnis könntet ihr da schon auf der Spur sein.«

Geraldine blickte sich im Zimmer um und schauderte. Der alte Mann ließ sich in dem Lehnstuhl nieder. »Tut mir leid.« Er lächelte entschuldigend. »Ich hätte dich nicht so erschrecken dürfen.«

»Ich hab keine Angst«, sagte Geraldine, während sie sich mit Shane unauffällig in den Gang zu verziehen versuchte.

»Ich bin nur einfach keine Besucher gewöhnt«, sagte der Greis. »Mir ist meine Ruhe wichtig. Außerdem muss ich mich hier erst wieder eingewöhnen. Lange her, seit ich das letzte Mal zu Hause war.«

»Ist das wirklich Ihr Zuhause?«, fragte Shane. Auf einmal merkte er, dass der alte Mann sein Gesicht besonders aufmerksam anschaute. »Warum schauen Sie mich so an?«, fragte er verwirrt.

»Ich hab das Gefühl, als würde ich einem alten Freund wiederbegegnen.«

»Ich kenne Sie nicht.«

»Nicht du, dein Gesicht. Ich hab dein Gesicht schon mal gesehen. Ja, das ist mein Zuhause, aber es steht seit vielen Jahren leer. Seid ihr zwei vielleicht schon häufiger hier gewesen?«

»Wir waren noch nie hier«, sagte Geraldine schnell. »Ein anderer Junge hat uns erzählt, dass er heute Nachmittag durchs Fenster was gesehen hat.«

Der alte Mann nickte. »Ich hab jemand im Garten rumschleichen sehen, aber ich wusste, dass sie ihn ganz bestimmt nicht geschickt hatten. Er wirkte viel zu lasch, um für sie von Nutzen zu sein.«

»Wovon reden Sie?«, fragte Shane beklommen. »Und woher kommt Ihnen mein Gesicht bekannt vor?«

»Ich weiß es nicht. Aber dein Gesicht wird noch in mir auftauchen«, sagte der alte Mann. »Das tun die Gesichter immer. Sie hören nicht auf, an meinem inneren Auge vorbeizuschweben. Es war unachtsam von mir, mich zu zeigen. Aber ich hatte nicht damit gerechnet, dass dieser junge Mann mich bemerken oder sich später noch an mich erinnern würde, weil durch eine leere Whiskeyflasche die Welt immer merkwürdig verzerrt und unscharf aussieht. Ich weiß, wovon ich rede.

Schließlich war ich das schwarze Schaf einer ehemals sehr respektablen Familie in Blackrock.«

»Die Leute erzählen sich alles Mögliche von dem Haus«, sagte Geraldine. »Es sollen hier zwei Brüder gelebt haben.«

»Ja«, antwortete der Mann. »Das waren meine beiden Brüder. Sie haben ihr ganzes Leben lang unter einem Dach gelebt, doch die letzten dreißig Jahre haben sie kein Wort mehr miteinander gesprochen. Jetzt liegen sie vereint im Grab bei meiner Mutter.«

»Die Leute erzählen sich, dass in diesem Haus Gespenster umgehen«, sagte Geraldine.

Der Mann lächelte. »Glaubst du an Gespenster?«

»Nein.« Trotzdem schauderte es Geraldine unwillkürlich. »Nicht am helllichten Tag jedenfalls.«

»Und nachts, da bist du dir nicht so sicher?«

»Sie sind aber kein Geist, oder?«

Der alte Mann lachte. »Ich heiße Thomas McCormack. Ich habe nie in meinem Leben ein Gespenst gesehen, obwohl ich oft auf Friedhöfen geschlafen habe, während ich auf Wanderschaft durch Amerika war.«

»Waren Sie ein Tramp?«, fragte Shane.

Der Mann lächelte. »Ja, so nennt man das wohl. Aber sind wir nicht alle Wanderer auf Erden, bis Gott unsere Seelen zu sich ruft? Ja, ich habe Jahrzehnte zwischen den Heimatlosen und Wanderarbeitern gelebt, den Obdachlosen, den Säufern und Drogenabhängigen. Und wenn sie mich darum gebeten haben, habe ich ihnen die Beichte abgenommen und sie mit den Sterbesakramenten versehen, wenn sie im Sterben lagen.«

»Also sind Sie ein Priester?«, fragte Geraldine.

»Nein. Obwohl die Nachbarn das Knie beugten, als sie sich damals zu meinem Abschied vor dem Haus versammelten.

Ich ging fort, um für das Priesteramt zu studieren. Ich war ein rechter Prahlhans und Aufschneider, alle blickten zu mir auf.«

»Was ist dann geschehen?«, fragte Shane.

»Manchmal muss man von zu Hause fort, um herauszufinden, wer man wirklich ist«, antwortete der alte Mann. »Vor langer Zeit hat mir jemand erzählt, dass in jedem von uns Dutzende von Persönlichkeiten stecken – gute wie böse –, die darauf warten, sich zeigen zu dürfen. Bei mir hat im Verlauf der Jahrzehnte jede dieser Persönlichkeiten ihre Chance bekommen. Beantwortet das Ihre Frage, junger Master O'Driscoll?«

»Woher kennen Sie meinen Nachnamen?«, fragte Shane erschrocken.

»Ich hab dir doch gesagt, dein Gesicht würde schon noch vor meinem inneren Auge auftauchen. Allerdings hat es eine Weile gedauert, weil ich in deinen Gesichtszügen auch noch etwas von den O'Learys entdecke.«

»O'Leary war der Nachname meiner Großmutter.«

»Und sie stammte aus Blackrock?«

»Ja. Mein Großvater auch.«

»Und er war ein O'Driscoll?«

Shane war merkwürdig erregt und fühlte sich zugleich äußerst unwohl. »Ja.«

»Und wo haben sich die beiden kennengelernt?«

»Unter diesem Dach, wo sie beide für eine übellaunige Herrin geschuftet haben.«

Thomas McCormack nickte. »Meine Mutter hatte eine scharfe Zunge, Gott sei ihr gnädig. Und deine Großmutter hatte ein wunderbares Lachen, falls ihr Vorname Molly war. War ihr Vorname Molly?«

»Woher wissen Sie das?«

»Dein Großvater Jack hat sie immer Mollser genannt, jedenfalls als er in deinem Alter war.«

In Shane stieg eine Erinnerung an seinen Großvater auf dem Sterbebett empor, wo er mal bei Bewusstsein war und dann wieder nicht und plötzlich diesen Kosenamen seiner verstorbenen Frau ausgerufen hatte, als wäre sie gerade an seinem Bett erschienen.

»Ich habe ihn diesen Namen nur einmal sagen hören.« Shane stiegen die Tränen in die Augen.

Der alte Mann lächelte. »Wenn du vor siebzig Jahren hier in diesem Haus gewesen wärst, hättest du ihn ununterbrochen gehört. Deine Großmutter war eine wunderbare Tänzerin. Ich erinnere mich noch gut daran, wie ich einmal mit Molly in diesem Zimmer hier zu Jazzmusik getanzt habc, während dein Großvater auf der Lauer lag. Meine Mutter durfte uns nämlich keinesfalls dabei erwischen. Sie hätte Molly auf der Stelle entlassen, weil sie zu solchem Teufelszeug tanzte. Und ich hätte mir von ihr eine Strafpredigt anhören müssen, dass ein so vertrauter Umgang mit einem Dienstboten nicht schicklich sei, erst recht nicht bei einem Jungen, der für den Priesterstand vorgesehen war und am Tanz überhaupt keine Freude haben durfte. Na ja, ich war ein lausiger Tänzer. Das wirkliche Tanzen ereignete sich erst, wenn Molly und Jack miteinander durch diesen Raum glitten und ich vor der Tür Wache hielt.«

Shane ließ den Blick durch das trostlose Zimmer mit den schimmeligen Wänden schweifen und versuchte, sich die Szene vorzustellen.

»Ich kann gar nicht fassen, dass Sie meinen Großvater gekannt haben«, sagte er.

Thomas McCormack beugte sich vor und flüsterte so leise, dass nur Shane es hören konnte: »Ich habe deinen Großvater und deinen Urgroßvater gekannt. Ich kenne alle O'Driscolls bis zu den Zeiten zurück, als Blackrock noch Newtown-at-the-Black-Rock hieß. Wir sind alte Nachbarn, du und ich, schon seit Jahrhunderten. Genau das beunruhigt mich. Vielleicht haben sie dich hierhergeführt oder vielleicht bist du ja rein zufällig gekommen, aber tu dir selbst einen Gefallen, junger O'Driscoll, und vergiss, dass wir uns hier getroffen haben. Als ich vor ein paar Wochen unbemerkt in dieses Haus geschlüpft bin, war es meine Absicht, hier auch weiter unbemerkt zu bleiben.«

»Vor wem verstecken Sie sich?«, fragte Geraldine.

Der alte Mann drehte sich leicht verwirrt zu ihr um, als hätte er vergessen, dass sie auch im Raum war. »Ich erkenne in deinem Gesicht die Züge der Flemings«, sagte er. »Die Flemings waren immer großartige Schwimmer. Bist du eine Fleming?«

»Ich möchte jetzt gehen«, sagte Geraldine barsch. »Lass uns verschwinden, Shane.«

»Ja, das wäre klug von euch.« Der Greis stöhnte plötzlich auf und griff sich an die Brust. »Aber reich mir vorher bitte noch die Schmerztabletten in dem blauen Fläschchen da.«

Geraldine gab ihm die Tabletten. Der alte Mann musste tatsächlich große Schmerzen haben, das war auf seinem Gesicht deutlich zu sehen. »Kümmert sich denn jemand um Sie?«, fragte sie. »Sieht ab und zu ein Arzt nach Ihnen?«

Der Greis steckte sich zwei Tabletten in den Mund und schluckte sie mit einem großen Schluck Wasser aus einer der Tassen auf dem Tisch hinunter. »Keine Menschenseele weiß davon, außer dem Rechtsanwalt, der mich in Amerika aufgetrieben hat. Ihr könntet also sagen, dass ihr meine einzigen Freunde seid.«

Shane und Geraldine wechselten einen unbehaglichen Blick.

»Freunde ist vielleicht zu viel gesagt«, fügte der alte Mann hinzu, »aber ihr könntet jetzt mein Geheimnis verraten, die Macht habt ihr.«

»Welches Geheimnis?«

»Ich hätte nie gedacht, dass ich mein Zuhause noch einmal sehe. Ich wollte niemanden stören, aber leider habt ihr mich aufgestört. Ich bin in einer Geheimmission hier.«

»Was für eine Geheimmission?«, fragte Shane.

Der alte Mann lächelte. »Wenn ich euch das sagen würde, wäre es kein Geheimnis mehr. Ich erzähle es euch, wenn ihr mich als Mitglied in euren Club aufnehmt. Dann wird es das offizielle Geheimnis unseres Clubs werden. Ich war hier schon einmal Mitglied in einem Club, hoch droben in den Dubliner Bergen.«

»Wir sind kein richtiger Club, auch wenn wir ein Codewort haben«, sagte Geraldine. »Wir haben einfach nur Spaß zusammen, aber da kann nicht irgendjemand daherkommen und gleich mitmachen.«

»Ich bin nicht irgendjemand. Ihr könntet mir bei meiner Geheimmission helfen.«

»Wie?«

»Schwört ihr, dass ihr niemandem was erzählt?«, fragte Thomas.

Geraldine wollte entgegnen, das könne und wolle sie nicht schwören, aber bevor sie den Mund aufmachen konnte, hatte Shane schon genickt.

»Dein Geheimnis ist bei uns sicher, Thomas.«

Thomas schaute Geraldine an, bis auch sie widerwillig nickte.

»Eure Aufgabe ist leicht«, sagte Thomas. »Meine Aufgabe ist viel schwerer. Eure Mission ist, niemandem zu erzählen, was ihr heute hier erlebt habt. Vergesst, dass ich existiere. Dieses

Haus ist mein Heiligtum. Ich muss etwas tun, das ich nur ganz allein tun kann. Etwas, das ich viel zu lang vor mir hergeschoben habe. Ihr braucht nicht hierher zurückzukehren. Keinesfalls aber will ich, dass noch jemand anders mich hier aufstört. Deshalb erzählt bitte keiner Menschenseele, dass ich hier bin. Das Schicksal hat mich zum Sterben noch einmal nach Blackrock zurückgeführt. Meine Mission ist es, hier unter demselben Dach, unter dem ich geboren wurde, mein Leben auch zu beenden.« Thomas McCormack langte zum Radioapparat, um die Jazzmusik lauter zu stellen. Er schaute in das glatte Gesicht von Shane O'Driscoll. »Ich will hier einsam sterben, unbemerkt und von niemandem betrauert.«

Sechzehntes Kapitel

Joey

November 2009

Ich lief hastig am Kai entlang, um Shane einzuholen. »Wo zum Teufel willst du hin?«, fragte ich.

»Zu einem Konzert.«

»Jetzt? Ist das dein Ernst?«

»Ich meine alles ernst.«

»Ich muss unbedingt den letzten Zug erwischen, Shane. Meine Mutter wird …«

Shane hielt neben einem der geparkten Autos am Straßenrand an. Das Fenster auf der Fahrerseite war zertrümmert und jemand hatte den CD-Player herausgerissen. Er langte durch die zerbrochene Fensterscheibe, um den Knopf zu ziehen, der die Türen entriegelte. Dann schlüpfte er auf den Fahrersitz und machte mir ungeduldig ein Zeichen, dass ich die Beifahrertür öffnen sollte.

»Was machst du da, Shane?«, zischte ich.

»Ich bring dich stilvoll zu deinem Konzert.«

»Ich will nach Hause.«

»Ich bring dich dann auch nach Hause, keine Sorge. Jetzt steig ein. Wir fallen schon auf.«

Es stimmte. Sämtliche Autos, die vorbeifuhren, richteten ihre gleißenden Scheinwerfer auf mich, während ich neben der geöffneten Tür stand. Widerwillig setzte ich mich neben ihn. »Kannst du überhaupt fahren, Shane?«

»Das Schwierigste daran ist, den Wagen zu starten. Deswegen braucht man dazu eine so alte Karre wie die hier, ohne elektronische Zentralverriegelung.« Er zog unter dem Armaturenbrett mehrere Drähte hervor und verband sie miteinander. Der Motor heulte auf. »Und das Zweitschwierigste ist natürlich, so ein verdammtes Auto einzuparken.«

»Lass mich raus, Shane!«

Aber es war zu spät. Shane scherte unvermittelt auf die Fahrbahn aus, was den Fahrer hinter uns zu einem wilden Hupen veranlasste. Dann bog er scharf rechts ab, überfuhr an der nächsten Brücke eine rote Ampel und überquerte wieder den Fluss. Wir kurvten durch ein Gewirr von Seitenstraßen, die mit Abfällen von den verlassenen Markthallen übersät waren.

»Du fährst wie eine gesengte Sau, Shane! Halt sofort an.«

»Mach ich … gleich. Keine Bange.«

Wieder eine scharfe Biegung nach rechts und wir bretterten in der falschen Richtung durch eine Einbahnstraße, die zur Capel Street zurückführte. Wegen des Unfalls an der Brücke stauten sich dort immer noch die Autos. Shane trat nicht auf die Bremse, obwohl es kaum eine Lücke gab, durch die wir uns auf die andere Seite hindurchzwängen konnten. Aber er schaffte es. Wir rasten durch eine weitere Seitenstraße und kamen gerade an dem Musikladen mit der blauen Gitarre im Schaufenster vorbei, als er heftig auf die Bremse trat. Ich drehte mich zitternd, aber erleichtert zu ihm. Endlich standen wir wieder. Wenn Shane ein Stück zurückfuhr, konnte er das Auto direkt vor dem Musikgeschäft parken. Shane blickte mich an.

»Ich wette, dir ist die Gitarre aufgefallen, als wir dran vorbeigegangen sind.«

»Ja, sie ist wunderschön«, sagte ich. »Jetzt stell das Auto ab.«

Erst in diesem Augenblick begriff ich, was Shane vorhatte. Er fuhr rückwärts in die Lücke zwischen den parkenden Autos, aber er machte keine Anstalten zu bremsen, sondern trat erst recht aufs Gaspedal und rammte mit dem Hinterteil des Autos das Schaufenster. Es zersprang in tausend Splitter, die auf den Bürgersteig herabregneten. Die Gitarre hing unbeschädigt an ihrem Platz. War das gerade wirklich geschehen? Ich konnte nicht fassen, in was für einen Film ich da geraten war. Shane lachte über mein verschrecktes Gesicht.

»Ich streng mich an und du sitzt immer noch hier, Joey«, sagte er. »Jetzt sei so nett, spring wenigstens raus und hol die Gitarre.«

Wieder hatte ich das Gefühl, von ihm auf die Probe gestellt zu werden, und wieder tat ich, was er mir befahl, weil in diesem Moment alles vollkommen unwirklich war. Das war nicht ich, der da durch das Fenster nach der blauen Gitarre griff, oder jedenfalls kein Ich in mir, das mir bis zu diesem Zeitpunkt vertraut gewesen wäre. Einen Augenblick lang befand ich mich in einer Welt, in der keine Regeln galten. Die Alarmsirene, die wir durch das Zerschmettern des Fensters ausgelöst hatten, war ohrenbetäubend laut. Vor dem Pub an der nächsten Ecke sprachen die Türsteher in ihre Walkie-Talkies. Die Polizei konnte jeden Moment da sein. Ich wusste, dass es total falsch war, was wir gerade taten, aber ich ließ mich von Shanes Irrsinn anstecken. Ich schmiss die Gitarre auf den Rücksitz und schaffte es kaum zurück ins Auto, die Beifahrertür stand noch halb offen, da hatte er schon wieder aufs Gaspedal getreten. Wir rasten los. Ein Lastwagen kam uns entgegen und gleich musste es einen Zusammenprall geben, da bog Shane in allerletzter Sekunde in eine für Fußgänger reservierte Seitenstraße ein. Er bog nach links ab, sodass wir jetzt auf den Kinokomplex in der Parnell Street zusteuerten. Vor einer halben Stunde noch hatte ich dort neben Niyi auf der Treppe gesessen, aber es fühlte sich an, als wäre das schon eine Ewigkeit her. In der Zwischenzeit war ein Mädchen ums Leben gekommen, hatten wir einen Wagen geklaut, ein Schaufenster zertrümmert und eine Gitarre gestohlen. Trotzdem konnte ich gar nicht aufhören, aus vollem Hals zu lachen, weil Shane auch lachte. Beim Kino bog er rechts ab, wir brausten die Parnell Street entlang, boxten mit den Fäusten gegen das Dach und Shane brüllte, so laut er konnte: »Sattelt die Pferde! Sputet euch! Auf in die Eagle Tavern und den Hellfire Club! Wir kommen! So fühlt sich das Leben richtig lebendig an!«

»Auf in die Eagle Tavern!«, brüllte ich. Bis mir klar wurde, welche Folgen das nach sich ziehen konnte, was wir gerade getan hatten. Ernüchtert sank ich in meinen Sitz zurück. Ich wollte Shane fragen, wo zum Teufel die Eagle Tavern denn war, aber dann schwieg ich, weil mir plötzlich schlecht war und ich mich von ihm überrumpelt fühlte. Vor allem aber hatte ich Angst. Ich schielte zu ihm hinüber und fragte mich, ob das wirklich derselbe Junge sein konnte, der vor ein paar Stunden noch in seinem Zimmer mit mir Geschichte gelernt hatte. Der Junge, der bei unserer Klassenfahrt zu verängstigt gewesen war, um mit den anderen die Ruinen des Hellfire Club zu durchstreifen. Was, wenn er auf der Straße einen Fußgänger überfuhr und tötete? So schnell, wie er raste, konnte das leicht passieren. Ich hatte keine Ahnung, wohin wir unterwegs waren. Kein Wunder, dass Geraldine versucht hatte, mich vor ihm zu warnen. Shane schien ganz in seine eigenen Gedanken versunken zu sein, während er uns durch ein Gewirr aus Straßen immer weiter in Richtung Norden chauffierte. Ich war noch nie im Norden Dublins gewesen. Aber ich war kein Snob und wusste, dass er sicher besser war als sein Ruf. Mit einem gestohlenen Auto um Mitternacht auf einer Straße in der Nähe des North Strand einen Unfall zu bauen, war trotzdem bestimmt nicht der beste Weg, um mit diesen Vierteln Bekanntschaft zu machen.

»Halt an, Shane!«, rief ich. »Halt das verdammte Auto an!«

Er sah mich von der Seite an und grinste. »Ich weiß nicht, was du dir für Sorgen machst. Wir kommen sowieso nicht mehr weit. Die Karre hat so gut wie kein Benzin mehr.«

»Ich will nach Hause, Shane.«

»Manchmal muss man von zu Hause fort, um herauszufinden, wer man wirklich ist. Jetzt bleib erst mal schön brav hier neben mir sitzen, bis ich diese Kutsche irgendwo geparkt habe, wo sie vor morgen früh bestimmt keiner findet. Und schnall dich an. Ich kann nicht dauernd auf dich aufpassen.«

Wir kamen an ein paar Wohnblocks und heruntergekommenen Reihenhäusern aus rotem Backstein vorbei. Rechts von uns lag ein großer Park und vor uns spannte sich eine Eisenbahnbrücke über die Straße. Danach fuhren wir direkt an der Küste entlang, wir mussten jetzt in Clontarf sein. Es waren kaum Autos unterwegs und so gut wie keine Fußgänger, bis auf einen Typen, der seinen Hund Gassi führte. Jenseits des Wassers konnte ich die Lichter von Poolbeg sehen, doch dann schoben sich die dunklen Umrisse einer Insel davor, die unweit der Küste lag.

Es handelte sich um Bull Island, ein naturbelassenes, wildes Stück Erde. Die Insel hatte sich langsam aus dem Schlick und Schlamm gebildet, der an die Hafenmauer angeschwemmt worden war. Eine hölzerne Brücke führte hinüber. Wir waren schon fast daran vorbei, als Shane scharf abbog und dann mit voller Geschwindigkeit über die schmalen Holzplanken raste. Es war Ebbe, rechts und links von uns erstreckte sich Schlamm. Niemand lebte auf der Insel, die nur aus Dünen bestand, und von

Trampelpfaden durchzogen war, die sich durch das hohe Gras schlängelten. Shane trat das Gaspedal ganz durch, der Wagen holperte in voller Geschwindigkeit über die Planken. Wenn uns jetzt ein Auto, ein Fahrrad oder irgendwer entgegenkam, würden wir nicht mehr rechtzeitig bremsen können. Vielleicht wollte Shane auch nicht mehr bremsen. Vielleicht wollte er uns beide hier in der Dunkelheit töten, weit weg von den Straßenlampen der Clontarf Road, deren Lichter im Rückspiegel immer kleiner wurden.

»Um Gottes willen, fahr langsamer!«, brüllte ich.

Shane kicherte. »Mit dem Teufel kenn ich mich besser aus. Aber wenn du unbedingt meinst, ich stoppe gleich. Jetzt halt dich fest!«

Wir näherten uns dem alten Pier, der in die Dubliner Bucht hinausragt. Einen Moment lang dachte ich, dass Shane vorhatte, über die rauen Betonplatten weiterzufahren. Aber dann bog er scharf nach links, das Auto schoss einen Abhang hinunter und wir rasten auf dem Sand weiter. Bald sanken die Reifen ein und der Wagen drehte sich um die eigene Achse. Es dauerte nur ein paar Sekunden, bis das Auto zum Stillstand kam, aber diese Sekunden dehnten sich für mich wie eine Ewigkeit. Ich musste an den Autounfall denken, bei dem mein Vater ums Leben gekommen war. Danach versuchte ich wieder zu Atem zu kommen. Ich wusste nicht, ob ich Shane umbringen oder die Autotür öffnen und um mein Leben rennen sollte. Als ich zu Shane hinüberschielte, lachte er übers ganze Gesicht.

»Endlich hab ich mich mal so richtig lebendig gefühlt«, sagte er. »Hast du es gespürt? Hast du es in deinen Adern gespürt?«

»Wir hätten beide umkommen können, du Komiker.«

»Halt dich an mich, dann musst du nie sterben.« Shane machte an seiner Seite die Tür auf. »Lass uns gehen.«

»Wohin?«

»Folg mir einfach, okay? Etwas mehr Vertrauen in mich wäre durchaus nicht fehl am Platz.«

»Du bist total krank, Shane. Weißt du das?«

»Schnapp dir die Gitarre. War aufwendig genug, sie zu stehlen. Und jetzt komm mit. Es gibt da einen Aussichtspunkt, den ich dir unbedingt zeigen muss.«

Siebzehntes Kapitel

Thomas

August 1932

Thomas McCormack streckt die Hand aus, um die Jazzmusik lauter zu stellen, und blickt dann zu Jack O'Driscoll. »Nimm Molly in die Arme und dreh dich mit ihr«, sagt er. »Lass uns noch mal einen Tanz wagen, bevor meine Mutter zurückkommt.«

Er sieht dem jungen Diener und dem Hausmädchen zu, wie sie beide durch das Zimmer fegen, mit frohen, lachenden Schritten. Molly und Jack erfinden dabei ihren eigenen Tanz, ihre Wangen sind vor lauter Erregung gerötet – weil sie sich in den Armen halten, weil sie unerlaubterweise mitten am Tag miteinander tanzen, wo sie doch eigentlich fegen und schrubben und für ihre gefürchtete Herrin schuften sollten. Aber jede Ecke des Hauses glänzt bereits, die Spitzenvorhänge sind strahlend weiß, alle Zimmer sind so blitzblank, dass Thomas nicht weiß, was die Dienstboten denn noch sauber machen sollten. Doch seine Mutter regiert hier im Haus mit so eiserner Faust, dass er immer wieder ängstlich aus dem Fenster späht, ob sie wohl schon von ihrer Versammlung des Wohltätigkeitsbundes im Rathaus von Blackrock zurück ist.

Seine Mutter weiß nicht, dass er diese sündige Schallplatte besitzt. Er hat sie gestern von dem alten Dr. Thompson geschenkt bekommen, nachdem er so begeistert all die fremden Städtenamen auf dem Radioapparat des Arztes studiert hatte, die dort in Goldbuchstaben aufgemalt sind. Auf einmal legte Dr. Thompson dann den New-Orleans-Jazz auf sein Grammofon. Thomas hatte nicht recht gewusst, ob er dieser Musik wirklich lauschen durfte, weil ihm die Priester in seiner Schule immer sagten, dass Jazzmusik des Teufels sei. Aber der alte Arzt hatte nur gelacht, als Thomas ihm das erzählt hatte, und danach fing er an, ihm von Wechselbälgern und russischen Puppen und Gefahren für die Seele zu erzählen, lauter Sachen, bei denen Thomas ihm nicht folgen konnte.

Aber der Verlockung der Jazzmusik konnte er nur schwer widerstehen. Denn kaum verließ seine Mutter an diesem Tag das Haus, wechselten er und Jack O'Driscoll sich ab und tanzten einen Tanz nach dem anderen mit Molly, dem Hausmädchen.

Die Schallplatte ist zu Ende. Jack löst sich von Molly, macht einen Schritt zurück und verbeugt sich mit gespieltem Ernst vor ihr. Er wendet sich zu Thomas. »Wenn schon, denn schon. Das macht das Kraut jetzt auch nicht mehr fett«, sagt er. »Tanz noch einmal mit ihr. Ich pass auf.« Molly lacht, ihr Gesicht ist vor lauter Aufregung gerötet, als Thomas nach ihren Händen greift und die Musik noch einmal einsetzt.

»Ich könnte ewig dazu tanzen«, sagt sie. »Ich könnte mich noch in siebzig Jahren glücklich zu dieser Musik drehen.«

Thomas wirbelt sie herum. Er weiß, dass er nicht mal ein halb so guter Tänzer ist wie Jack O'Driscoll. Jack und Molly gehören zur Dienerschaft, deshalb stehen sie sozial unter ihm. Aber Thomas fühlt sich ihnen näher als seinen beiden älteren Brüdern. Sein ältester Bruder, Frank, geht bereits jeden Morgen mit dem stolzen Schritt eines Erwachsenen über den Hof. Frank wird einmal alles erben und fühlt sich jetzt schon wie der Herr im Haus. Der mittlere Bruder, Pete, packt viel fleißiger mit an, aber weil er der Mittlere ist – wenn auch nur ein Jahr jünger als Frank –, wird er für immer in einem merkwürdigen Zwischenreich leben, weder Knecht noch ein Mann mit Besitz. Alles, was er arbeitet, vermehrt nur den Reichtum seines Bruders.

Aber die unumschränkte Herrscherin in der Molkerei ist ihre Mutter und sie erwartet, dass jeder in der Familie genau um seinen Platz weiß. Und für Thomas heißt das, nicht mit den Dienstboten zu tanzen, sondern auf dem Betschemel zu knien. Er war vier, als die Leiche seines Vaters am Strand angespült wurde – ein Säufer vor dem Herrn, von dem man sich erzählte, er sei auf dem Weg nach Hause ausgerutscht und ertrunken. Aber ein paar Nachbarn flüsterten auch raunend von Selbstmord, weil ihn in den Kneipen von Blackrock und Kingstown immer alle verspottet hätten. Seine Frau, so hieß es, habe bei ihnen die Hosen an. Bei seiner Beerdigung hatte der Priester dann vorhergesagt, dass sein jüngster Sohn einmal Priester werden und als Missionar in fernen Ländern heidnische Seelen zu Gott hinführen würde. Seither galt das bei seiner Mutter als beschlossene Sache, denn sie wusste, dass diese Berufung den Tod ihres Gatten wettmachte, den Skandal vergessen ließ und der Familie in der Nachbarschaft eine neue Achtung verschaffen würde.

Thomas wirbelt mit Molly durch das Zimmer. Er spürt sie gerne in seinen Armen. Aber ein Mädchen zu mögen, das kommt für ihn nicht in Betracht, wo doch jeder weiß, dass er Priester werden soll. Außerdem ist es offensichtlich, dass Molly nur Augen für Jack hat.

»Irgendein Zeichen von der Herrschaft?«, ruft Molly Jack zu und flüstert dann Thomas ins Ohr: »Deine Mutter ist für mich nämlich der Mensch, der mir von allen Menschen auf der Welt den größten Schrecken einjagt.«

»Ich weiß jemand, der einem einen noch größeren Schrecken einjagen kann.«

»Wer?«

»Der alte Joseph, der für die Nonnen in Sion Hill arbeitet.«

Molly schaudert es bei dem Gedanken an den buckligen Alten, der jeden Morgen zur Molkerei kommt, um mit seinem Eselskarren die Milch für das Kloster abzuholen. Joseph arbeitet bei den Nonnen schon so lange, dass sich keiner an eine Zeit erinnern kann, wo das noch nicht so war. Er erledigt für sie alle schweren, schmutzigen Arbeiten und kümmert sich um die Schweine.

Jack am Fenster lacht: »Der alte Joseph ist harmlos«, sagt er. »Er ist nur nicht ganz richtig im Kopf.«

Thomas weiß, dass es sich bei dem verkrüppelten Stummen um jemand handelt, der, wie seine Mutter sagt, ein »unheilbarer Idiot« ist. Aber jeden Morgen, wenn Joseph in den Hof kommt, kann Thomas spüren, wie der Mann ihn mit offenem Mund anstarrt, als würde er nur auf den richtigen Augenblick warten, um sein lebenslanges Schweigen zu brechen. Dieses Angestarrtwerden wühlt ihn jedes Mal auf. Ihm ist, als wäre Joseph die einzige Person, die ihm in die Seele schauen kann und ihm schweigend sagt: Du bist kein Priester, du bist ein Heide, den es danach drängt, die Welt zu bereisen.

»Mir laufen bei seinem Anblick Schauder über den Rücken«, sagt Molly. »Ich würde nicht gern allein sein mit ihm.«

»Der kann bestimmt keiner Fliege was zuleide tun«, meint Jack.

»Mich schaudert's auch, wenn ich ihn sehe«, entgegnet Thomas, glücklich darüber, sich auf Mollys Seite stellen zu können. »Ich hab oft das Gefühl, dass er mich beobachtet, wenn ich da draußen irgendwo rumspaziere. Auf einmal spüre ich dann eine

Gänsehaut, den ganzen Rücken hinunter, und mir ist, als wären unsichtbare Augen auf mich gerichtet.«

»Wahrscheinlich ist das deine Mutter, die sich wundert, was du da treibst und warum du nicht an deinem Studiertisch sitzt«, zieht Molly ihn auf.

»Hab ich dir das von letzter Woche schon erzählt?« Thomas hält Molly immer noch in seinen Armen. »Jack und ich trieben uns etwas herum, lagen in Booterstown Marsh neben den Bahngleisen in der Sonne. Wir spielten mit unseren Messern herum und kamen auf die Idee, Blutsbrüder zu werden. Jack hatte seine Handfläche schon angeritzt und ich wollte gerade dasselbe machen, als Joseph auf einmal zwischen den Schilfrohren hervorkam, wie ein Verrückter grunzte und uns mit einem Steinhagel verscheuchte.«

»Vielleicht war er eifersüchtig«, sagt Molly. »Vielleicht will er, dass du sein Blutsbruder wirst. Wenn man euch genauer anschaut, Jack und dich, seht ihr ihm da nicht sogar ähnlich?«

Molly neckt sie alle beide, aber Thomas merkt ganz deutlich, dass ihre Augen dabei auf Jack O'Driscoll gerichtet sind, der ihr in gespielter Empörung mit der Faust droht.

»Hüte deine lockere Zunge oder wir fesseln dich und schmeißen dich in seinen Schweinestall«, sagt Jack. »Joseph liebt seine Schweine. Wenn ein Ferkel krank ist, bleibt er die ganze Nacht auf, kümmert sich darum und gibt ihm die Flasche. Das Einzige, was er noch mehr liebt, als sie zu füttern, ist, ihnen mit seinem langen Messer mit dem schwarzen Griff die Kehle aufzuschlitzen, wenn die Zeit dafür gekommen ist.« Jack fährt mit dem Zeigefinger über seine Kehle und tritt dann hastig vom Fenster zurück. »Da kommt die Herrin die Straße herauf.«

Große Geschäftigkeit setzt ein. Molly und Jack rennen zur Hintertreppe, die in die Küche hinabführt, und Thomas schnappt sich die Jazzplatte, um sie zwischen den Seiten eines ledergebundenen Buchs über die Heiligen zu verstecken, das er eigentlich studieren sollte. Er hört seine Mutter das Haus betreten und mit ihrer lauten Stimme nach den beiden Brüdern im Hof der Molkerei rufen. Er sollte jetzt eigentlich hinuntergehen, um sie zu begrüßen; sie müssen sich bald beide zur Kirche in Booterstown aufmachen, wo er bei der Vesper als Ministrant dient. Aber er kann sich noch zehn Minuten Freiheit ergattern, wenn er schnell die Hintertreppe hinunterstürmt und in den Hof hinausschlüpft, wo die Milchkannen gestapelt sind.

Draußen im Hof ist es ruhig – ganz anders als am frühen Morgen, wenn es dort vom Lärm der Eselskarren, lauten Stimmen und genagelten Stiefel hallt. Er hört seinen Bruder Pete aus dem Haus nach ihm rufen, aber er reagiert nicht darauf.

Vom Drang nach Freiheit getrieben rennt er die staubige Castledawson Avenue entlang, bis zu der Stelle, wo sie in die Rock Road mündet. Dort schimmern die Straßenbahnschienen im Abendlicht. Wenn er ihnen folgen würde, käme er bis in die Stadtmitte von Dublin, mit seinen Fabriken und überfüllten Arbeitervierteln, seinen Vogelmärkten und Straßenhändlern. Er könnte an den Hafenkais beobachten, wie die Schiffe beladen werden, oder den Seeleuten zuhören, wenn sie Geschichten von fremden Häfen erzählen, während chinesische Schiffsjungen mit Zopf, die kaum älter sind als er, wie erwachsene Männer den Kautabak aufs Pflaster ausspucken.

Das Dröhnen von Motorlärm stört ihn aus seinen Gedanken auf, während er die Rock Road hinabschaut. Er blickt hoch und sieht überrascht, dass ein Flugzeug über die Dächer und Sportplätze des Blackrock College gleitet. Das Flugzeug ist jetzt direkt über ihm, der Pilot mit seiner Fliegerbrille, der gerade die Flügel schräg hält, schaut zu ihm herunter. Thomas fängt an, dem Flugzeug nachzurennen, das jetzt über die Rock Road und den Emmet Square in Richtung der Bahngleise und der Küste fliegt. Das Wunder, tatsächlich ein Flugzeug am Himmel zu sehen, lässt ihn ganz vergessen, dass er eigentlich auf seine Kleidung aufpassen müsste, damit er sauber und ordentlich zur Vesper erscheint. Wenn der Pilot jetzt eine holprige Landung neben den Gleisen hinlegen, aussteigen und fragen würde, ob Thomas nicht für einen kurzen Ausflug mitfliegen will, wohin würde er wollen? Schockartig wird Thomas klar, dass er so weit wie möglich mit dem Flugzeug fortfliegen wollen würde; zu all den fremden Städten, die in goldenen Buchstaben auf der Frequenzskala des Radios von Dr. Thompson stehen; an Orte, wo niemand weiß, dass seine Mutter für ihn eine Berufung zum Priester vorgesehen hat; zu Stätten, wo er etwas von der Welt sehen kann, nicht als Priester, sondern als Abenteurer.

Thomas hält erst dann an, als er den Strand erreicht hat. Der Pilot aber fliegt einfach sorglos weiter und steuert in einem großen Bogen auf Bull Island zu. Thomas sieht die Insel auf der anderen Seite der Bucht im Wasser liegen. Er keucht atemlos, seine Hose ist beschmutzt, die frisch polierten Stiefel sind zerkratzt. Während er dem Flugzeug nachschaut, bis es ein kleiner Fleck geworden ist, verstört es ihn, mit welcher Heftigkeit er sich wünscht, in die Ferne zu fliegen. Er spürt, dass die Luft voller Stimmen ist, wenn er sie auch nicht hören kann. Stimmen aus dem Radio von Dr. Thompson, Stimmen aus fernen Städten, die ihm zurufen, er solle den Mut haben, von zu Hause fortzugehen.

Hinter ihm wird laut nach ihm gerufen. Jack O'Driscoll taucht auf.

»Das war grade knapp mit deiner Ma«, sagt er grinsend. »Dein Bruder Pete ist auf dem Kriegspfad und sucht nach dir.«

Sie gehen gemeinsam zur Castledawson Avenue zurück. Thomas bemüht sich, nicht zu freundschaftlich mit Jack zu wirken, als er Pete entdeckt, der nach ihm Ausschau hält.

»Bist du taub, Thomas? Wohin bist du denn plötzlich wie ein Zulu-Neger losgeschossen?«

Thomas blickt über die Rock Road zurück und hat das Bild des Flugzeugs vor Augen, das über den Sand von Bull Island rollt. Seine Mutter hat ihm versprochen, dass er einmal an einem Sonntag einen Ausflug in die Wildnis dort machen darf, mit Pferd und Einspänner. Austernfischer und blassbäuchige Ringelgänse sollen dort ihr Paradies gefunden haben. Seine Mutter, das weiß er, wird nie mit ihm dort hinfahren. Mit einem Achselzucken sagt er: »Nirgendwohin. Ich gehöre doch nach Hause, wohin sonst, oder?«

Achtzehntes Kapitel

Joey

November 2009

Shane kletterte aus dem Auto und ich hinterher. Ringsum war es finster, der Wind blies uns Sand ins Gesicht und dunkle Regenwolken dräuten. Shane schien genau zu wissen, welchen Pfad er einschlagen musste. Ich wollte nicht allein bei dem geklauten Wagen bleiben, deshalb lief ich ihm nach. Die blaue Gitarre hielt ich an mich gepresst. Ich stolperte durch den weichen Sand, stieß mit den Füßen an angeschwemmtes Holz, blieb in Kaninchenlöchern hängen. Bald hatte ich Shane in der Dunkelheit vollkommen aus den Augen verloren und keine Ahnung, in welche Richtung ich mich wenden sollte. Da rief Shane auf einmal meinen Namen, so leise, dass ich ihn in den Windböen kaum hörte. Ich drehte mich um und entdeckte den Umriss seiner Gestalt auf dem Kamm einer riesigen Düne.

Ruhig wartete er, bis ich zu ihm hochgeklettert war, den Rücken mir zugewandt. Als ich das letzte, steile Stück bis auf den Kamm geschafft hatte, brach das Mondlicht durch die Wolken. Die Sicht von hier oben war atemberaubend. Vor uns erstreckte sich die gesamte Dubliner Bucht. Links von uns Howth mit seinen blinkenden Lichtern und dann, der langsam wandernde Lichtkegel des Leuchtturms von Baily inmitten der schwarzen Felsen. Aber Shanes Blicke waren auf die andere Seite der Bucht gerichtet, er starrte hinüber nach Booterstown, Williamstown und Blackrock, nach Seapoint und dann Monkstown – die gesamte Küstenlinie von Dublins Süden, von der ich bisher immer gedacht hatte, ich würde sie gut kennen. Aber nie hatte ich sie so gesehen wie jetzt, so schön und unerreichbar.

»Als Kind hab ich mich immer danach gesehnt, einmal hierherzukommen«, sagte Shane. »Aber ich konnte meine Mutter nie dazu überreden. Manchmal, weißt du, muss man erst eine Reise machen, man muss von zu Hause fort. Wenn ich Blackrock als Ganzes sehen möchte, komme ich hierher. Denn von hier kann ich jedes einzelne Licht sehen und mir alle Menschen vorstellen, die dort jemals gelebt haben und dort jemals leben werden. Zu diesen Lichtern war dein Dad unterwegs, als er starb, Joey, unterwegs nach Hause. Dein Vater ist ein winziger Teil der Geschichte von Blackrock, aber es gibt noch Tausende andere, an die sich keiner mehr erinnert. In einer einzigen Nacht sind dort einmal vierhundert Schiffbrüchige angeschwemmt worden, junge Soldaten, die ihr Leben verloren, als zwei Transportschiffe während eines Sturms gegen die Felsen von Blackrock geschmettert wurden. Im Schiffsbauch waren sie wie in einer Falle gefangen. Die Leichname wurden in einem namenlosen Massengrab auf dem kleinen Friedhof hinter der Esso-Tankstelle an der Merrion Road bestattet. Vor zwei Jahren bin ich dort häufig hingegangen, weil ich niemanden hatte, mit dem ich reden konnte. Jetzt sitz ich da manchmal auch noch und rede mit den Toten.«

»Niemand kann mit den Toten reden«, sagte ich.

Shane wandte sich zu mir und schaute mich an. »Was lässt dich da so sicher sein?«

»Weil es keinen Sinn ergibt.«

»Drei Mädchen putzen sich stundenlang heraus, weil sie heute Abend ausgehen wollen, sie lachen, treiben Unfug, ziehen sich gegenseitig auf. Eine von ihnen liegt jetzt in der Leichenhalle. Ergibt das irgendeinen Sinn? Es hätte genausogut auch dich oder mich treffen können, Joey.«

»Ja, so wie du Auto fährst.«

»Nein, nicht aus irgendeinem Grund. Einfach so, aus reinem Zufall. Das Leben ist ein Roulette, Joey. Der Tod kann uns in jeder Sekunde ereilen. Als wir gerade über die hölzerne Brücke gefahren sind, da hab ich es hören können.«

»Was?«

»Ich hab hören können, wie zerbrechlich das Leben ist.« Shane schaute auf die Wellen hinaus. Er sprach so leise, dass ich ihn kaum noch verstehen konnte. »Ich hörte die Reifen des Autos über die Brücke holpern. Ich hörte, wie aufgescheuchte Vögel mit den Flügeln schlugen, ich hörte, wie Kaninchen davonhuschten, ich hörte, wie Füchse den Kopf hoben und lauschten. Ich wusste, worauf sie lauschten, denn ich hörte das Rascheln auch.«

»Welches Rascheln?«

»Das Rascheln der herbeigerufenen Toten.«

»Du hast einen Sprung in der Schüssel, Shane.«

»Ach, ja? Jetzt erzähl mir nicht, dass du sie nicht auch gesehen hast, wie sie uns nachjagten – wir im Auto, sie hinter uns her in der Luft?«

»Hast du irgendwas eingeworfen?«

»Ganz bestimmt hast du sie gesehen, Joey, wie sie sich ums Auto drängten und gegen die Scheiben klopften. Hinter dir waren sie her, hinter dir – aber nicht, um dich zu holen, sondern um dich zu beschützen. All diese toten, verlorenen Seelen, verrückt vor lauter Sorge um dich. Nur eine unermesslich große

Liebe kann sie herbeigerufen haben. Die Liebe deines Vaters. Ich hab ihn zwischen all den anderen gesehen.«

»Halt endlich mal die Klappe, Shane! Was spinnst du dir da alles zusammen?« Ich hatte so die Nase voll von ihm und seinen ganzen Spielchen und den Lügengeschichten, die er mir da auftischte. Am liebsten hätte ich ihm eine reingeschlagen, aber ich war auch seltsam neugierig geworden.

»Ich habe das Böse kennengelernt«, antwortete Shane. »Das abgrundtief Böse. Deshalb erkenne ich auch das Gute, das über alle Maßen gut ist. Ich kann nicht glauben, dass du ihn nicht gesehen hast, Joey. Er war draußen vor der Windschutzscheibe und hat verzweifelt versucht, das Auto anzuhalten. Er wollte dir unbedingt das Leben retten. Unsere verrückte Raserei hat ihn herbeigerufen und er ist immer noch da, direkt hinter dir. Ich weiß es, weil ich die Macht habe, die Toten zu sehen. Du brauchst dich nicht umzudrehen, denn offensichtlich fehlt dir diese Gabe. Aber du hast jetzt Gelegenheit, all die Dinge zu sagen, die du deinem Vater immer schon sagen wolltest. Diesmal kann er dich wirklich hören, Joey.«

Ich wollte Shane einen Lügner und Schwindler nennen, aber wie ich da so in der finsteren Wildnis stand und über die Bucht hinüber auf die Lichter von Blackrock schaute, wusste ich nicht mehr, was ich noch glauben sollte und was nicht. Oder vielleicht war der Gedanke, mein Vater sei gekommen, um mich zu retten, auch einfach so tröstlich, dass ich Shane nur zu gern glaubte. Mit seiner schier unerschöpflichen Energie von vorhin schien es jedenfalls vorbei zu sein. Shane wirkte total erschöpft, als er sagte: »Ich wollte dich nicht erschrecken, Joey, aber es war das einzige Mittel, um ihn herbeizurufen. Ich hab dich hierhergebracht, damit du für ihn spielen kannst. Das hier ist dein Konzert! Gib zu, dass du davon immer geträumt hast. Mal ehrlich, wenn du die Wahl hättest, auf einem riesengroßen Konzert, sagen wir mal das größte in Europa, zu spielen oder ganz allein für deinen Vater – dann würdest du doch für deinen Vater spielen wollen, oder? Und das kannst du jetzt.«

Shane klopfte mir auf die Schulter und verschwand dann in der Dunkelheit. Ich sagte darauf nichts. Ich sagte zu niemandem etwas, denn wie hätte ich das tun können, wenn niemand da war? Nur der Wind und das Meer und die fernen Lichter meines Geburtsortes. Aber dann – vielleicht weil ich die Stille mit etwas füllen wollte – fing ich nach einer Weile doch an zu sprechen. Ich war mir nicht sicher, an wen ich mich dabei eigentlich richtete, ich sagte nur die Dinge, die ich immer schon einmal hatte sagen wollen. Dinge, die ich nie einer Menschenseele erzählen konnte, weil das alles viel zu roh und wirr war, um für irgendjemand einen Sinn zu ergeben. Aber es handelte sich um meine wahren und aufrichtigen Gefühle: wie sehr ich mich nach meinem toten Vater sehnte; dass ich so gern auch Musiker werden würde wie er, aber Angst hatte, vielleicht nicht gut genug zu sein; dass sein Tod in Mums Leben eine Lücke hinterlassen hatte, die auch ich nicht hatte füllen können.

Als mir nichts mehr einfiel, was ich noch sagen konnte, griff ich nach der gestohlenen blauen Gitarre und begann zu spielen, einfach nur für mich, denn für wen sonst hätte ich da spielen können? Ich sang jedes Lied, das ich jemals getextet und komponiert hatte, und ich sang sie alle besser, als ich sie jemals zuvor gesungen hatte. Als ich schließlich geendet hatte, saß ich eine Weile einfach nur im Dunkeln da. Da hörte ich auf einmal Sätze – mir war als kämen sie aus dem Nirgendwo, obwohl sie natürlich aus meinem eigenen Kopf stammen mussten. Eine Stimme flüsterte mir zu: *Das war schön von dir, Joey, du hast gut gespielt. Aus dir wird was werden, mein Sohn.* Ich blickte nicht auf, aber ich fühlte mich, als wäre mir ein riesiges Gewicht von den Schultern genommen worden.

Unmittelbar darauf schlug in der Nähe eine riesige Flamme in den Himmel hoch. Shane hatte das geklaute Auto in Brand gesetzt. Vielleicht tat er das, um jede Spur zu verwischen, vielleicht aber auch, damit ich in ihrem Lichtschein leicht zu ihm zurückfand. Für mich war das brennende Auto zwischen den Dünen wie ein großes Leuchtfeuer für meinen Vater, mit dem ich von ihm Abschied nahm. Ich spürte, dass nun alles gut werden würde, dass ich allein in die Welt ziehen konnte. Ich fühlte eine große Ruhe in mir und eine innere Stärke. Dann klemmte ich mir die Gitarre unter den Arm und marschierte zurück zu Shane. Als ich am Auto angekommen war, schüttelten wir uns neben dem Feuer die Hände. Danach beeilten wir uns, so schnell wie möglich von der Insel wegzukommen. Die Flut begann hereinzuströmen, als wir über die hölzerne Brücke gingen, und das Wasser glitzerte im Mondschein so wunderschön, dass ich das Gefühl hatte, durch eine Traumlandschaft zu laufen.

Neunzehntes Kapitel

Shane

August 2007

In der Nacht, nachdem sie in Thomas McCormacks Haus gewesen waren, träumte Shane erneut, dass Wassermassen ihn allmählich verschlangen. Doch diesmal bevölkerten raunende Stimmen seinen Traum. Als er aufwachte, herrschte in dem Haus, das an der Stätte des alten Klosters auf dem Sion Hill erbaut war, in allen Räumen Stille. Aber sein Herz schlug so laut, dass er befürchtete, damit seine Eltern in ihrem Schlafzimmer direkt nebenan aufzuwecken. Shane hätte seinem Vater gern von dem alten Mann erzählt, der seinen Großvater gekannt hatte. Als sie noch in Sallynoggin wohnten, hatte er seinem Vater immer alles erzählt, wenn sie abends auf der Wiese gegenüber von ihrem Haus miteinander Fußball gespielt hatten. Aber Shane beschloss, dass es klüger war, nichts zu sagen, denn seine Eltern würden ihn sicher ausschelten, dass er in das Wohnhaus neben der alten Molkerei eingebrochen war, und er würde versprechen müssen, das kein zweites Mal zu tun. Thomas McCormack hatte so unendlich einsam gewirkt, dass es Shane zutiefst verstörte. Trotzdem verspürte er in den darauffolgenden Tagen eine unerklärliche Sehnsucht, zu dem Haus zurückzukehren.

Am Vormittag traf er sich wieder wie üblich mit Geraldine vor der Stadtbücherei, aber die Lockerheit zwischen ihnen beiden war weg. Das Geheimnis, das sie nun teilten, lastete auf ihnen, und auch, dass sie geschworen hatten, niemandem zu erzählen, dass Thomas McCormack in dem Haus lebte. Flüsternd hockten sie beieinander und beratschlagten, was sie nun machen sollten. Sie fürchteten sich davor, den alten Mann einfach so sterben zu lassen, aber gleichzeitig mussten sie seinen Wunsch respektieren, dass er genau dafür nach Hause gekommen war: um dort allein zu sterben.

Geraldine lag nachts lange wach, weil sie daran denken musste, welche starken Schmerzen Thomas vielleicht hatte. Ihre Großmutter bemerkte, dass sie etwas bedrückte. Als sie zu Geraldine ins Zimmer kam, um ihr wie immer Gute Nacht zu sagen, fragte sie eines Abend schließlich: »Was ist denn los, mein Kind? Erzähl es deiner Großmutter!«

Geraldine kuschelte sich in ihr Bett. Sie hatte vor Augen, wie Thomas krank und einsam in dem feuchten Raum auf der schmutzigen Matratze lag. Außerdem hatte sie dort bis auf den halben Laib Brot nichts zu essen gesehen.

»Hast du was dagegen, wenn ich morgen aus der Küche ein paar Lebensmittel mitnehme?«, fragte sie. »Nur ein paar Päckchen Suppe und ein paar Dosen und Orangensaft.«

Ihre Oma strich ihr über die Haare. »Nimm mit, was du brauchst. Macht ihr wieder eine Tombola für wohltätige Zwecke?«

Geraldine vermied es, darauf zu antworten, und fragte stattdessen: »Sag mal, seh ich eigentlich meiner Mutter ähnlich?«

»Ja, vor allem, wenn du lächelst. Aber manchmal erinnerst du mich auch an meine eigene Mutter.«

»Und der Mädchenname deiner Mutter, wie lautete der noch mal? Hieß sie Fleming?«

»Ja, genau. Sie war eine geborene Fleming.« Die Großmutter

beugte sich über Geraldine. »Du wirkst so angestrengt. Gibt es da wirklich nichts, was du mir erzählen möchtest?«

Normalerweise hatte Geraldine keine Geheimnisse vor ihrer Großmutter.

»Nein«, log sie. »Ich bin nur müde, Oma.«

Am nächsten Tag durchsuchte sie die Küchenschränke und füllte einen alten Kopfkissenbezug mit Lebensmitteln, die einem Greis vielleicht schmeckten. Sie bat Shane, sich mit ihr am Abend an der Abzweigung zur Castledawson Avenue zu treffen. Doch Shanes Eltern gerieten beim Abendessen in einen so heftigen Streit, dass es schon fast dunkel war, bis er halbwegs zwischen ihnen vermittelt hatte und sich dann unbemerkt hinausschleichen konnte.

Als sie das alte Haus endlich erreichten, schlug Shane vor, doch einfach an der Tür zu klopfen, aber Geraldine war dagegen. Thomas McCormack würde darauf nicht reagieren, meinte sie. Deshalb kletterten sie wieder über die Mauer und kämpften sich dann durch den verwilderten Garten. Bald spähten sie durch die Küchenfenster in das düstere Souterrain hinein. Es schauderte sie beide ein wenig, aber Geraldine war fest entschlossen, Thomas McCormack etwas zum Essen zu bringen. Wenn sie dann später im Bett lag, musste sie sich wenigstens keine Sorgen machen, dass er hungerte.

Sie kletterten nacheinander durch das Fenster. Geraldine wollte eigentlich laut nach Thomas rufen, aber sie brachte es nicht über sich, die unheimliche Stille zu durchbrechen, die schwer auf ihnen lastete, als sie von der Küche über die Treppe in die Eingangshalle des Hauses hochgingen. Das Zimmer, in dem sie Thomas vor zwei Tagen angetroffen hatten, war leer. Nur die Matratze lag noch darin. Vielleicht war er doch ins

Krankenhaus gegangen. Geraldine atmete erleichtert auf. Aber Shane verspürte eine merkwürdige, unerklärliche Enttäuschung, als hätte ihn das Schicksal hierhergerufen und würde ihn nun mit leeren Händen wieder fortschicken. Sie gingen zurück in die Eingangshalle. Er schlug vor, dass sie vielleicht auch noch im ersten Stock suchen sollten. Als sie am Fuß der Haupttreppe angelangt waren, leuchtete er mit seiner Taschenlampe kurz hinauf. Dort oben wirkte alles so düster und unheimlich, dass sich keiner von ihnen beiden traute, den ersten Schritt zu machen.

Sie zögerten und wussten nicht, was sie jetzt tun sollten. Plötzlich zuckten sie zusammen, weil vor ihnen Glas in Scherben zersprang. Geraldine schrie auf und umklammerte Shanes Hand. Er knipste rasch seine Taschenlampe an. Erschrocken schauten sie sich an, unsicher, was sie erwarten würde.

Zwanzigstes Kapitel

Joey

November 2009

Es war drei Uhr früh, als ich endlich zu Hause war. Von Bull Island bis Blackrock war es ein langer Weg, aber irgendwie hatten wir es geschafft. Ich wusste, dass Mum noch auf sein würde, wahrscheinlich lag sie auf dem Sofa und las einen Thriller aus der Bücherei. Ich musste klingeln, denn den Schlüssel hatte ich in der Schultasche bei Shane vergessen. Unser Haus hatte sich nicht viel verändert, seit ich klein war. Die Zimmer waren seither mehrmals frisch gestrichen worden und letztes Jahr im Sommer hatte Mum sich ein neues Sofa und einen neuen Teppich gegönnt. Aber im Wesentlichen war alles wie in meiner Kindheit, als würde die Zeit stillstehen. Ich fühlte mich dort sicher und geborgen. Meine Mutter war bis vor Kurzem auch meine beste Freundin gewesen. Nie hatten wir Geheimnisse voreinander. Aber als sie jetzt vor mir stand, hatte sich das auf einmal geändert. Das Gefühl, ihr immer alles erzählen und mich von ihr immer trösten lassen zu können, war nicht mehr da. Ich wollte sie zwar auch jetzt nicht anlügen, aber ihr zu sagen, was ich an dem Abend alles erlebt hatte, war unmöglich.

Mum musste gespürt haben, was gerade in meinem Kopf vorging, denn sie sagte: »Mir gefällt nicht, was er mit dir anstellt.«

»Wer?«

»Dein neuer Freund. Ich hab das Gefühl, dass er absichtlich einen Keil zwischen dich und mich treibt. Jedes Mal, wenn du mit ihm zusammen warst, kommst du mir danach ein Stück fremder vor.«

»Du kannst nicht darüber bestimmen, mit wem ich befreundet sein soll, Mum.«

»Nein, kann ich nicht und ich will darüber mit dir jetzt auch keinen großen Streit anfangen. Ich hab immer gewusst, dass du eines Tages erwachsen sein würdest, und natürlich werde ich dann in deinem Leben nicht mehr dieselbe Rolle spielen wie vorher. Aber verbirg bitte keine wichtigen Dinge vor mir, Joey. Man fühlt sich so jämmerlich und einsam, wenn man merkt, dass der andere einen anlügt.«

»Aber keiner zwingt dich, allein zu leben.« Ich fühlte mich wie ein Verräter, weil ich nachplapperte, was Shane zu mir gesagt hatte. »Es ist nicht fair von dir, mich für deine Einsamkeit verantwortlich zu machen.«

»Sagt das dein Freund? Beeinflusst er jetzt auch schon, wie du mich wahrnimmst? Man kann allein leben, ohne sich einsam zu fühlen. Ich hab nach dem Tod deines Vaters einfach nie Lust gehabt, mich mit der zweitbesten Wahl zufriedenzugeben. Das ist die Wahrheit, Joey. Dein Vater und ich hatten eine stürmische, komplizierte Beziehung, aber es war nie langweilig. Ich hab immer gespürt, wenn bei ihm irgendwas los war, und mit dir geht es mir genauso. Als du da grade hereingekommen bist und mich so schuldbewusst angelächelt hast, hast du ihm aufs Haar geglichen. Warum kommst du erst jetzt nach Hause? Um drei Uhr morgens? Es ist gefährlich, sich um diese Zeit draußen herumzutreiben.«

»Gefährlich? Hab ich nichts von gemerkt«, log ich.

»Es gibt verschiedene Arten von Gefahr.«

»Ich war nicht mit einem Mädchen zusammen oder so was.«

»Das wüsste ich, wenn du mit einem Mädchen zusammen gewesen wärst, denn woran man das erkennt, hab ich gelernt.«

»Mum, darüber will ich jetzt nicht reden.« Ich hatte Angst, dass das Bild von meinem Vater beschädigt wurde. Ich hatte mich ihm auf Bull Island so nahe gefühlt, dass ich Shane alles verziehen hatte, sogar das mit dem geklauten Auto, weil ich überzeugt war, dass er das nur getan hatte, um mich mit dem Geist meines Vaters in Kontakt zu bringen. Jetzt aber beschlich mich das ungute Gefühl, dass Shane womöglich wirklich alles nur inszeniert hatte, um einen Keil zwischen mich und Mum zu treiben.

Sie wirkte erschöpft, als sie in ihr Zimmer ging. »Ich möchte keine Geheimnisse zwischen uns, solange du hier unter meinem Dach wohnst. Du bist musikalisch begabt, wie dein Vater, und wie dein Vater bist du auch leicht zu verführen. Man brauchte ihm bloß die Gitarre wegzunehmen und schon wirkte er wie eine verlorene Seele. Er hat versucht, immer wieder den Weg nach Hause zu finden, aber er konnte auch leicht vom rechten Weg abkommen. Es ist Zeit für dich, dass du das weißt. Lass dich nicht zu irgendwas verlocken, das du später bereust, Joey, vor allem nicht von jemandem, dem du nicht trauen kannst.«

Einundzwanzigstes Kapitel

Shane

August 2007

Als Shane seine Taschenlampe in der Eingangshalle des alten Hauses auf Geraldines Füße richtete, entdeckte er vor ihr auf den Fliesen die Scherben einer zerschmetterten Milchflasche. Einer Milchflasche, wie es sie vor vielen, vielen Jahren gegeben hatte. Sie wollten gerade wegrennen, da durchdrang von oben ein schuldbewusstes Kichern die Stille.

»Das war kindisch von mir«, sagte eine Stimme, »aber als Junge sehnte ich mich immer danach, einmal eine Milchflasche über dieses Geländer nach unten zu schmeißen. Meine Mutter hätte mich dafür grün und blau geprügelt, doch jetzt kann ich es mal wagen, schließlich gibt es ja keinen mehr, der mir vorschreiben kann, was ich zu tun und zu lassen habe.«

Im Lichtstrahl von Shanes Taschenlampe leuchtete das Gesicht von Thomas auf, der sich über das Geländer beugte und zu ihnen herunterschaute. Der Strahl war schwächer als vorhin, die Batterien würden bald leer sein. Shane merkte, dass er überhaupt nicht wusste, ob er dem alten Mann nun trauen konnte oder nicht.

»Sie haben uns erschreckt«, rief Geraldine empört. »Wir hätten uns verletzen können.«

»Stimmt«, meinte Thomas. »Aber ich hab euch auch gesagt, dass ihr nicht wiederkommen sollt.«

»Wir haben was zum Essen mitgebracht«, rief Geraldine. »Tut mir leid, wenn wir Sie stören, aber wir dachten, Sie haben vielleicht Hunger.«

Thomas wandte das Gesicht ab, und als er wieder zu ihnen herunterblickte, hatte er Tränen in den Augen. »Ihr stört mich nicht«, sagte er sanft. »Eine der Urtaten menschlichen Mitgefühls ist es, einem Hungernden Essen zu bringen.« Er wischte sich ungeschickt mit dem Ärmel über die Augen und lächelte. »Dafür habt ihr es euch verdient, eine Führung durch das ganze Haus zu erhalten.« Er merkte, wie sie einen zögerlichen Blick wechselten. »Es dauert auch nicht lang, obwohl ich den Eindruck habe, dass mein Bruder nie irgendwas weggeschmissen hat.«

Thomas zündete eine Kerze an und hielt sie hoch, damit Geraldine und Shane die Treppe zu ihm hochsteigen konnten. Geraldine legte das Bündel mit den Lebensmitteln vor ihm ab und Thomas beugte sich vor, um den Inhalt zu untersuchen. »Noch mal vielen Dank«, sagte er zu Geraldine und blickte dann zu Shane. »Es ist mutig von euch, dass ihr wiedergekommen seid, aber dein Großvater hatte auch viel Mut. Jack und ich waren gute Freunde. Teils hab ich gehofft, euch wiederzusehen; teils habe ich darum gefleht, dass ihr mich einfach vergessen würdet.«

»Wir haben uns Sorgen um Sie gemacht«, sagte Shane.

»Du brauchst dir um mich keine Sorgen zu machen. Die Ärzte in Amerika haben mir sechs bis neun Monate gegeben.«

»Und wann war das?«, fragte Geraldine.

Der alte Mann lächelte. »So ungefähr vor sechs bis neun Monaten. Die Tabletten helfen gegen die schlimmsten Schmerzen, aber sie sind so stark, dass ich ganz kindisch und ausgelassen werde. Was bedeutet, dass ich mich wieder so übermütig wie als kleiner Junge fühle, wenn ich nicht gerade schlimme

Schmerzen habe.« Er griff nach einer der staubigen Milchflaschen, die er in einer langen Reihe zu seinen Füßen aufgestellt hatte. »Wollen wir mal sehen, wer es schafft, von hier aus die Haustür zu treffen.« Er beugte sich weit über das Geländer vor und schmiss die Flasche in Richtung Tür. Sie zerschellte knapp vor ihrem Ziel auf den Fliesen. Dann reichte er Geraldine eine Flasche.

»Aber das kann man doch nicht machen«, rief Geraldine entrüstet.

»Warum nicht?«

»Das tut man einfach nicht. Es ist …« Geraldine suchte nach dem Wort, das ihre Großmutter gebrauchen würde. » … verantwortungslos.«

»Richtig«, stimmte Thomas ihr zu. »Aber die Zeit, in der man verantwortungsbewusst handeln muss, ist für euch noch nicht gekommen und für mich schon lange vorbei. Außerdem ist es mein Haus und niemand kann mir da mehr was verbieten. Meine tyrannische Mutter ist schon lange tot.«

»Ich werf gern eine Flasche«, sagte Shane. »Wetten, dass ich die Tür treffe?«

»Was anderes hätte ich von dir gar nicht erwartet.« Thomas reichte ihm eine Flasche. »Schließlich hab ich das Spiel damals mit deinen Großeltern erfunden. Hat bloß ein Dreivierteljahrhundert gedauert, bis ich es jetzt spielen kann. Molly, Jack und ich haben uns gar nicht eingekriegt vor Lachen, wenn wir uns vorgestellt haben, was meine Mutter wohl dazu gesagt hätte. Los, erweise dich deines Großvaters als würdig.«

Thomas sagte das so, dass es wie eine Probe klang. Shane warf seine Milchflasche mit aller Kraft und sie traf nur wenige Zentimeter vor der Tür auf dem Boden auf. Er genoss das Gefühl, dass der Geist seines Großvaters, und zwar als Junge in seinem Alter, ihn dabei vielleicht beobachtete. Der Gedanke gefiel ihm. »Jetzt bist du dran«, drängte er Geraldine, aber sie wollte nicht so recht, bis Thomas ihr schließlich eine verstaubte Flasche in die Hand drückte.

»Den letzten Winter habe ich in einem Irrenhaus in New Jersey verbracht«, sagte er. »Nicht weil ich wirklich verrückt war, sondern weil man lernt, die Zeichen von Verrücktheit vorzutäuschen, wenn man zu alte Knochen hat, um noch einen weiteren Winter auf der Straße zu verbringen. Dort hat mich dann ein Rechtsanwalt aufgetrieben, um mir zu mitzuteilen, dass ich dieses Anwesen geerbt habe. Als Bauland ist es Millionen wert. Schon komisch – mein ganzes Leben lang hatte ich immer viel Zeit und nie Geld. Jetzt habe ich endlich Geld, aber die Zeit läuft mir davon. Bald wird dieses Haus als Zuhause endgültig ausgedient haben, deshalb verhalte dich jetzt ruhig verantwortungslos, Geraldine. Mach kaputt, was du willst, bald wird irgendein Bauunternehmer sowieso alles, was hier von dem Haus noch übrig ist auf eine Müllkippe werfen und keiner wird sich mehr an die erinnern, die einmal hier gelebt haben.«

Geraldine schleuderte die Flasche über das Geländer und gab ein schuldbewusstes Kichern von sich, als sie auf den Fliesen zerschellte. Sie musste daran denken, dass alles irgendwann auf einer Müllkippe landen würde, auch ihre Keksdose mit den Erinnerungsstücken an ihre Kindheit; wie alles dem Vergessen anheimfällt, wenn es niemanden mehr gibt, der sich erinnert. Aber sie verdrängte diese düsteren Gedanken schnell, weil sie sich alle drei weiter in den Weitwurfwettbewerb stürzten. Schließlich gelang es Shane, die Haustür zu treffen. Er machte eine Verbeugung, als Geraldine applaudierte und Thomas ihm einen Schokoriegel aus dem Proviantsack anbot, den sie ihm mitgebracht hatten.

»Ich bitte vielmals um Verzeihung, dass ich keinen größeren Preis zu verleihen habe; aber ich werde erst nach dem Verkauf dieses Hauses reich sein. Doch habe ich meine Rechtsanwälte wissen lassen, dass sie es nicht zum Verkauf ausschreiben dürfen, bevor sie sicher sind, dass ich auch wirklich tot bin.«

»Und wie werden sie es wissen?«, fragte Geraldine.

»Einmal in der Woche rufe ich sie an, wenn ich eine Runde drehe, um mir Lebensmittel und einen Nachschub an Schmerztabletten zu besorgen. Sie haben von mir die Anweisung erhalten, dass sie die Haustür aufbrechen lassen sollen, wenn sie drei Wochen lang keine Nachricht von mir erhalten. Sie werden mich hier tot finden, mit den Anweisungen für mein Begräbnis. In einem sicheren Versteck werden sie auch mein Testament finden. Ich habe es noch nicht verfasst, weil ich noch nicht weiß, wem ich meinen Besitz vererben soll. Vielleicht einem von euch beiden. Täusche ich mich oder spüre ich bei dir den Wunsch, später unbedingt mal reich zu sein, Shane?«

»Ich bin nicht wegen des Geldes gekommen«, sagte Shane verlegen. »Wir sind gekommen, um Ihnen etwas zu essen zu bringen.«

»Und das weiß ich auch sehr zu schätzen«, sagte der alte Mann. »Ich weiß nämlich, was Hunger ist. Wenn man einmal den Hunger geschmeckt hat, steckt er in einem drin, das vergisst man nie wieder. Ich erinnere mich noch daran, wie ich einmal frühmorgens in den Dubliner Bergen Beeren gepflückt habe, als ich dort jemand abholen sollte. Ich hatte davor seit Tagen nichts gegessen. Seither habe ich noch oft in meinem Leben Hunger gehabt, nach Essen, nach Seelenfrieden, vor allem aber nach menschlicher Wärme. Mein ganzes Leben lang habe ich immer diese Ruhelosigkeit in mir gehabt, wie einen Fluch. All die Städte, all die Plackerei, so viele Züge, so viele Landstraßen, so viele Strände, die ich in der Morgendämmerung abgesucht habe, nach irgendetwas, das ich bergen oder retten könnte. Einen hungrigen Magen erträgt man ja noch, aber der schrecklichste Hunger ist der nach menschlicher Gemeinschaft.«

Thomas schloss die Augen und Shane konnte nur mutmaßen, wie schmerzlich die Erinnerungen an die Einsamkeit in seinem Leben sein mussten. Die Flamme der Kerze flackerte und Shane hatte Angst, dass sie jeden Augenblick erlöschen könnte. Aber als Thomas die Augen aufschlug, beruhigte sie sich wieder.

»Meine Oma macht sich bestimmt Sorgen«, sagte Geraldine. »Wir müssen jetzt gehen.«

Thomas nickte. »Das ist gut so«, murmelte er. Aber als Shane und Geraldine sich verabschieden wollten, fiel sein Oberkörper plötzlich nach vorne. Er hielt beide Hände vors Gesicht und wiegte sich vor und zurück.

»Haben Sie Schmerzen?«, fragte Geraldine besorgt.

Thomas zog die Hände vom Gesicht weg und schaute sie an. Seine Augen hatten einen vollkommen anderen Ausdruck, als er ihre Blicke jetzt erwiderte – ob wehmütig oder gerissen, konnte Shane nicht entscheiden. »Ich habe darum gebetet, dass du nicht zurückkommst, junger O'Driscoll, aber der selbstsüchtigere Teil in mir hat gehofft, du würdest es. Ich besitze nicht mehr viel Kraft und es wartet noch eine Aufgabe auf mich, die ich nicht allein bewältigen kann.«

»Welche Aufgabe?«, fragte Shane.

»Alte Häuser sind wie alte Menschen: voller Geheimnisse. Das hier war ursprünglich keine Molkerei.«

»Was dann?«

»Ein wohlhabender Kaufmann namens Michael Byrne hat dieses Haus und die angrenzenden Gebäude erbaut.« Thomas stand langsam auf. »Der Grund, warum er sich dafür gerade diese Stelle ausgesucht hatte, blieb ein Jahrhundert lang verborgen. Byrne war ein Mann, der sich viele Feinde gemacht hatte. Die Adeligen und Honoratioren hier in der Gegend betrachteten ihn von oben herab, weil er mit nichts angefangen hatte. Er war ein junger Stallbursche gewesen, als er den Leichnam seines Herrn entdeckte, eines berüchtigten Lebemannes und Wüstlings. Henry Dawson, so hieß er, war einmal der Eigentümer von Castledawson House gewesen.«

»Wie ist dieser Michael Byrne zu seinem Reichtum gekommen?«, fragte Shane.

»Manche Leute sagten, aufgrund seiner Bauernschläue; andere sagten, es sei dabei nicht mit rechten Dingen zugegangen. Er war ein Spieler. Man sagt, er habe einen Satz Würfel besessen, aus Menschenknochen geschnitzt, mit denen er nie verlor. Als er starb, besaß er ein gutes Dutzend Anwesen rund um Blackrock, aber in einem Haus schaffte er es nie, der Herr und Eigentümer zu werden, da mochte er sich noch so sehr darum bemühen – Castledawson House. Die neuen Besitzer, die es nach Henry Dawsons Tod gekauft hatten, weigerten sich, es in seine Hände zu geben, obwohl er ihnen dafür sehr viel Geld bot. Jahr um Jahr verschwand Michael Byrne für einige Zeit und die Leute erzählten sich, dass er wüste Zechtouren unternahm. Regelmäßig tauchte er dann vor den Toren von Castledawson House auf, rüttelte an den Eisenstäben und rief: ›Ich will es zurück.‹«

»Aber Sie haben doch gesagt, dass er nur Henry Dawsons Stallbursche war«, sagte Geraldine.

»Als es ihm nicht gelang, in den Besitz von Castledawson House zu gelangen, erbaute er dieses Haus direkt gegenüber von den Toren des Anwesens, in dem er einst niedere Dienste verrichtet hatte. Er vergaß nie, dass er in jungen Jahren gehungert hatte. Er verteilte großzügig Almosen an die Armen. Als hier die Cholera ausgebrochen war, ging er furchtlos zwischen den Kranken und Sterbenden umher. Er spendete Trost, wo er nur konnte. Man sagt, dass trotz aller seiner Laster auch etwas von einem Heiligen in ihm gewesen sei.« Thomas McCormack winkte ihnen, dass sie ihm folgen sollten. »Es herrschte große Aufregung, als Michael Byrne im Keller dieses Hauses mit durchgeschnittener Kehle aufgefunden wurde. Und jetzt will ich euch in ein Geheimnis einweihen, von dem kein anderer hier in Blackrock weiß, jedenfalls nicht unter den Lebenden.«

Zweiundzwanzigstes Kapitel

Joey

November 2009

Als ich am nächsten Morgen aufwachte, konnte ich kaum glauben, dass sich all die Dinge in der Nacht tatsächlich ereignet hatten. Schließlich hatte ich ja nur vorgehabt, mit Shane zusammen Geschichte zu lernen. Und dann hatte ich auf einmal ein Mädchen sterben sehen, war an einem Autodiebstahl beteiligt gewesen und hatte meine innersten Gedanken und Gefühle einem nächtlichen Gespenst oder vielleicht auch nur der kalten Nachtluft preisgegeben. Jetzt im Morgenlicht war mir klar, dass Shane ein Geschichtenerzähler und Schwindler war, aber seine Schilderung der Gespensterhorden, die sich mit angstverzerrten Gesichtern gegen die Scheiben unseres dahinrasenden Autos pressten, verfolgte mich immer noch.

Während des Frühstücks sagte Mum wenig. Die vertraute Nähe zwischen uns, die wir immer als selbstverständlich hingenommen hatten, war verschwunden. Als sie mich auf ihrem Weg zur Arbeit am Temple Hill bei meiner Schule aussteigen ließ, war ich erleichtert, dem Schweigen im Auto zu entkommen und ihrer schweigenden Anschuldigung, dass ich mich da in irgendwas reinziehen ließ, das ihr nicht passte. Ich hoffte, dass Shane daran gedacht hatte, mir meine Schultasche mitzubringen. Doch ich fürchtete mich auch davor, ihm wieder zu begegnen. Wir stellen alle von Zeit zu Zeit mal was Verrücktes an, aber Shane war von einem so unbändigen Willen besessen gewesen, mich unbedingt nach Bull Island zu bringen, dass er wohl nicht davor zurückgescheut hätte, dafür falls nötig jemanden umzubringen. Ich hoffte nur, dass er mit unseren Heldentaten in der Klasse nicht angeben würde, vor allem wo Mum doch so viele Hebel in Bewegung gesetzt hatte, damit ich auf diese Schule wechseln konnte. Noch mehr Ärger mit mir hatte sie wirklich nicht verdient.

Ich betrat das Klassenzimmer, in dem wir gleich unsere Geschichtsarbeit schreiben würden. Shane war bereits da, meine Schultasche lag an meinem Platz. Zuerst schien mir, dass er mich nicht weiter beachtete. Er kritzelte etwas auf einen Zettel. Dann kam er zu mir.

»Hier sind noch mal die Jahreszahlen, mit denen du Probleme hattest. Merk dir ein paar davon und Bongo Drums wird dich für ein Genie halten.«

Er gab mir eine Liste mit fein säuberlich verzeichneten Jahreszahlen. In seinen Gesichtszügen war nichts mehr von der gestrigen Wildheit zu erkennen, nur eine fast elterliche Fürsorge. Keiner aus unserer Klasse würde ihm abnehmen, dass er vor wenigen Stunden die Dinge getan hatte, die ich mit ihm erlebt hatte, und ich begriff, dass er davon auch niemandem erzählen würde. Das wilde Treiben von vergangener Nacht war wie in eine Schublade weggesperrt. Wie viele solcher Schubladen es wohl in Shanes Leben gab? Ich musste daran denken, wie er sich selbst beschrieben hatte: als jemand, der menschliches Treibgut sammelt, angeschwemmte Seelen – schon eine sehr merkwürdige Vorstellung. Was für ein trostloses Bild, eine einsame Gestalt am Meeresrand, die den Horizont absucht, ob nicht Strandgut angespült wird; die in den Bruchstücken und Überresten des Lebens von anderen Menschen herumwühlt.

Dann betrat Bongo Drums das Klassenzimmer, verteilte Blätter und verkündete, dass die Klassenarbeit in zwei Minuten anfangen würde. Ich konzentrierte mich nur noch auf die Liste mit den Jahreszahlen, die Shane mir gegeben hatte, und versuchte, mir so viele wie möglich einzuprägen.

Erstaunlicherweise konnte ich fast jede Jahreszahl geschickt in eine der Antworten auf Bongo Drums Fragen einflechten, als hätte Shane das alles vorausgesehen. Konnte er etwa Gedanken lesen? Ich hatte noch nie bei einer Arbeit so viele Seiten füllen können, weil mir alles, was ich gestern Abend bei Shane gelernt hatte, noch ganz frisch im Gedächtnis war. Mitten während der Stunde drehte sich Geraldine kurz zu mir um und lächelte mich an. Einen Augenblick lang vergaß ich die Geschichtsarbeit völlig. Die Sonne fiel auf ihre Haare, sodass sie schwarz glänzten, und ihre Haut schimmerte weiß. Sie merkte, wie ich sie anstarrte und machte leise tzz-tzz, weil ich mich lieber wieder auf die Schulaufgabe konzentrieren sollte. Aber sie errötete auch ein wenig und blickte schnell weg, und da wusste ich, dass ich sie liebte.

Als es klingelte, atmeten alle erleichtert auf und fingen an, durcheinanderzuquatschen. Später in der Pause bekam ich die Erlaubnis, mir draußen vor der Schule in dem Laden an der Ecke was zu trinken zu kaufen, weil ich ausnahmsweise nichts dabeihatte. Ich kaufte mir eine Dose Cola und trank sie auf dem Weg zurück in die Schule gleich aus, als ich auf einmal spürte, dass ich von jemandem beobachtet wurde. Ich drehte mich um und bemerkte, dass mir ein alter Mann folgte. Er schaute mich mit durchdringendem Blick an und humpelte dann, auf einen Stock gestützt, näher, bis er Auge in Auge vor mir stand. Er trug einen langen schwarzen Mantel und einen alten Hut. Seine Augen waren blutunterlaufen.

»Sag deinem Freund, ich will es zurück«, zischte er.

»Wie bitte?«

»Du hast mich schon verstanden. Sag ihm, ich lass mich nicht länger um etwas betrügen, was mir rechtmäßig gehört.«

Autos fuhren die Straße entlang, andere Schüler rannten an mir vorbei, um vor dem Klingeln rechtzeitig wieder im Klassenzimmer zu sein, aber nie hatte ich mich einsamer gefühlt als in diesen Sekunden. Was mich am meisten verstörte, war, dass mir seine Augen seltsam vertraut vorkamen, wie Augen, die ich jeden Tag sah, von denen ich nur nicht wusste, wem sie gehörten. Die Stimme des alten Mannes war kaum lauter als ein Flüstern, aber es lag darin eine so große Dringlichkeit, dass es mich fröstelte. Ich hörte es klingeln, die Pause war zu Ende, und ich wollte zurück in die Schule, um mich mit dem Strom der anderen Schüler durch die Korridore ins Klassenzimmer zu schieben, aber ich fühlte mich wie paralysiert durch den bohrenden Blick aus diesen Augen, die jünger wirkten als der Körper.

»Sag ihm, dass ich es zurück will, Joey«, zischte er.

»Woher wissen Sie, wie ich heiße?«

»Du magst vielleicht naiv sein und ein Narr, aber du bist ein guter Junge. Lass dich nicht von ihm missbrauchen. Hilf mir, Joey. Sei mein Freund.«

Der Schulhof hatte sich bereits geleert. Jeden Moment konnte Bongo Drums kommen, um das Tor zu schließen.

»Ich weiß nicht, wovon Sie reden«, sagte ich. »Ich muss jetzt zurück in meine Klasse.«

Er blickte wehmütig durch die Gitterstäbe. »Warum hast du dich gestern von ihm auf einen so unguten Weg führen lassen?«

»Was wissen Sie über gestern Nacht?«

»Was weißt du über ihn? Typisch für ihn, sich einen schüchternen Jungen zu suchen, der von anderen gehänselt worden ist. Deshalb hat dich doch deine Mutter an einer neuen Schule angemeldet, ist es nicht so?«

»Lassen Sie meine Mutter da raus!«

»Ich weiß, wo du wohnst, Joey. Ich weiß mehr über dich, als du dir vorstellen kannst.«

»Sind Sie mit Shane verwandt?«

Er lachte bitter auf. »Sagen wir mal, uns verbindet das böse Blut in unseren Adern.«

»Ich weiß nicht, was Sie von mir wollen.« Mir wurde immer unwohler zumute. Ich hasste solche Gespräche, in denen Leute von dir erwarten, dass du weißt, worüber sie reden, und dir das Gefühl geben, dass du ein Trottel bist, wenn du nachfragst.

»Ich will, dass du dich das fragst, dass du dich fragst, was er eigentlich von dir will. Warum glaubt er, dass er dich zum Freund haben kann, wo doch ich der einzige Freund bin, den er hat?« Der alte Mann schielte zu Bongo Drums, der am Schultor erschienen war. »Sag ihm, dass einer von uns beiden nicht mehr da sein sollte. Sag ihm, dass ich es zurückwill.«

Dreiundzwanzigstes Kapitel

Shane

August 2007

Thomas führte Shane und Geraldine die Treppe hinunter, an den zertrümmerten Milchflaschen in der Eingangshalle vorbei. Nur von der Kerze, die er vor sich hielt, und von dem immer schwächer werdenden Strahl von Shanes Taschenlampe kam etwas Licht. Als sie die Küche erreicht hatten, öffnete Thomas die schmale Tür, die ihnen schon beim ersten Mal aufgefallen war, die Tür, hinter der sie einen langsam in die Tiefe führenden Gang entdeckt hatten. Er blickte sich nach ihnen um, ob sie ihm auch folgten. Geraldine wünschte sich, sie hätte ihrer Oma erzählt, wohin sie ging; sie wünschte sich, sie hätte ihrer Oma alles erzählt. Sie versuchte, ihr eine SMS zu schicken, hatte aber hier unten keinen Empfang. Widerwillig folgte sie Shane, weil sie nicht allein zurückbleiben wollte, dafür hatte sie zu viel Angst. Shane erregte der Gedanke, dass dieses Haus ein Geheimnis barg, aber gleichzeitig fürchtete er sich. Seine Furcht rührte von dem merkwürdigen Gefühl her, dass er sich irgendwie selbst in diese Situation hineinmanövriert hatte; dass er schon einmal in diesem Keller gewesen war, sich daran aber nicht mehr deutlich erinnern konnte.

Am Ende des abschüssigen Gangs senkte Thomas den Kopf, um einen leeren Kellerraum zu betreten. Er wartete, bis Shane und Geraldine bei ihm waren. Der schwache Strahl von Shanes Taschenlampe gab endgültig den Geist auf, deshalb kam jetzt nur noch von Thomas' Kerze ein wenig Licht und von den Displays der Handys von Shane und Geraldine. Durch das gewölbte Mauerwerk wirkte der Kellerraum noch kleiner. Wenn sie hier eingesperrt wären, würde sie niemals jemand finden. Thomas setzte die Kerze auf dem gefliesten Boden ab.

»Ihr glaubt, hier gibt es nichts zu sehen, was?«

»Ich würde lieber wieder zurück in die Küche«, sagte Geraldine mit ängstlichem Trotz.

Thomas kniete sich auf den Boden. »Als Kind bin ich Hunderte von Malen in diesen Keller gekommen, und nie hätte ich geglaubt, dass hier ein Geheimnis versteckt ist.« Er blickte hoch. »Versprecht mir, dass ihr nie mehr hierher zurückkommt. Für mich ist es Zeit zu sterben, höchste Zeit. Ich habe alle anderen viele Jahre überlebt. Aber bevor ich sterbe, möchte ich etwas noch ein allerletztes Mal sehen. Fahrt vorsichtig mit den Fingern am Rand dieser großen Fliese entlang. Es gibt dort einen winzigen Spalt, unter den ihr fassen könnt.«

Geraldine kniete sich neben ihn. Zuerst konnte sie nichts ertasten, aber dann spürte sie den winzigen Spalt. Kurz darauf hatten sie alle drei unter den schweren Stein gefasst und ihn ein Stück hochgehievt und eine Kante auf die Fliese daneben geschoben. Sie keuchten vor Anstrengung.

»Jetzt können wir ihn noch weiter zur Seite schieben«, sagte Thomas. Als sie die schwere Steinfliese noch ein Stück bewegten und sich im Boden ein Loch auftat, fühlte sich die Luft im Keller noch kälter an. Thomas hielt die Kerze hoch, die Flamme flackerte und Geraldine befürchtete, sie würde gleich vom Luftzug ausgeblasen werden. Aber dann beruhigte sich die Flamme wieder, und als Geraldine in das schwarze Geviert schaute, wo zuvor die Fliese gelegen hatte, sah sie dort eine zweite Flamme auftauchen und daneben ein von schwarzen Haaren umrahmtes Gesicht und ihre eigenen Augen, die sie verängstigt anstarrten. Sie begriff, dass sie auf ein Wasser hinabschaute, so still und reglos, dass es wie ein Spiegel war. Ein Schauder durchlief ihren Körper und sie wich zurück.

»Ich hab Angst vor Wasser«, flüsterte sie. »Meine Mutter ist ertrunken.«

»Ja, ich weiß«, sagte Thomas ruhig.

»Woher wissen Sie das?«, fragte Geraldine verwirrt.

Thomas blickte sie wie ertappt an. »Das hast du mir doch bei eurem ersten Besuch erzählt.«

»Hab ich nicht. Ich rede nie über sie. Mit niemandem.«

»Sie ist draußen in der Bucht ertrunken. Sie hatte einen plötzlichen Krampf in ihrem Bein, ihr war, als würde sie von einer Klaue umklammert und in die Tiefe gezogen, die aus der Hölle hochreichte«, antwortete Thomas und schaute gedankenverloren, fast wie hypnotisiert, in den Brunnen. »Michael Byrne hat das Haus über diesem Brunnen erbaut, damit ihm das Trinkwasser nicht von Feinden vergiftet werden konnte. Meine beiden Brüder wohnten ihr ganzes Leben lang hier in dem Haus, aber von der Existenz dieses Brunnens haben sie nie erfahren.«

»Und wer hat Ihnen davon erzählt?« Shane schauderte es, als ihm klar wurde, warum sich dieser Ort für ihn so vertraut anfühlte. Dies hier war der Keller, von dem er viele Monate lang geträumt hatte. Dies hier war der Brunnen, von dem sein Vater geträumt hatte, als er das Wasser durch die Holzdielen ihres alten Hauses hochsteigen sah.

»Ein Mann, der nicht sprechen konnte.« Thomas lachte auf, ein leises, bitteres Lachen. »Doch uns verband das böse Blut in unseren Adern.«

»Wie tief ist er denn?« Shane konnte nicht anders, er musste sich über das Wasser beugen, in dem er fasziniert sein eigenes Spiegelbild betrachtete.

»Man meint, er sei nicht sehr tief, vielleicht einen halben Meter, aber das täuscht. Wenn man hineinfällt, reicht es jedenfalls aus, um zu ertrinken, und man verschwindet darin für immer.«

Geraldine versuchte, Shane zurückzuziehen, aber etwas hatte sein Interesse erweckt.

»Da unten liegen Würfel«, sagte Shane. »Merkwürdig. Sie schimmern so seltsam. Ich glaube, ich kann sie mit der Hand erreichen.« Seine Fingerspitzen hatten das stille Wasser schon fast berührt, als Thomas seine Hand zurückriss.

»Rühre nicht daran«, zischte er.

»Lassen Sie mein Handgelenk los«, schimpfte Shane. »Ich wollte nur wissen, woraus sie gemacht sind.«

»Sieht nach Knochen aus«, sagte Geraldine. Aus ihrer Stimme war Abscheu und Faszination herauszuhören.

Thomas ließ Shanes Handgelenk los. »Es handelt sich um Reliquien«, sagte er. »Sie sind aus dem Knochen eines Heiligen gefertigt.«

»Menschenknochen!«, stieß Geraldine hervor.

»Wer mit diesen Würfeln spielt, bekommt alle seine Wünsche erfüllt«, fuhr Thomas fort. »Als ich so alt war wie ihr, habe ich diese Würfel einmal geworfen und mir dabei zwei Dinge gewünscht. Der eine Wunsch war für mich und der andere Wunsch für den Mann, der mein Blutsbruder wurde.« Aus seiner Jackentasche zog Thomas ein kleines Messer mit schwarzem Griff hervor. »Er ritzte unsere Handgelenke mit diesem Messer und dann pressten wir sie aneinander, bis unser Blut sich vermischte.«

Shane wich von dem schwarzen Wasser zurück. Die Klinge des Messers schimmerte im schwachen Kerzenlicht.

»Was ist geschehen, nachdem Sie Ihren Wunsch getan hatten?«, fragte er.

»Das sieht man doch, oder?« Thomas schleuderte das Messer mit aller Kraft in den Brunnen. In dem Kellergewölbe hallte der Aufprall auf dem Wasser vervielfacht wider. Geraldine und Shane zuckten zusammen. »Mir ist mein größter Wunsch erfüllt worden – und das ist die schlimmste Tragödie, die einem Menschen widerfahren kann.«

Vierundzwanzigstes Kapitel

Joey

November 2009

Bongo Drums lehnte neben dem Schultor und blickte dem alten Mann nach, der davonschlurfte.

»Ist das dein neuer Freund, Joey?«, fragte er.

»Ich hab ihn noch nie vorher gesehen. Er wollte mich gar nicht gehen lassen.«

»Was hast du denn jetzt?«

»Eine Doppelstunde Chemie.«

»Sag Shakes … Mr Sweeney …, dass du spät dran bist, weil ich dir die Ohren mit den Geschichten über meine Zeit als Rockmusiker vollgequasselt habe. Er beschwert sich dauernd, dass ich ihm damit die Ohren abkaue.«

»Waren Sie wirklich Schlagzeuger in einer Band?«

»Kein toller, aber das müssen Schlagzeuger ja auch nicht sein.« Bongo Drums lachte spöttisch auf. »Ein Schlagzeuger muss nur den Rhythmus halten und den Mädchen direkt vor der Bühne zuzwinkern können. Mit Musik kann man kein Geld machen, obwohl dauernd davon geredet wird, dass das große Geld hinter der nächsten Straßenecke auf einen wartet. Irgendwann muss man sich richtig seinen Lebensunterhalt verdienen, aber die Zeit vorher, immer unterwegs von Konzert zu Konzert, hat mir schon gefallen.«

Bongo Drums ließ die Blicke gelangweilt über den leeren Schulhof schweifen und fing dann an, von seinen glorreichen Tagen zu schwadronieren, ließ die Namen von Bands fallen, die mir alle nichts sagten. Ich war immer noch so durcheinander von meiner Begegnung mit dem alten Mann, dass ich überhaupt nicht zuhörte, bis ich auf einmal mitbekam, wie der Name meines Vaters fiel.

»Entschuldigen Sie, was haben Sie da gerade gesagt?«

»Ich hab gesagt, dass ich eine Zeit lang sogar mit deinem Vater gespielt habe.«

»Ich hab nicht gewusst, dass Sie ihn gekannt haben.«

»Richtig kennen wär auch zu viel gesagt. Dessie Kilmichael war ein Einzelgänger. Mit ihm zu spielen war nicht leicht. Er änderte dauernd die Reihenfolge der Stücke und fügte ganz plötzlich ein Gitarrensolo ein, von dem man vorher keine Ahnung hatte. Mit einem normalen Sänger und Gitarristen spielte man ein normales Set, man wusste, woran man war, aber bei einem Auftritt mit deinem Vater musste man Gedanken lesen können.«

»War mein Vater denn gut?«

»Kommt drauf an, was man unter ›gut‹ versteht. Man konnte bei ihm nie sicher sein, wie der Abend verlaufen würde. Er war auf der Suche nach einem Sound, den man noch nie vorher gehört hatte. Alles andere interessierte ihn nicht. Es gab Abende, da war er super drauf und versetzte alle Zuhörer in einen Taumel. Und an anderen Abenden machte er einfach nur sein Ding und kümmerte sich nicht ums Publikum. Da kriegten wir dann nur sehr mäßig Beifall. Aber ich habe nie vorher und auch nicht danach jemanden wie ihn gehört. Dessie hat mir mal erzählt, dass er einen großen Song schreiben wollte, der ihn unsterblich machen würde. Na ja, dachte ich. Erst letztes Jahr habe ich ein paar Demotapes von ihm wiedergefunden und dabei wurde mir noch mal klar, wie unglaublich gut er wirklich war.«

»Sie haben Aufnahmen von ihm?«

»Nur Rohschnitte. Aber trotzdem ist natürlich alles da«, sagte Bongo. »Dessie war ein Perfektionist. Er hat immer noch mehr Zeit im Studio gebucht, um an seinem Album zu arbeiten, das dann nie herausgekommen ist. Sein Problem war, dass er bei seinen Takes nie zweimal dieselbe Version gespielt hat.« Bongo Drums schaute mich nachdenklich an. Ihm musste etwas in meinem Blick aufgefallen sein. »Aber … du kennst doch die Demos von ihm?«

»Nein, ich hab noch nie ein Stück von ihm gehört.«

»Aber … das kann doch nicht sein. Als du an dem Abend im Landschulheim auf deiner Gitarre gespielt hast, ist mir erst aufgefallen, dass ihr ja den gleichen Nachnamen habt. Und wie du manche Akkorde anschlägst, also bei allem Respekt vor dir, das ist eine direkte Kopie seines Stils.«

»Meine Mutter hat alle Aufnahmen von ihm zerstört.«

Bongo Drums lachte ungläubig, dann begriff er, dass ich das ernst meinte. »Warum?«

»Keine Ahnung.«

Bongo nickte. »Bei mir auf dem Speicher ist eine solche Unordnung, dass ich nicht weiß, ob ich die Bänder so leicht wiederfinde. Aber wenn du möchtest, schau ich mal.«

Ich hatte so oft davon geträumt, eine Aufnahme von meinem Vater zu finden, aber jetzt, wo ich auf einmal die Gelegenheit hatte, seine Stimme vielleicht wirklich zu hören, wusste ich nicht, ob ich es ertragen würde, alle meine Illusionen womöglich zerstört zu sehen. Was, wenn er nun kein Genie gewesen war? Wenn seine Songs trotz aller Legenden über ihn nur zweitklassig waren?

»Ich glaube, ich rede erst mal mit meiner Mutter drüber.«

»Ja, mach das.« Bongo Drums musterte mich, als suchte er in meinem Gesicht nach den Zügen meines schon so lange verstorbenen Vaters. Ich wollte ihm zurufen, dass er damit aufhören solle. Gleichzeitig wünschte ich mir, dass er in mir etwas von meinem Vater wiederfand. Es war ein ungemütliches Gefühl.

Fünfundzwanzigstes Kapitel

Thomas

August 2007

Nachdem Shane und Geraldine ihn verlassen hatten, blieb Thomas McCormack noch lange allein in dem Keller, obwohl er eigentlich nach oben hätte gehen müssen, um seine Morphiumtabletten zu nehmen, denn dic Schmerzen waren so stark geworden, dass er am liebsten nur noch aufgeschrien hätte. Sein Körper brauchte das Morphium jetzt ständig und er hätte sich dringend in ein Krankenhaus begeben müssen, aber ihm war nur allzu sehr bewusst, dass jeder Mensch, mit dem er in Kontakt kam, ein neues mögliches Opfer darstellte, das die Stimmen missbrauchen konnten. Deshalb blieb er trotz seiner Schmerzen einsam in diesem Haus.

Er wusste das so genau, weil er selbst einmal ein solches Opfer gewesen war. Er wusste noch genau, welchen Schrecken ihm damals in diesem Keller das Messer eingejagt hatte. Es war nicht richtig gewesen, in Gegenwart von Shane und Geraldine das Messer mit dem schwarzen Griff herauszuziehen und in den Brunnen zu werfen. Er hatte gehofft, dass der Junge es nun so mit der Angst zu tun bekommen würde, dass er nicht mehr zurückkehrte. Doch selbstsüchtigere Stimmen in ihm versuchten den Jungen zurückzulocken. Das unaufhörliche Flüstern und Wispern der Toten von Blackrock: der Kampf zwischen den Seelen, die diesem seltsamen Schwebezustand zwischen Erde und Totenreich ein Ende bereiten wollten, und den anderen, die es danach drängte, ein neues Opfer zu suchen, dessen Körper sie bewohnen konnten, um für die Dauer eines weiteren Menschenlebens Unsterblichkeit zu erlangen.

Zwischen all diesen Stimmen auf die seines eigenen Gewissens zu hören war schwer. Die Ärzte in den Irrenhäusern hatten bei ihm Schizophrenie diagnostiziert, eine schwere Persönlichkeitsstörung. Für ihn selbst war das nur ein leerer Name. Er nannte es bei sich anders. Es war der Fluch der Unsterblichkeit, worunter er litt. Die Einsamkeit desjenigen, der weder wirklich am Leben noch richtig tot ist.

Er hatte Blackrock verlassen, um diesen Stimmen zu entkommen. Er hatte sich in den großen Städten versteckt, nach denen er schon als Junge eine so große Sehnsucht verspürt hatte. Aber die Stimmen in seinem Kopf waren wie ein Bienenschwarm. In jeder Tür, die er hinter sich zugeschlagen hatte, fanden sie einen Spalt, denn man kann nicht bekämpfen, was stärker ist als das Leben selbst. Viele Jahre lang hatten die Stimmen anderswo überdauert, hatten sich in die Träume anderer Menschen geschlichen. Sie hatten sich bei Shanes Vater eingenistet und ihm eingeredet, er müsse seiner Familie ein besseres Leben ermöglichen. Sie hatten von einer starken, ehrgeizigen Schwimmerin Besitz ergriffen, bis sie schließlich im Meer ertrank und eine verletzliche kleine Tochter zurückließ.

Diese Stimmen würden alles tun, um weiter zu überleben. Sie hatten ihn dazu getrieben, Shane und Geraldine den Brunnen mit seinem Geheimnis zu zeigen. Er betete zu Gott, dass der Junge nicht in Versuchung geriet, doch noch einmal zurückzukommen. Aber Gott hatte mit dem Keller wenig zu tun. Draußen in dem wild überwucherten Garten hielt eine schwarze Katze Wache. Eine Katze, die einst um die Ruinen des Hellfire Club herumgestrichen war. Wenn Shane zurückkam, das schwor sich Thomas, dann würde er ihn nicht hereinlassen, dann würde er den Stimmen nicht helfen, die ihn selbst vor über siebzig Jahren in den Keller gelockt hatten. Er schloss die Augen und versuchte, den Schmerz abzuschütteln. Thomas McCormack rief sich alles in Erinnerung zurück. Er durchlebte noch einmal den Tag seiner Kindheit, an dem alles begonnen hatte.

Sechsundzwanzigstes Kapitel

Thomas

August 1932

Thomas McCormack ist vierzehn. Er wacht am Morgen vom üblichen Lärm der Karren und Milchkannen hinten im Hof auf. Er springt sofort aus dem Bett, weil auch nur das kleinste Anzeichen von Faulheit seine Mutter verdrießt. Sie ist der Meinung, dass kein ehrlicher Christenmensch nach Sonnenaufgang noch untätig sein soll. Aber es sind immer noch Ferien und die Schule fängt erst in zwei Wochen wieder an. So lange hat er das Gefühl von Freiheit. Bald wird Jack O'Driscoll anfangen, die Milchflaschen bei den Häusern in der Carysfort Avenue und der Newtownpark Avenue vor die Türen zu stellen. Als Thomas in die Küche hinuntergeht, beschließt er, seinem Freund dabei zu helfen. Wenn sie das zusammen erledigen, haben sie danach genug Zeit, um irgendwo heimlich ein paar Zigaretten zu rauchen und auf den Wiesen hinter Newtownpark House Jagd auf unsichtbare Zulus zu machen.

Sein Plan hängt allerdings davon ab, ob seine Mutter ihm erlaubt, sich den ganzen Tag in sein Zimmer zurückzuziehen, um dort theologische Bücher zu studieren. Nur dann wird er sich heimlich aus dem Haus schleichen können. Seine beiden Brüder müssen zwar von Sonnenaufgang bis Sonnenuntergang in der Molkerei schuften, aber Thomas stellt sie meistens von dieser schweren Arbeit frei. Weil er ja Priester werden soll, leiht sie für ihn regelmäßig Bücher aus der Klosterbibliothek der Heilig-Geist-Brüder im Blackrock College aus. Die soll er dann stundenlang lesen und Thomas bemüht sich ja auch, aber wie soll man sich die ganze Zeit auf Gott konzentrieren können, wenn es da mit Molly und Jack die Küste von Booterstown zu erforschen gibt, falls die beiden sich mal davonstehlen können, oder wenn er zum Pier von Dún Laoghaire gehen kann, wo die Fähren abfahren, und er sich dann ausmalt, welche Reisen die Fahrgäste wohl unternehmen.

In der Küche stellt ihm Molly sein Frühstück hin und bittet ihn, ihr später doch dabei zu helfen, die leeren Milchflaschen auszuspülen.

»Wenn ich das immer auch noch tun soll, bin ich bereits ganz erschöpft von der vielen anderen Arbeit«, sagt sie, »und ich brauch's dir nicht groß zu sagen, denn du kennst ja deine Mutter, aber sie macht darum so viel Wind, als würde es sich um wer weiß was für wertvolle Antiquitäten handeln.«

»Wenn meine Mutter aus dem Haus gegangen ist, können wir uns ans Treppengeländer stellen und um die Wette werfen, wer die Haustür zuerst mit einer Milchflasche trifft.« Thomas grinst.

Molly lacht. »Probier das bitte erst dann aus, wenn ich auf einem Schiff nach England bin. Und selbst dann würde ich mich noch nicht sicher fühlen, weil sie zur Strafe eine große Woge ausschicken könnte, um das Schiff zum Kentern zu bringen.«

Thomas bringt Molly gern zum Lachen, aber er weiß, dass sie in Jack O'Driscoll verliebt ist. Er hat es daran erkannt, wie sie mit Jack vor ein paar Tagen zur Jazzplatte getanzt hat. Er grübelt, wie er Molly wohl noch zum Lachen bringen kann, aber da ist sie schon aus der Küche, um anderswo im Haus ihre Arbeit zu verrichten. Schnell schlingt er sein Frühstück hinunter und geht dann nach draußen in den Hof, um nach seiner Mutter zu suchen. Leute laufen herum. Der Wind weht Stroh und Staub auf. Es riecht nach Kuhdung. Thomas scheucht eine streunende schwarze Katze weg, die zwischen den Karren umherschleicht. Er bleibt einen Augenblick stehen, um den alten Esel zu streicheln, der vor den Milchkarren der Nonnen gespannt ist. Es wundert ihn, dass der alte Joseph nicht schon längst mit den gefüllten Kannen zurück ins Kloster unterwegs ist. Der stumme, buckelige Alte ist erst nirgendwo zu sehen, doch dann taucht er aus einem der Nebengebäude auf und Thomas beobachtet, wie er zur Küchentür schlurft. Dort wirft er einen Blick in die leere Küche hinein, dreht sich dann wieder zum Hof um, lächelt Thomas mit seinem fast zahnlosen Lächeln zu und winkt ihn dann plötzlich mit seiner verkrüppelten Hand zu sich.

Thomas ist argwöhnisch. Alle sehen in Joseph einen harmlosen alten Deppen, der so gutmütig ist, dass er sogar dann noch lächelt, wenn ihm die Jungen auf der Straße Schimpfwörter hinterherrufen, während er mit seinem Eselskarren durch Monkstown unterwegs ist, auf der Suche nach Essensabfällen für seine Schweine. Aber Thomas hat ihn auch schon mehrmals mit seinem Karren in der Nähe von Blackrock House am Meerufer stehen sehen. Stundenlang starrte er dort auf die Wellen hinaus und grunzte dabei vor sich hin, als würde er mit irgendeinem unsichtbaren Unbekannten ein hitziges Gespräch führen.

Jetzt schlüpft Joseph sogar durch die Küchentür ins Haus hinein, obwohl es ihm verboten ist. Thomas möchte nicht, dass Molly mit Joseph allein in der Küche sein muss, wenn sie zurückkommt. Deshalb geht er Joseph nach und befiehlt ihm, das Haus zu verlassen. Sonst folgt Joseph furchtsam allem, was man ihm sagt, aber an diesem Tag ist das anders. Statt in den Hof zurückzuschlurfen, packt er auf einmal mit brutalem Griff den Kragen von Thomas' Jacke. Seine Augen sind unnatürlich weit aufgerissen und blutunterlaufen. Seine Haut ist rot gefleckt und sein Atem stinkt.

Die Nonnen rühmen an ihm, dass er der geschickteste Schweineschlachter in der Gegend sei. Die Schweine vertrauen ihm. Sie gehen willig zur Schlachtbank, weil sie glauben, dass er dort mit einer besonderen Belohnung auf sie wartet. Und er soll einen besonders zärtlichen Blick haben, mit dem er ihnen in die Augen schaut, bevor er ihnen die Kehle aufschlitzt. Das Messer, mit dem er das macht, hat einen schwarzen Griff und er trägt es in einen Lumpen gewickelt immer bei sich. Joseph hat nie richtig lesen und schreiben gelernt, aber keiner weiß besser als er, wie man das Vertrauen von Tieren gewinnt.

Auf einmal spürt Thomas, wie sich die Schweine bei Joseph fühlen müssen, denn in seinen Augen liegt eine hypnotische Kraft und gleichzeitig gibt er leise, brummende Laute von sich, um ihn zu beruhigen.

Thomas wird den schmalen, abschüssigen Gang hinter der Küche entlanggezerrt, bis zu dem winzigen Kellerraum. In seiner Hilflosigkeit bleibt ihm nichts anderes, als zu beten. Wenn Joseph ihm die Kehle durchschneidet, wird man ihn dafür im Mountjoy-Gefängnis hängen. Thomas malt sich schon aus, wie er sich weigert, sich vom Henker einen schwarzen Sack über den Kopf ziehen zu lassen und ihn mit erstaunten Augen anschaut, während sich unter ihm die Klappe öffnet.

Sie betreten den Keller, in dem alle möglichen kaputten Gerätschaften herumliegen. An diesem Ort würde bestimmt keiner nach ihm suchen. Als Joseph das Messer mit dem schwarzen Griff aus dem Lumpen auswickelt, versucht Thomas zu schreien, aber es dringt kein Laut aus seinem Mund. Der Krüppel kniet nieder und macht Thomas ein Zeichen, es ebenfalls zu tun. Wieder schaut er ihn mit seinem hypnotischen Blick an. Sein Gesicht ist zu einer Grimasse verzerrt. Thomas sinkt auf die Knie. Als Joseph das Messer hebt, ist der Junge auf alles gefasst. Gleich wird er die Klinge an seinem Hals spüren. Aber die Hand fährt nach unten und lockert mit dem Messer den Zement rings um die größte Bodenfliese.

Joseph sticht wie ein Besessener immer wieder auf den Boden ein, nur manchmal schaut er kurz hoch und grinst. Thomas fragt sich, was wohl unter der Fliese zum Vorschein kommen wird: vielleicht noch ein Keller, von dem niemand weiß? Hat Joseph bereits andere Kinder umgebracht und die Leichen hier alle in einem schwarzen Loch versteckt? Die Vorstellung, dass sein Leichnam vielleicht nie gefunden werden wird, ist fast noch schlimmer als der Tod selbst. Joseph klemmt seine Finger unter die schwere Fliese und schafft es stöhnend, sie auf eine Seite zu zerren. Neugierig beugt Thomas sich vor. Ein überraschter Laut entfährt ihm, als er sein eigenes Spiegelbild sieht, das ihn anschaut.

Er blickt in einen Brunnen, der kaum einen halben Meter tief zu sein scheint. Aber die Steine am Boden, so spürt er dunkel, würden unter ihm nachgeben, wenn er in das Wasser fiele. Er würde in eine unendliche Tiefe stürzen. Joseph murmelt etwas, ein undeutliches Gebrabbel, und deutet auf zwei winzige Würfel, die auf den Steinen liegen. Der Bucklige wirkt nicht mehr bedrohlich, als er Thomas' Hand nimmt und sie in das eiskalte Wasser taucht. Thomas fragt sich, wer wohl sonst noch von diesem Brunnen weiß. Und welche Geheimnisse Joseph noch mit sich herumträgt. Sogar die Nonnen haben keine Ahnung, wie alt er eigentlich ist. Keiner in Blackrock kann sich an eine Zeit erinnern, in der es ihn noch nicht gegeben hat, und alle reden sie in seiner Gegenwart völlig ungeniert über das, was sie bewegt, weil sie wissen, dass er es niemandem weitererzählen kann.

Thomas beugt sich nach unten und es gelingt ihm, die beiden Würfel herauszuholen. Sie sind aus einem besonderen Material gefertigt, das er nicht recht einordnen kann. Auf einmal solche Würfel in der Hand zu halten ist für ihn ein neues, seltsames Gefühl, weil seine Mutter in ihrem Haus Würfel- oder Kartenspiele nicht erlaubt. Joseph gestikuliert wild, dass er die Würfel ins Wasser zurückschmeißen soll. Doch Thomas lässt sie über den Boden rollen und stellt erfreut fest, dass er zweimal die Sechs gewürfelt hat. Er wirft die Würfel ein zweites Mal und das Glück meint es immer noch gut mit ihm, denn er hat wieder eine doppelte Sechs. »Gewinn ich da jetzt nicht was?«, sagt er, halb im Scherz, halb im Ernst zu Joseph. »Was gewinn ich denn jetzt?«

Der Stumme lallt wieder etwas, aber diesmal versteht Thomas, was er ihm sagen will.

»Ich hab tatsächlich das Recht, mir was zu wünschen?«

Die lallenden Laute verstummen. Noch nie hat Thomas vor sich ein so ernstes Gesicht gesehen. Joseph macht eine Kopfbewegung zum Wasser. Fast muss Thomas vor lauter Erleichterung lachen, aber Joseph schaut ihn so ernst an, dass er beschließt, ihm den Gefallen zu tun. Er beugt sich über das Wasser. Als er nach unten blickt, sieht er darin ihre beiden Gesichter gespiegelt. Aber Joseph wirkt in seinem Spiegelbild wie verwandelt, als wären die Verformungen durch seine Geburt verschwunden. Thomas bemüht sich, noch tiefer in den Brunnen zu schauen, plötzlich von der Idee besessen, dass dort überall unbekannte Gesichter lauern könnten. Er glaubt auf einmal nicht mehr Steine auf dem Grund zu sehen, sondern die Silhouetten unbekannter Städte. Das ist mein größter Wunsch, denkt Thomas. Ich wünsche mir, um die ganze Welt zu reisen. Er will die Würfel ins Wasser zurückwerfen, als Joseph seine Hand packt und wilde Laute ausstößt.

»Was ist denn?«, fragt Thomas. »Willst du meinen Wunsch hören? Ich will kein Priester sein, der nur dorthin gehen darf, wohin ihn sein Bischof schickt. Ich will frei sein und alle großen Städte auf der Welt sehen.«

Die Mächtigkeit, mit der er diesen Wunsch in sich aufsteigen spürt, erschüttert ihn. Er wirft die Würfel in den Brunnen und sieht ihnen zu, wie sie langsam nach unten sinken. Beide Male zeigt die Sechs nach oben, als sie schließlich auf den Kieseln liegen. Ein Schauder läuft ihm den Rücken hinunter, als er auf einmal begreift, woraus sie gemacht sind: aus Knochen. Und aus irgendeinem Grund glaubt er zu wissen, dass es sich um Menschenknochen handelt.

»Was hättest du dir denn gewünscht, Joseph?«, fragt er.

Joseph wiegt sich mit dem Oberkörper vor und zurück. Seine Zunge bringt nur ein Lallen zustande. Dann fährt sein Finger über den Staub auf dem Boden. Allmählich wird mit ungelenkem Strich ein Wort sichtbar. Es besteht nur aus drei Buchstaben.

»Ich? Das heißt: du?«, fragt Thomas.

Joseph nickt ungestüm, dann streicht er mit dem Zeigefinger das Wort durch.

»Was meinst du damit?«, fragt Thomas. »Nicht du? Nicht mehr du?«

In Josephs Mundwinkeln haben sich Schaumbläschen gebildet, seine weit aufgerissenen Augen glänzen. Meint Joseph wirklich sich selbst oder ihn, Thomas? Soll einer von ihnen beiden sterben? Wieder läuft Thomas ein Schauder über den Rücken. Da deutet Joseph von sich zu Thomas, einmal und dann noch einmal. Mit dem Finger schreibt er unsicher zwei Buchstaben in den Staub.

»Du?«, fragt Thomas. »Du meinst: ich?« Wieder deutet Joseph zwischen ihnen beiden hin und her. »Wir beide zusammen?« Joseph schüttelt den Kopf. Thomas denkt noch einmal scharf nach. Dann kommt ihm ein Gedanke, bei dem er sich sehr unwohl fühlt. »Du wünschst dir, nicht länger du zu sein, sondern ich? Du willst ich sein?«

Joseph nickt und zieht Thomas ganz nah neben sich. Mit der scharfen Klinge des Messers, dessen schwarzen Griff er fest umklammert hält, fährt er erst über Thomas' Handgelenk und dann über sein eigenes. Thomas versucht sich loszureißen, weil es ihn auf einmal anekelt, das Blut hervorquellen zu sehen, aber Joseph packt seine Hand und presst die beiden Handgelenke ganz fest gegeneinander, sodass das Blut aus ihren beiden Wunden sich vermischt. Er taucht die beiden Hände in das Wasser des Brunnens ein, über den Würfeln. Thomas schließt die Augen, das eiskalte Wasser sticht in der frischen Wunde, und dann schwindet der Schmerz ganz plötzlich, der Schnitt scheint schon wieder verheilt.

Er fühlt sich von so vielen neuen Empfindungen überschwemmt, dass er die Augen lieber noch eine Weile geschlossen hält, während er zu verstehen versucht, welche seltsamen Erinnerungen sich in ihm auf einmal auftun. Erinnerungen, die er doch gar nicht haben kann. Plötzlich weiß er, wie es sich anfühlt, in Gesellschaft anderer trunkener Wüstlinge auf den Teufel anzustoßen; oder zwischen Cholerakranken zu knien und den Sterbenden die Lippen mit Wasser zu benetzen; mit manipulierten Würfeln zu spielen, um an das nötige Geld zu kommen; halb verhungert zu sein und in den Bergen von Sträuchern Beeren zu pflücken; bei einem mächtigen Sturm im Innern eines Transportschiffs gefangen zu sein. Er kann sich auf einmal an so viele merkwürdige Dinge erinnern, dass ihm zumute ist, als hätte ein Riesenschwarm fremder Stimmen von seinem Gehirn Besitz ergriffen.

Er will Joseph fragen, was geschehen ist, aber Joseph kann ihm ja nicht antworten. Er kann nicht sprechen. Doch auf einmal ist es Thomas, der nicht sprechen kann. Als er versucht, Worte zu formen, gelingt ihm das nicht. Er bringt mit seiner Zunge nur ein Lallen zustande. Thomas hört, wie Joseph den Stein wieder an seine Stelle zurückschiebt. Er traut sich immer noch nicht, die Augen aufzuschlagen, weil er Angst davor hat, welches Gesicht er dann vor sich sehen wird. Dann wird er auf die Füße hochgehievt und in den Gang zurückgeschleppt. Erst als er dort gegen die Mauer stößt, öffnet er schließlich die Augen. Er sieht sein eigenes Gesicht vor sich.

Als die beiden durch die schmale Tür in die Küche treten, blickt Molly auf. »Was macht Joseph denn hier im Haus?«, fragt sie. »Wenn die Herrin das mitkriegen würde.« Dann schaut sie verwirrt Thomas an. »Alles in Ordnung?«

Seine Augen wirken irgendwie verändert, denkt sie, wie die Augen eines alten Mannes, wie Augen, die eine Prozession von Geistern an sich haben vorbeiziehen sehen.

Siebenundzwanzigstes Kapitel

Joey

November 2009

Ich verabschiedete mich von Bongo Drums im Pausenhof und machte dann die Tür zum Chemielabor auf. Shakes war so in ein Experiment vertieft, dass er kaum aufsah. Die Klasse schaute ihm fasziniert zu, wie immer, wenn Shakes anfing, mit Reagenzgläsern und Bunsenbrennern herumzuhantieren. Dass eine Hand, die so stark zitterte wie die von Shakes, es fertigbrachte eine siedende Flüssigkeit von einem Reagenzglas in ein anderes umzufüllen, kam jedes Mal einem Wunder gleich. Erzählungen von früheren Experimenten mit unverhofften Explosionen machten die Runde, bei denen Shakes die Augenbrauen versengt wurden – doch das schien ins Reich der Märchen zu gehören. Sobald er den Satz »Das ist höchst gefährlich« sagte und sich mit seinen zitternden Fingern ans Werk machte, herrschte jedoch immer gespanntes Schweigen im Chemiesaal. Shane saß in der letzten Reihe. Die anderen Schüler rückten zur Seite, um mir Platz zu machen. Mein inzwischen angestammtes Recht, neben ihm zu sitzen, wurde von allen anerkannt.

»Shakes zieht wie immer eine große Show ab«, flüsterte Shane mir zu. »Das mit dem Zittern macht er nur, damit wir alle gespannt hingucken.«

»Das hat doch wohl medizinische Gründe«, sagte ich.

»So ein Zittern sieht man nur bei Alkoholikern auf Entzug.«

»Woher weißt du das denn?«

Shanes Stimme schien aus weiter Ferne zu kommen. »Ich habe genug Säufer und Kneipen und finstere Ecken gesehen«, murmelte er wie zu sich selbst. »Manche sagen, dass mein eigener Vater auch so ein hoffnungsloser Fall war. Das Trinken hat ihn umgebracht.«

»Der Alkohol hat deinen Vater nicht getötet«, sagte ich scharf. »Es waren die Flammen, als euer Hause brannte.«

Shakes schien sich durch unsere Stimmen gestört zu fühlen, denn er schaute auf.

»Vielleicht wollen die Herren uns an der Diskussion teilhaben lassen, die Sie da hinten führen?«

»Ich merkte gerade an, wie sehr ich Ihre Charakterstärke im Umgang mit Ihrer körperlichen Behinderung bewundere. Sie sind uns darin allen ein großes Vorbild.«

In Shanes Stimme war kein Sarkasmus zu hören. Der Tonfall war total scheinheilig, eine Stimme, hinter der man sich verstecken konnte. Die erste und oberste Regel in Chemie war, niemals das Zittern von Shakes zu erwähnen. Aber die geheuchelte Aufrichtigkeit in Shanes Stimme ließ ihm keine andere Wahl, als wortlos mit seinem Experiment fortzufahren.

»Du forderst dein Glück heraus«, flüsterte ich.

Shane zuckte mit den Achseln. »Na, immerhin war ich pünktlich. Was man nicht von allen hier sagen kann.«

»Ich hab einen verrückten Alten getroffen.«

»Das diskriminiert wieder mal die Lehrerinnen.«

»Er war kein Lehrer. Das Einzige, was ihn noch am Leben zu halten scheint, ist Zorn. Er ist zornig auf dich.«

»Auf mich?« Shane warf mir einen misstrauischen Blick zu. »Warum auf mich?«

»Er behauptet, dass du etwas hast, was ihm gehört. Was auch immer es ist, er will es zurück.«

Shane antwortete darauf nichts, sondern starrte nach vorne zu Shakes, der sein Experiment beendet hatte. Doch ich sah, dass Shane durch meine Bemerkung aus der Fassung gebracht war. Er hob die Hand, um Shakes eine komplizierte Frage zu stellen. Der Lehrer war kurz zuvor noch verärgert gewesen, aber nun war er hocherfreut, dass wenigstens einer in der Klasse verstanden zu haben schien, worum es bei dem Experiment wirklich gegangen war. Er fühlte sich geschmeichelt. Ich wusste, dass Shane Chemie völlig egal war. Er wollte nur etwas Aufschub rausschinden, bevor er mir eine Antwort gab.

Schließlich klingelte es zur Mittagspause und ich folgte Shane durch die Korridore, die von Leuten nur so wimmelten. Wir gingen nach draußen und setzten uns auf die Treppe vor der Schule, wo nur wenig los war.

»Wer war das, Shane?«, fragte ich. »Echt, Mann, der Alte hat mir einen ziemlichen Schrecken eingejagt.«

»Was will er denn zurück?«

»Das hat er nicht gesagt. Er hat nur gesagt, ihr wärt durch das böse Blut in euren Adern miteinander verwandt.«

Shane stieß ein leises, bitteres Lachen aus. »Klar, wir sind Zwillinge.«

»Das ist nicht lustig, Shane. Wer ist das?«

Shane zog ein Pausenbrot heraus. »Er heißt Thomas McCormack und hat sich viele Jahre in Amerika als Obdachloser durchgeschlagen, bevor er ein halb verfallenes Haus in der Castledawson Avenue erbte. Ein paranoider, schizophrener Typ, wenn du mich fragst. Geraldine und ich haben damals den großen Fehler begangen, eines Abends in dieses Haus einzusteigen. Einfach so, nicht um irgendwas zu klauen. Wir dachten, in der Bruchbude würde schon lang keiner mehr wohnen. Er hat uns eine rührselige Geschichte aufgetischt von wegen, er sei todkrank und würde bald sterben. Danach hab ich ihn nur noch zweimal gesehen, aber in den darauffolgenden Monaten hat er mir das Leben zur Hölle gemacht, ist immer wieder vor unserem Haus aufgetaucht und hat gerufen, dass ich ihm was gestohlen hätte.«

»Was denn gestohlen?«

»Keine Ahnung. Hätt ich ja glatt gemacht, aber in der Bruchbude gab es überhaupt nichts, was man hätte stehlen können. Freunde dich nie mit einem einsamen Menschen an, Joey, das kann bei denen nämlich zur Obsession werden. Weil sie niemand anders haben, dem sie Vorwürfe machen können, halten sie sich ausschließlich an dich. Ich will ja nicht gleich behaupten, dass er das Feuer gelegt hat, bei dem meine Eltern umgekommen sind. Aber Mum wurde durch ihn allmählich so paranoid, dass sie nicht mehr schlafen konnte. Klar kann jeder mal vergessen, die Pfanne mit dem heißen Frittieröl von der Platte zu nehmen, aber vielleicht wäre das Feuer nicht ausgebrochen, wenn sie nicht dauernd Beruhigungsmittel geschluckt hätte, weil es ihr total auf die Nerven ging, dass er andauernd aufkreuzte und ihr den Kopf mit Lügen vollquasselte.«

Geraldine saß mit zwei Freundinnen ganz in der Nähe. Ich schielte zu ihr hinüber, aber sie weigerte sich standhaft, in meine Richtung zu schauen, wenn ich mit Shane zusammen war.

»Okay, und warum belästigt er jetzt mich?«, fragte ich.

»Er hat diese fixe Idee, dass nur er allein mein Freund sein kann. Er hasst es, wenn ich zu jemand anders eine Beziehung aufbaue. Klar hab ich hier meinen Spaß mit den Kumpels in der Schule, aber enge Freunde hab ich nicht, weil ich weiß, dass der Alte mit allen Mitteln versuchen wird, sie gegen mich aufzuhetzen.«

»Bist du nie zur Polizei gegangen?«

Shane schnaubte verächtlich. »Mein Dad hat die Bullen früher immer angerufen, wenn er auftauchte. Sie haben Thomas sogar eine Zeit lang ins Irrenhaus gesperrt, bis er ihnen erfolgreich vorgegaukelt hat, er sei wieder normal. Deshalb konnte er dann wieder in seinen Schweinestall von Haus zurückkehren. Als ich aus England zurückgekommen bin, hab ich stark gehofft, er wäre inzwischen gestorben. Aber seit meiner Rückkehr verfolgt er mich wieder.«

»Wie soll ich mich denn verhalten?«

»Beachte ihn einfach nicht weiter. Das kannst du mir glauben, der Alte hat bald sein endgültiges Rendezvous mit dem Tod. Nicht mehr lang, dann ist es für ihn aus und vorbei.«

Es klingelte. Die Mittagspause war zu Ende. Ein paar Jungs kickten mit einem Tennisball herum, der in unsere Richtung geflogen kam. Shane fing ihn. »Wer das nächste Tor schießt, hat gewonnen«, rief er und stürzte sich in das Spiel. Er dribbelte an zwei Jungs vorbei, zielte dann auf den Abfalleimer, der als Tor diente. Ein paar Jungs brüllten, das würde nicht zählen; andere wollten schnell einen Gegentreffer erzielen, bevor ein Lehrer das Spiel unterbrach. Shane rannte dem Ball hinterher und wirkte dabei völlig heiter und unbeschwert – ein ganz anderer Mensch als der, mit dem ich kurz vorher geredet hatte.

Das kannst du mir glauben, hatte Shane gesagt. Nur wusste ich nicht mehr, welchem Shane ich glauben sollte, weil es so unterschiedliche gab. Geraldine ging vorbei. Ich hätte sie am liebsten um Rat gefragt, aber wenn ich Shanes Namen fallen ließ, würde sie sofort auf Distanz gehen, wo ich sie doch so gern näher kennenlernen wollte. Ich musste dauernd an sie denken und wenn sie in der Nähe war, egal ob im Klassenzimmer oder auf dem Pausenhof, fühlte ich mich immer so komisch nervös.

Bongo Drums erschien und brach das Spiel ab, konnte aber der Versuchung nicht widerstehen, den Tennisball selbst einmal zu kicken. Die Jungs riefen ihm ein paar coole Sprüche zu, während sie zurück in ihre Klassen gingen. Er lächelte gutmütig. Ich versuchte mir vorzustellen, wie er damals in der Band meines Vaters das Schlagzeug gespielt hatte. Shane schloss zu mir auf, als ich hineinging. Sein Gesicht war ernst, die Maske guter Laune wieder verschwunden.

»Wenn es dir lieber ist, dass wir nichts mehr zusammen unternehmen, ist das für mich auch in Ordnung«, sagte er.

»Nein«, antwortete ich, weil ich nicht recht wusste, was ich darauf sagen sollte. Ich fand nicht die richtigen Worte, um mein wachsendes Unwohlsein zu beschreiben. »Ich meine, wir sind doch Freunde.«

Er lächelte. »Du und ich, Joey, wir sind uns näher als Freunde. Ich finde, es ist der Zeitpunkt gekommen, an dem wir uns mit einem Messer die Handgelenke ritzen und Blutsbrüder werden sollten.«

Achtundzwanzigstes Kapitel

Shane

August 2007

Geraldine und Shane vermieden es, sich am Tag nach ihrem zweiten Besuch im Haus von Thomas McCormack über den Weg zu laufen. Die Verantwortung, die sie beide verspürten, bedrückte sie. Niemand sonst wusste von dem sterbenden alten Mann. Geraldine quälte sich ununterbrochen mit Fragen herum. Wie lang es wohl noch dauerte, bis Thomas an seinem Krebs starb? Würden seine Schmerzen nicht unerträglich werden, trotz der Tabletten? Und wenn man ihn dann tot in dem Haus fand, würden sie da nicht Schwierigkeiten wegen unterlassener Hilfeleistung bekommen?

Shane fiel es leichter, Geheimnisse für sich zu behalten, weil seine Eltern ihm auch so vieles nicht erzählten. Wie wenig Geld sie hatten, zum Beispiel. Wie sehr sie darauf hofften, einen großen Lottogewinn zu machen, zum Beispiel; er hatte im Mülleimer nämlich zufällig Lottoscheine entdeckt. Was das für durchgestrichene Zahlen waren, deren Abdruck immer wieder auf den Zeitungsseiten zu erkennen war. Am letzten Abend, als er von der Expedition in Thomas' Haus zurückgekommen war, hatten seine Eltern sich mit einer solchen Heftigkeit gestritten, es waren so die Fetzen geflogen und ihre Wut aufeinander war so groß, dass er richtig Angst bekommen hatte. Der Streit dauerte bis zum frühen Morgen. Shane lag wach im Bett und fantasierte sich alle möglichen Mittel und Wege zusammen, egal wie abenteuerlich, um genug Geld zu beschaffen, damit in dieses neue Haus, das er hasste, endlich Frieden einkehrte.

Um acht Uhr abends schickte ihm Geraldine schließlich eine SMS, in der sie ihn fragte, ob sie sich nicht vor der Bücherei treffen könnten. Als er hinkam, sagte sie ihm, sie könne die Sache mit Thomas nicht länger vor ihrer Oma verschweigen, ihr sei das Ganze viel zu unheimlich. Außerdem wüsste ihre Oma auch, wie man für ihn am besten Hilfe organisieren könne. Geraldine hatte damit natürlich völlig recht, aber Shanes Gedanken waren den ganzen Tag mit einer solchen Obsession um den Brunnen im Keller von Thomas' Haus gekreist, dass er nicht mehr vernünftig denken konnte. Es war, als würde in ihm ein Schalter umgelegt werden. Auf einmal brüllte er Geraldine an und beschimpfte sie im selben Tonfall, den er bei seinem Vater während der nächtlichen Auseinandersetzungen mit seiner Mutter hörte.

Shane war davon selbst schockiert, aber es hatte auf einmal eine riesengroße Wut von ihm Besitz ergriffen. Beleidigungen und wüste Beschimpfungen strömten aus seinem Mund hervor, bittere Anklagen. Er nannte sie eine Schlampe und Verräterin. Wahrscheinlich war er insgeheim schon immer neidisch gewesen, dass Geraldine so glücklich und zufrieden bei ihrer Oma lebte. Aber das reichte nicht aus, um seine riesengroße Wut zu erklären. Ein Gefühl der Panik breitete sich bei der Vorstellung in ihm aus, es könnte irgendjemand von Thomas' Anwesenheit in dem Haus erfahren, bevor er dorthin noch einmal zurückgekehrt war. Es kam ihm vor, als würde er damit die einzige Chance verspielen, die er hatte – egal, wie unwahrscheinlich oder abergläubisch sich das vielleicht anhörte –, um dem Streit seiner Eltern ein Ende zu bereiten.

Er wollte Geraldine nicht mehr weiter anschreien. Er wollte am liebsten die Arme um sie legen und sie um Verzeihung bitten. Aber dafür war es zu spät – sie drehte sich um und rannte davon. Shane fühlte sich benommen. Ihm war mulmig zumute. Vor der verschlossenen Bücherei war keine Menschenseele zu sehen, aber trotzdem fühlte er sich nicht allein. Er spürte, dass er beobachtet wurde, und das machte ihn so unruhig, dass er es dort nicht länger aushielt. Er überlegte erst, ob er Geraldine nachrennen sollte, aber dann trieb es ihn mit unerklärlicher, unüberwindlicher Macht in Richtung Main Street. Er kam zur Rock Road, die er trotz des starken Verkehrs hastig überquerte, um weiter zur Castledawson Avenue zu gelangen und zu dem Haus, das an ihrem Ende stand.

Eine schwarze Katze verzog sich von der Tür, als er die zwei Stufen hochging und dann mit dem Türklopfer heftig pochte. Er nahm nicht mehr den Umweg über die Mauer und das Küchenfenster. Wenn seine Eltern herausbekamen, dass er in das Haus eingebrochen war, bekäme er sicherlich für den Rest der Ferien in Sion Hill Hausarrest, wo er sich sowieso schon wie im Gefängnis fühlte. Er klopfte so lange weiter, bis er endlich Schritte die Treppe herunterschlurfen hörte. Schwerfällig wurde der eingerostete Riegel zurückgeschoben und der Schlüssel im Schloss umgedreht. Die Tür ging ächzend einen Spalt auf. Thomas spähte heraus.

»Geraldine will ihrer Großmutter alles erzählen«, sagte Shane. »Dann bekommen Sie eine richtige medizinische Versorgung.«

Thomas nickte langsam. »Ich brauche keine Hilfe. Ich will allein gelassen werden und hier in Ruhe sterben. Dafür muss ich für mich sein. Ihr habt mich durch euern Einbruch dabei gestört.«

»Haben Sie keine Angst zu sterben?«

Der Greis schaute einen Augenblick in den Abendhimmel. »Ich hatte schon viele Male Angst davor zu sterben. Jeder hat Angst, wenn seine Zeit gekommen ist. Wir tun dann alles, um uns noch etwas länger ans Leben klammern zu können. Die Menschen sehnen sich nach Unsterblichkeit – aber Unsterblichkeit kann eine sehr einsame, quälende Sache sein.«

Im letzten Abendlicht der untergehenden Sonne sah Shane, wie krank und müde Thomas war. Seine Augen waren rot entzündet, als hätte er seit vielen Jahren nicht mehr geschlafen.

»Geh«, sagte der Greis. »Ich fühle mich einsam und Einsamkeit ist eine gefährliche Verfassung. Du hast hier nichts zu suchen. Verdammt noch mal, geh und lass mich allein.«

Thomas wollte die Tür schließen, aber seine Hand zitterte so stark, dass er es nicht schaffte, sie zuzuschieben, nicht einmal die wenigen Zentimeter. Er schien von starken Schmerzen gequält zu werden. Ihn in diesem Zustand allein zu lassen, war ein Verbrechen. Aber Shane hatte noch andere, selbstsüchtigere Gründe, weshalb er nicht gehen wollte.

»Lassen Sie mich noch einmal herein«, sagte er. »Bitte. Ich muss Sie unbedingt noch was fragen.«

Der alte Mann zögerte, als würde er in sich selber einen Kampf ausfechten, und öffnete dann widerstrebend die Tür. Auf dem Rugbyfeld des Blackrock College war ein Mann auf einer großen Rasenmähmaschine unterwegs, aber kaum hatte Shane das Haus betreten, schien dieses Geräusch wie aus einer anderen Welt zu kommen. Thomas schloss schnell die Tür und drehte den Schlüssel im Schloss um.

»Stell deine Frage und dann geh«, sagte Thomas. »Ich bin älter und erschöpfter, als du dir das vielleicht vorstellen kannst.«

Shane schwieg. Er kam sich auf einmal kindisch vor. »Sie haben gesagt, dass Sie sich als Junge in dem Keller einmal etwas gewünscht haben. Sie haben gesagt, dass dieser Wunsch in Erfüllung gegangen ist.«

Der alte Mann setzte sich müde und traurig auf die Treppe, schüttelte den Kopf und murmelte etwas vor sich hin. Schließlich blickte er auf.

»Ich wusste es vom ersten Moment an, als ich dich sah. Sie wussten, dass du nicht fähig sein würdest, der Versuchung zu widerstehen.«

»Von wem reden sie?«

Statt einer Antwort sagte der alte Mann: »Wenn du einen Wunsch frei hättest, was würdest du dir dann wünschen?«

»Ich habe Sie etwas gefragt.«

»Ich hab dir auch eine Frage gestellt, eine viel wichtigere. Was wünschst du dir von ganzem Herzen? Als ich so alt war wie du, wusste nur ein Einziger, dass es hier im Keller einen Brunnen gibt – ein stummer Krüppel namens Joseph.«

»Und woher wusste er es?«

»Je länger man ein Geheimnis in sich verschlossen hält, desto schwerer wiegt es. Vielleicht war es einfach so, dass es unbedingt rausmusste, unbedingt jemand anvertraut werden musste, aber dieser Mensch sollte jemand sein, bei dem das Geheimnis bis zu seinem Tod sicher verwahrt sein würde, um dann mit ihm zu sterben. Wer hätte sich dafür besser geeignet als ein buckliger, stummer Junge, der nie richtig zur Schule gegangen war? Für den Mann, der damals als Junge Henry Dawson die Kehle durchgeschnitten hatte, war keiner besser geeignet als Joseph. Denn Joseph würde das Geheimnis nie ausplaudern können.«

Thomas stand auf. Er schien um Atem zu ringen. Shane hatte Angst, dass er vor seinen Augen zusammenbrach.

»Die alten Leute hier in Blackrock haben immer gesagt, Michael Byrne hätte nie sein Haus über dieser Quelle errichten dürfen. Schon in heidnischen Zeiten stand sie im Ruf, alles heilen zu können, von Blindheit bis Unfruchtbarkeit. Später kamen die Pilger von weit her und ließen neben ihr Stofffetzen von ihrer Kleidung zurück, die sie an einen verkrüppelten Busch knoteten. Man konnte bei ihr um die Erfüllung aller Wünsche bitten, selbst die dunkelsten. Aber nur wenige wussten, welcher Preis dafür gezahlt werden musste, damit ein Wunsch in Erfüllung ging.« Thomas wirkte noch trauriger und müder. »Geh, junger O'Driscoll! Du hast dein ganzes Leben vor dir. Das sollte doch jedem reichen.«

»Ich kann nicht mehr mit anhören, wie sich meine Eltern immer streiten. Wenn wir mehr Geld hätten, wäre das nicht so.«

Der Greis sah hoch. »Glaubst du wirklich, dass Geld deine Eltern glücklich machen wird?«

»Deswegen streiten sie doch dauernd.«

»Du weißt nicht, worüber sie streiten. Welche Kräfte von ihren Gedanken Besitz ergriffen haben.« Thomas deutete mit seinem Stock auf die verschlossene Tür. »Dein Großvater war einmal mein Freund. Er war der letzte richtige Freund, den ich hatte. Siebzig Jahre lang hatte ich keinen richtigen Freund mehr. Ich habe in größter Einsamkeit gelebt. Drum sag ich dir jetzt, beim Grab deines verstorbenen Großvaters, sperr die Tür da auf und verschwinde verdammt noch mal aus diesem Haus.«

Neunundzwanzigstes Kapitel

Joey

November 2009

An meinem ersten Tag am Stradbrook College hatte ich mir nichts sehnlicher gewünscht, als mit Shane befreundet zu sein. Jetzt aber – nachdem ich in der Nacht, die mit der Autofahrt nach Bull Island geendet hatte, seine wilde, gefährliche, unheimliche Seite kennengelernt hatte – wollte ich nicht mehr sein »Blutsbruder« werden, wie er es nannte. Ich hatte das Gefühl, in seiner Nähe zu ersticken. Ich wollte nicht immer nur ein Schattendasein neben ihm führen. Klar war mir die Freundschaft mit ihm irgendwie immer noch wichtig, aber was anderes war mir jetzt viel wichtiger. Jeden Tag war ich stärker in Geraldine verknallt, ich musste ununterbrochen an sie denken. Mit ihr wollte ich meine Zeit verbringen, nicht mit Shane.

Abends fiel es mir schwer einzuschlafen, weil in meinem Leben auf einmal so viel los war, und ich musste das alles erst einmal innerlich auf die Reihe kriegen. Zu viele widerprüchliche Gefühle, mit denen ich mich nicht so recht auskannte. Ich gewöhnte mir an, abends noch mal rauszugehen, so um elf Uhr herum, und frische Luft zu schnappen. Mum gefiel das überhaupt nicht, aber sie ließ mich trotzdem machen, weil sie wusste, wenn ich nicht noch mal Auslauf hatte, würde ich die halbe Nacht in meinem Zimmer sitzen und Gitarre spielen.

Ich fühlte mich unerträglich eingezwängt. Aber durch mein Herumstreunen wurde es oft auch nicht besser. An fast jeder Straßenecke stand ein Liebespaar. Ich brauchte bloß von Brusna Cottages auf die Hauptstraße abzubiegen und schon waren sie nicht zu übersehen: all die supercoolen Jungs, zwei oder drei Jahre älter als ich, die vorm The Wicked Wolf Pub standen, aus dem laute Musik dröhnte. Ihre Lederjacken hatten sie lässig über die Schulter geworfen, im anderen Arm hielten sie ein supertolles Mädchen. Jungs, die selber richtig Geld machten oder reiche Daddys hatten. Alle Mädchen wirkten unglaublich hübsch und sexy und alle Jungs unglaublich selbstbewusst.

Mein Vater hatte unser kleines Häuschen damals für eine lächerlich geringe Summe gekauft, kurz bevor ich auf die Welt kam. Inzwischen war Brusna Cottages an allen Seiten von Neubauten eingekreist. Blackrock war mein Geburtsort, hier war ich zu Hause, aber jetzt an diesen Abenden hatte ich auf einmal das Gefühl, als würde ich dort gar nicht dazugehören. Als wäre ich ein Fremder. Ich ging die Temple Road entlang, wo ich dann stehen blieb und durchs Fenster in die Tonic Bar schaute, um die reichen jungen Typen zu beobachten, die reiche Mädchen anmachten. Sie hingen auf Ledersofas herum und lachten. Mit Geraldine wäre ich auch gern hierher gegangen, wenn ich den Mut und das Geld gehabt hätte, sie zu fragen. Aber ich besaß weder das eine noch das andere und wusste, dass wir mit Mums Geld gerade so über die Runden kamen. Solche Späße würde ich mir erst leisten können, wenn ich selbst Geld nach Hause brachte.

Es gab auch andere Mädchen in meiner Klasse, die ich hätte fragen können, aber ich wollte nur Geraldine. Sie war der Grund, weshalb ich diese nächtlichen Spaziergänge unternahm, immer noch weiter die Temple Road entlang, an der Kirche und den Gebäuden von Canada Life vorbei bis zur vierspurigen Schnellstraße und dann wieder zurück durch die Newtown Avenue, wo es deutlich ruhiger wurde, wenn die vielen Autos erst einmal auf die Seapoint Avenue abgebogen waren.

Allein und gedankenverloren marschierte ich immer vor mich hin, bis ich die schmale Einbahnstraße erreichte, in der Geraldine wohnte. Ich wusste, dass es etwas verrückt war, was ich da tat, aber ich mochte es einfach, mich ihr eine Weile nahe zu fühlen, bevor ich umkehrte und nach Hause ging. Ich stellte mich kurz in eine Durchfahrt auf der anderen Straßenseite und schaute zu dem Garten hinüber, in dem an einem Baum eine Hängematte hing. Für mich war das der wunderbarste Ort auf der Erde. Ich hoffte nur, dass Geraldine mich nicht doch eines Abends bemerkte.

Als ich mich an diesem Dienstagabend ihrem Haus näherte, knapp eine Woche nach unserer Geschichtsarbeit, bemerkte ich, dass in der schmalen Durchfahrt bereits jemand stand und wie sonst ich zu Geraldines Haus schaute. Ich überlegte, ob ich umkehren sollte, aber meine Neugier – oder vielleicht auch eine gewisse Befürchtung – ließ mich weitergehen. Tatsächlich, da stand jemand reglos in der dunklen Durchfahrt und schaute zu einem erleuchteten Fenster im Haus hoch. Geraldines Zimmer. Er hatte mich noch nicht bemerkt. Zuerst dachte ich, es sei Shane, aber als der Mond hinter einer Wolke hervorschien, erkannte ich den alten Mann, der mich vor der Schule angesprochen hatte. In sein Gesicht war eine solche Einsamkeit eingegraben, dass es schmerzte. Plötzlich drehte er den Kopf und war so überrascht wie ich, dass wir uns hier wieder begegneten. Von seinem Zorn war nichts mehr zu spüren. Er wirkte sehr verletzlich, als er an seinem Stock in Richtung Newtown Avenue davonhumpelte. Ich folgte ihm und kam mir dabei vor wie ein Hund, der einen anderen Hund aus seinem Revier vertreibt, obwohl ich ja dasselbe tat wie er und auch kein größeres Anrecht darauf hatte, nachts vor Geraldines Haus zu stehen. Aber er war so alt, dass ich es bei ihm richtig peinlich und schlimm fand. Ich packte ihn am Arm.

»Was treiben Sie hier?«

»Lass mich!« Er schüttelte meine Hand ab. »Was weißt du denn schon.«

»Hier wohnt Geraldine. Dass Sie sie bloß nicht belästigen.«

Der alte Mann blieb stehen und musterte mich. »Liebst du sie?«

»Das geht Sie nichts an.« Ich wurde rot.

»Wenn du sie liebst, dann schütze sie vor ihm. Er nimmt einem alles weg.«

»So ein Quatsch. Was hat Shane Ihnen denn gestohlen?«

»Komm mit mir und ich erzähl dir alles.«

»Warum nicht hier? Was soll ich bei Ihnen?«

»Du würdest es mir hier nicht glauben. Ich wohne in dem alten Haus an der Castledawson Avenue. Ich leg dir einen Schlüssel an die Hintertür. Wenn du so weit bist, dass du glaubst, die Wahrheit verkraften zu können, dann komm zu mir. Aber bis dahin lass mich in dieser Vorhölle allein.«

Ein Auto bremste neben uns ab. Der Fahrer schien zu vermuten, dass ich den alten Mann belästigte. Aber Thomas McCormack reagierte nicht auf die Rufe des Mannes. Er stützte sich schwer auf seinen Stock und ging langsam davon. Den schwarzen Filzhut hatte er tief ins Gesicht gezogen.

Dreissigstes Kapitel

Shane

August 2007

Shane musste nichts anderes tun, als die Haustür aufzusperren und in die Sommernacht hinauszutreten. Aber irgendetwas ließ ihn zögern. Nicht nur Mitgefühl mit Thomas, der todkrank war. Auch Neugierde. Er ertrug es nicht, das Haus zu verlassen, ohne mehr erfahren zu haben.

»Können Sie mir nicht zeigen, wie das so ist, wenn ich mir im Keller etwas wünsche?«, fragte er.

»Ein Teil von mir sehnt sich danach, dir das zu erlauben«, flüsterte Thomas, der noch immer auf der Treppe saß. »Aber ein anderer Teil von mir fleht dich an, ganz schnell wegzurennen. Siehst du? Ich kenn mich noch nicht mal in mir selbst aus. Die Ärzte haben immer behauptet, ich hätte jede Menge fremder Persönlichkeitsanteile in mir.«

»Was bedeutet das?«

»Das bedeutet, dass ich dauernd gegen mich selbst ankämpfe.«

Shanes Handy gab einen Ton von sich. Er warf einen Blick darauf. Eine SMS von Geraldine: *Oma hat deinen Dad angerufen, wo bist du jetzt?* Als Shane wieder aufschaute, hatte Thomas die Augen fest geschlossen. Es machte den Eindruck, als versuchte er mit allen Mitteln etwas wegzudrängen.

»Ich wurde damals völlig überrumpelt und dazu gezwungen«, flüsterte Thomas. »Deshalb hab ich mir als Junge was gewünscht. Ich will dich nicht dazu zwingen, aber ich kann dich auch nicht davon abhalten. Nur du selbst kannst dich davon abhalten. Du wirst deinen Wunsch erfüllt bekommen, du wirst mit Geld überschüttet werden. Aber die Erfüllung deines Wunsches hat einen hohen Preis.«

Etwas strich Shane um die Beine, verwirrt sah er nach unten. Es war die schwarze Katze, die er vor der Haustür gesehen hatte und die wohl durch das offene Küchenfenster hereingekommen sein musste. Die Katze huschte davon. Auf einmal war es in dem Haus deutlich kälter als vorher. Die Atmosphäre war viel drückender geworden. »Ich vertrau Ihnen nicht«, sagte er verwirrt. »Ich mag diesen Ort nicht. Ich gehe jetzt.«

Thomas schlug die Augen auf. Sein Gesicht hatte sich während der wenigen Sekunden, als er die Augen geschlossen hatte, verändert. Seine Gesichtszüge waren verzerrt, seine Lippen mit Schaum bedeckt. Er gab ein Grunzen wie ein Schwein von sich, stand auf und kam auf Shane zu, der zuerst gar nicht verstand, was er sagte, weil er auf einmal nur noch lallte, als könnte er mit seiner Zunge gar keine Laute bilden. Erst als Thomas seine Worte noch einmal wiederholte, konnte Shane ihn verstehen. Aber selbst jetzt, wo er seine Stimme wiedergefunden hatte, brachte er kaum mehr als ein heiseres Flüstern heraus. »Ich brauche meine Schmerztabletten. Schnell, hol mir ein Glas Wasser aus der Küche. Beeil dich, der Schmerz bringt mich noch um.«

Thomas schaute ihn so gepeinigt an, dass Shane sofort in die Küche eilte, um ihm ein Glas Wasser zu holen. Das einzige Glas, das er dort fand, war so verstaubt, dass er es erst mit seinem T-Shirt abwischte. Dann ließ er das trübe Wasser aus dem Wasserhahn hineinlaufen. Als er sich umdrehte, stand der alte

Mann hinter ihm. Thomas griff nach dem Glas und schluckte zwei seiner blauen Pillen. Er verzog das Gesicht, seine Stimme klang rau.

»Seit der Eagle Tavern habe ich kein übleres Gesöff getrunken. Entscheide dich, mein Junge. Wir haben nicht mehr ewig Zeit. Dein Vater wird dir niemals erlauben, auch nur ein einziges Mal hierher zurückzukehren.« Thomas trat einen Schritt näher. »Dein Vater weiß nämlich, dass man Fremden nicht trauen soll, und schon gar nicht einem Feigling wie mir, der solche Angst vor dem Sterben hat.«

Shane wich zurück. »Ich hab doch gesagt, ich gehe jetzt.«

»In dem Augenblick, als du mit deiner Freundin hier bei mir eingestiegen bist, wusste ich, dass sie dich geschickt hatten. Obwohl du nicht der Junge bist, auf den sie es eigentlich abgesehen hatten. Seinen Vater haben sie bei einem Autounfall vor dem Hellfire extra umgebracht, das war ein Tanz, als aus dem Wrack immer noch die Musik dröhnte. Aber ihnen läuft die Zeit davon. Deshalb sind sie auch mit dir einverstanden, obwohl du so ein Schwächling bist.«

Shanes Handy meldete sich wieder. Er schaute darauf. Noch eine SMS von Geraldine: *Sag mir, wo du bist. Ich mach mir Sorgen.* Er wollte ihr antworten, aber plötzlich war der Akku leer.

»Du glaubst, du kannst immer noch einfach gehen, aber das schaffst du nicht mehr!«, rief Thomas. »Gier und Neugier halten dich hier fest.«

»Klar kann ich gehen«, antwortete Shane empört. »Ich gehe, wann ich will. Sie sind ja krank im Kopf.«

»Bin ich das? Ich bin ein Zocker. Ich habe damit mehrmals ein Vermögen gemacht, mit Glücksspielen aller Art, Würfel, Karten, Windhunde, egal. Und ich gehe jetzt jede Wette ein, dass du nicht genug Mumm hast, um mich einen Lügner zu nennen und zu beweisen, dass das mit dem Wunsch, der in Erfüllung geht, einfach nur eine dreiste Lüge von mir ist.«

Shane machte ein paar Schritte zurück. Er war unendlich erleichtert, als er den Türgriff der Hintertür in den Hof hinaus in seiner Hand spürte. Jetzt war er schon beinahe draußen im Freien. Auf einem leeren Küchenbord sah er die schwarze Katze sitzen, die ihn gelangweilt anschaute.

»So ist's recht, schleich dich nur zur Hintertür hinaus«, sagte Thomas in schneidendem, abschätzigem Tonfall. »Die Tür für bettelarme Küchenmägde wie deine Großmutter. Ihr O'Driscolls wart immer schon Bauern und das seid ihr immer noch. Renn nach Hause zu deinem Vater, dem jämmerlichen Versager.«

»Nennen Sie ihn nicht so!«, rief Shane wütend.

»Wie erbärmlich, sich unter die reichen Leute in Sion Hill zu mischen, wenn man keine zwei Pennys in der Tasche hat. Ihr O'Driscolls wart immer schon zerlumpt und arm. Aber dafür habt ihr euch wie die Kaninchen vermehrt, in euren muffigen kleinen Zimmern hier an dieser Straße, bis sie im Kloster den Gestank von Armut, der da über ihre Mauern wehte, nicht mehr ertragen konnten. Alles keine Männer, die O'Driscolls. Geraldine ist zehnmal mutiger als du.«

»Lassen Sie Geraldine aus dem Spiel!«

Shane konnte nicht glauben, dass hier vor ihm derselbe sanftmütige Mann stand, mit dem sie sich vor ein paar Tagen angefreundet hatten.

»Du wärst nie gut genug für sie gewesen. Und jetzt lauf! Lauf davon zu deinen armen, ewig streitenden Eltern.«

Shane brauchte bloß die Tür zu öffnen und sich dann durch das Gebüsch im verwilderten Garten zu zwängen. Draußen wäre alles wie vorher. Der Mann wäre immer noch mit dem Rasenmäher auf dem Rugbyfeld unterwegs. Auf der Rock Road würde wie immer dichter Verkehr herrschen. Aber die Bemerkung über seine Eltern hatte ihn getroffen.

»Ich hab vor Ihnen keine Angst, Sie kranker alter Mann. Ich geh mit Ihnen in den Keller und beweise Ihnen, dass Sie ein verdammter Lügner sind.«

Die Katze sprang mit einem großen Satz auf den Fußboden und flitzte davon. In Thomas' Gesicht war keine Spur mehr von Bosheit, Hohn oder Spott zu sehen. Seine Augen blickten Shane mit unsagbarer Traurigkeit an.

»Manchmal hab ich mich nicht unter Kontrolle und sage hässliche Dinge, die ich nicht so meine«, flüsterte er. »Denk noch einmal darüber nach, bevor du das tust.«

Aber Shane wollte nicht nachdenken und abwägen. Er würde dem letzten Spross der McCormack-Familie beweisen, dass die O'Driscolls keine Feiglinge waren, und dann würde er dieses Haus verlassen und nie mehr betreten. Er durchschritt hastig den Gang, der in den Kellerraum führte. Der Stein dort war bereits beiseitegeschoben. Im Keller war es finster, aber das Wasser schimmerte.

»Willst du wirklich unbedingt reich werden?«, fragte Thomas' Stimme in seinem Rücken. Es war ein Bedauern herauszuhören.

»Sagen Sie mir einfach, was ich tun soll, damit wir es schnell hinter uns gebracht haben.«

»Hol das Messer mit dem schwarzen Griff aus dem Wasser. Die Würfel auch.«

Shane kniete sich auf den Boden. Noch nie hatte er seine Hand in Wasser gehalten, das so eiskalt war.

»Reich mir das Messer!«, befahl Thomas.

»Was werden Sie damit tun?«

»Gib es mir einfach. Ich war früher einmal ein guter Junge. Ich wollte sogar Priester werden.« Thomas schaute auf das Messer, das Shane ihm reichte. »Besser, du wirfst diese Würfel in die Gosse. Sie haben mir nie Glück gebracht, weder in diesem Leben noch in einem anderen.«

Shane fühlte bei diesen Worten einen Schauder durch seinen ganzen Körper laufen. Aber durch die abfällige Bemerkung über seine Eltern war er in seinem Stolz immer noch gekränkt.

»Mein Großvater hat Ihre Mutter immer nur eine verbitterte, herrschsüchtige alte Hexe genannt.« Shane beugte sich noch einmal über das Wasser und holte die beiden Würfel heraus. Schaudernd fiel ihm ein, dass sie aus Menschenknochen geschnitzt waren.

»Du hältst die Reliquie des heiligen Mochanna in der Hand«, sagte Thomas. »Viele Generationen lang befanden sie sich im Besitz der Familie Dawson. Auf ihrem Sterbebett legte Henry Dawsons Mutter sie ihm in einem Medaillon um den Hals und bat ihn, immer darauf aufzupassen. Ich erinnere mich noch genau an das Gefühl dieses Medaillons auf meiner Brust. Ich erinnere mich noch genau daran, wie es war, als sie starb. Auf einmal erbte ich den gesamten Besitz unserer Familie. Ich war viel zu jung dafür. Ein junger Tölpel. Aus Trauer auf Abwege geratend. Von Lüstlingen zur Ausschweifung verführt.«

»Wovon reden Sie?«

»Ich rede davon, wie es ist, wenn man schließlich nichts mehr hat, was man verspielen kann. Ich rede davon, wie es ist, wenn man allein im Hellfire Club aufwacht und alle anderen, die mit dir getrunken und gefeiert haben, gegangen sind. Ich rede davon, wie eine schwarze Katze auf einmal die Gestalt ändert und ein Mann wird, wenn man den Teufel einen Mann nennen kann. Er hauchte einmal über die Reliquie und reichte sie mir dann zurück – er habe ihr eine neue Form gegeben, so sagte er, damit sie besser zu meiner verderbten Seele passten. Zwei Glücksspielwürfel. Er verkündete, meine eigene Seele – die Seele von Henry Dawson – gegen alle anderen Seelen aufwiegen zu wollen, die ich ihm im Lauf der Zeit in sein Netz locken würde. Es würde ihm einen Höllenspaß bereiten, so sagte er, die guten und bösen Seelen in mir ständig um die Übermacht ringen zu sehen.«

»Sie sind wirklich krank im Kopf«, sagte Shane. »Und ich glaub Ihnen auch nicht, dass die Würfel wirklich aus dem Knochen eines Heiligen geschnitzt sind.«

»Da hast du recht. Mochanna war ein Feigling und hatte Angst, seinem Gott gegenüberzutreten. Er schloss einen Pakt mit dem Teufel und bekam seinen Wunsch erfüllt, ewig weiterzuleben. Man fand ihn tot in seiner Zelle, ein junger Novize kniete neben ihm und hielt mit zitternder Hand ein blutbeflecktes Messer, von dem er nicht wusste, wie es dorthin gekommen war.«

»Sie sind ein Geschichtenerzähler … ein Wahnsinniger … ein Lügner.«

»Warum bist du dann noch hier?«

»Ich geh, wann *ich* will.«

Shane zitterte. Er wollte aufspringen und gehen, alles in ihm wollte das, trotzdem konnte er nicht. Gier und Neugier hielten ihn umklammert. Es ekelte ihn bei dem Gedanken, dass er da gerade Menschenknochen in der Hand hielt. Er wollte die Würfel wegwerfen, aber gleichzeitig drängte es ihn danach, einen Wunsch auszusprechen. Der alte Mann war nicht mehr richtig im Kopf, aber trotzdem … wenn er es sich ganz stark wünschte, vielleicht änderte sich dann das Schicksal seiner

Eltern. Vielleicht gewann einer von ihnen im Lotto oder bekam eine Gehaltserhöhung. Es war ihm egal, woher das Geld kam, Hauptsache, sie hatten endlich genug, damit sie mit ihren endlosen Streitereien aufhörten. Er schloss die Augen und warf die Würfel in den Brunnen. »Mach mich reich«, flüsterte er. »Egal wie, aber mach mich reich.«

Wie aus weiter Ferne hörte Shane den sanften Aufprall der beiden Würfel auf dem Wasser. Er spürte, wie Thomas mit eisernem Griff sein Handgelenk packte und schlug erschrocken die Augen auf. Der Greis schien die letzte Kraft aufzubieten, die noch in seinem hinfälligen Körper steckte. Mit dem Messer, dessen schwarzen Griff er fest umklammert hielt, machte er einen Schnitt über Shanes Handgelenk, dann über sein eigenes und presste die Wunden gegeneinander, sodass sich das Blut vermischte.

»Wir sind jetzt Blutsbrüder, junger O'Driscoll«, sagte er. »Von jetzt an bis in alle Ewigkeit.« Er tauchte ihre beiden Hände ins Wasser. »Es gehen immer zwei Wünsche in Erfüllung: der zweite Wunsch gehört mir und all den verlorenen Seelen, die in mir wohnen.«

Einunddreissigstes Kapitel

Joey

November 2009

Ich muss dich treffen, bitte! Nur ein Mal, sag wo und wann. Ich drückte auf »Senden« und hoffte, dass Geraldine ihr Handy – wie fast alle in der Klasse – nicht ausgeschaltet, sondern nur auf stumm gestellt hatte. Gestern hatte ich die unheimliche Begegnung mit dem alten Mann vor ihrem Haus. Heute war Mittwoch, der Tag, an dem wir nur bis mittags Schule hatten. Die letzte Stunde war Wirtschaft, das einzige Fach, das Shane nicht gewählt hatte, und Geraldine war immer viel lockerer, wenn er nicht in der Nähe war. Ich sah, wie sie auf ihr Handy schielte. Sie strich sich eine Strähne hinters Ohr. Natürlich wusste sie, dass ich sie beobachtete. Aber sie machte keine Anstalten, mir zu antworten.

Kurz darauf stellte mir der Lehrer eine wirklich einfache Frage und ich ärgerte mich, dass ich nur ein Stottern hervorbrachte. Aber ich konnte mich einfach nicht auf den Unterricht konzentrieren, wenn Geraldine vor mir saß. Wie auf Kohlen hockte ich den Rest der Stunde da und wartete auf eine Antwort von ihr. Nichts. Erst danach, als wir uns nebeneinander im Gedränge auf den Flur hinausschoben, sagte sie zu mir: »Ich hab dir doch gesagt, Joey, ich treff mich nicht mit Jungs. Ich kenn jede Menge Mädchen, die total begeistert wären, mit dir mal ins Kino zu gehen. Mädchen, die scharf darauf sind, sich mit einem Jungen wie mit einer Trophäe zu schmücken. Such dir aus, wen du willst. Ich helf dir sogar dabei.«

»Das kann ich schon selber, wenn ich will«, sagte ich. »Ich frag aber dich.«

Sie wurde rot. »Du hast schon eine ganz besondere Art zu fragen. Das muss ich sagen. Als würde dir was auf der Seele brennen.«

Wir näherten uns dem Ausgang. Draußen wartete Shane auf mich.

»Wenn er dabei ist, mag ich nicht mit dir reden.« Geraldine sprach jetzt ganz leise. »Sagen wir mal so, wenn wir heute Nachmittag im Shoppingcenter ineinanderstolpern, wäre das ja kein Date. Nur reiner Zufall. Versprich mir, dass du Shane nichts davon erzählst.«

Sie schob sich hastig an mir vorbei und durch die Schultür hinaus und tat so, als würde sie Shane nicht sehen. Er musterte mich eigenartig, als ich zu ihm trat.

»Was ist?«, fragte er. »Hast du später Lust auf eine Partie Snooker? Wie wär's mit einem kleinen Trip nach Dún Laoghaire, um dort etwas abzuhängen?«

»Tut mir leid, Shane. Ich hab heute keine Zeit.«

»Alles klar, dann bis morgen.« Shane grinste, aber irgendetwas am Ausdruck in seinen Augen verstörte mich. Erst als ich schon fast zu Hause war, wurde mir klar, woher ich diesen Blick kannte: Es lag darin dieselbe Einsamkeit, die ich auch in den Augen des alten Mannes bemerkt hatte. Aber ich hatte keine Zeit, darüber länger nachzudenken, denn ich musste jetzt schnell was essen und dann in meinem Schrank nach dem richtigen Outfit für das zufällige Treffen im Shoppingcenter wühlen. Ich probierte mehrere T-Shirts an, bemühte mich, darin möglichst cool zu wirken, und scheiterte jedes Mal jämmerlich. Ich kämmte meine Haare nach vorn, danach fuhr ich mit den Fingern hindurch und strich sie nach hinten. Der erste Look sah bescheuert aus und der zweite noch bescheuerter. Und eigentlich war es mir auch ziemlich egal, wie ich aussah. Ich würde mich gleich mit Geraldine treffen, nur das zählte.

Als ich zum Blackrock-Shoppingcenter kam, war dort weit und breit nichts von Geraldine zu sehen. Ich setzte mich auf eine Bank im Eingangsbereich und war so damit beschäftigt, alle Leute anzustarren, die durch die großen Türen hereinkamen, dass ich Geraldine im ersten Stock direkt über mir erst bemerkte, als sie sich übers Geländer beugte und mir ein M&M an den Kopf warf. Als ich hochblickte, grinste sie und verschwand. Ich rannte die Rolltreppe in den ersten Stock hoch und kriegte grade noch mit, wie sie am anderen Ende die Treppe hinunterwollte. Sofort machte ich kehrt und rannte wieder nach unten. Als ich Geraldine erwischte, war ich ziemlich außer Atem. Sie lehnte an einem Pfeiler.

»Was ist gelb und kann nicht schwimmen?«, fragte sie.

»Keine Ahnung.«

»Ein Bagger, weil er nur einen Arm hat.«

»Das ist der schlechteste Witz, den ich jemals gehört habe.«

»Ich weiß jede Menge, die noch schlechter sind.«

»Ich bin so froh, dass ich dich endlich rumgekriegt habe.«

»Du könntest noch nicht mal einen Wackelpudding rumkriegen«, zog sie mich auf. »Aber das mag ich ja an dir.«

»Das war jetzt nicht nett.« Ich tat so, als würde ich schmollen.

»Lass uns draußen ein bisschen rumlaufen, dann bin ich gleich netter zu dir.« Sie lief zum Eingang. »Ich will damit ja nur sagen, dass du bei Mädchen nicht grade der Aufreißer bist.«

»Meinst du das als Kompliment?«

»Das ist eine Tatsache. Genauso wie du wirklich einfühlsam sein kannst.«

»Echt, findest du?«

»Komm schon, du weißt genau, was ich meine. Ich find's einfach schade, dass du dich so an Shane ranhängst.«

»Können wir vielleicht mal aufhören, über Shane zu reden?«

»Gern.« Wir kamen raus auf die Main Street. »Dein Wunsch ist mir Befehl. Lass uns etwas spazieren gehen, und wenn du willst, zeige ich dir auch alle Plätze hier, die mir besonders viel bedeuten.«

Irgendetwas an dem, was sie gesagt hatte, verwirrte mich, aber ich wusste nicht recht was, und keinesfalls wollte ich mir die Freude, endlich einmal mit ihr allein zu sein, durch Rumgrübeln zerstören. Ich kannte sämtliche Straßen von Blackrock in- und auswendig, aber als ich jetzt mit Geraldine herumschlenderte, wirkte alles wie verwandelt. Wir redeten über die Leute in unserer Klasse und welche Bücher uns gefielen und welche Musik wir uns gern runterluden und wie es sich anfühlte, ein Einzelkind zu sein und nur mit einem Eltern- oder Großelternteil aufzuwachsen – ich bei meiner Mutter, sie bei ihrer Großmutter. Es war kein richtiges Date, weil wir ja nur zusammen die George's Avenue entlanggingen und dann über die Carysfort wieder zurück, aber für mich fühlte es sich aufregender an als ein Abend in der Tonic Bar oder im The Wicked Wolf. Schließlich schlug ich ihr vor, doch gemeinsam einen Kaffee bei Starbucks in dem alten Postamt an der Main Street zu trinken. An der Theke nahm ich bereits die zwei Cappuccinos entgegen, bevor sie noch dagegen protestieren konnte, dass ich für uns beide bezahlt hatte, und ging dann durch die Tür auf der Rückseite des Raums auf die Veranda hinaus, von der aus man einen guten Blick auf den Bahnhof und die halb verfallenen Anlagen der alten Schwimmbäder von Blackrock hatte. Als ich mich umdrehte, stand Geraldine zögernd in der Tür.

»Ist es hier draußen okay?«, fragte ich. »Ich dachte, dass du vielleicht lieber im Freien sitzt.«

»Tu ich auch«, sagte sie. »Es ist nur …« Sie setzte sich an einen Tisch und schaute aufs Meer hinaus. »Ach, eigentlich gar nichts. Zeit, dass ich erwachsen werde.«

»Verstehe ich jetzt nicht.«

»Ich hab den Blick raus auf die Bucht möglichst immer vermieden, weil meine Mutter da beim Schwimmen ums Leben gekommen ist.«

»Oh, tut mir leid. Willst du, dass wir wieder reingehen?«

»Nein, ich muss aufhören, so abergläubisch zu sein. Als Kind hab ich alle meine wertvollen Besitztümer in einer Schachtel aufgehoben, wo ich wusste, dass sie sicher waren, und in den letzten zwei Jahren hab ich mich selbst auch irgendwie in eine solche Schachtel eingesperrt, um nicht wieder verletzt zu werden.«

»Ich würde dich nie verletzen, Geraldine.«

Sie trank von ihrem Cappuccino. »Wie kommt es eigentlich, dass du mich so gut verstehst?«

»Glaubst du das?«

Sie schaute an mir vorbei aufs Meer hinaus. Ihre Haare glänzten in der Sonne. »Aber es ist so.«

»Ich … ich finde dich einfach cool und … und wahnsinnig hübsch.«

»Und ich weiß, dass du ein bisschen naiv bist.«

»Oh, vielen Dank.« Ich fühlte mich gekränkt.

»Nicht auf eine ungute Weise. Du bist nett und eben ein bisschen naiv.«

»Okay, können wir dann vielleicht auch mal ein richtiges Date haben?«

»Ich hab dir doch gesagt, ich bin noch nicht so weit.«

Geraldine sah sich um, als fürchtete sie, beobachtet zu werden. »Aber ich kann jemand in meiner Nähe brauchen. Weißt du Joey, in den letzten zwei Jahren hab ich mich oft gefürchtet, ohne recht zu wissen, warum. Aber als dann Shane in unsere Klasse kam, wusste ich es: Ich hatte mich davor gefürchtet, dass er zurückkommen würde, um mich zu holen.«

»Wie meinst du das: um dich zu holen?«

»Es ist so etwas Unnatürliches an ihm. Ich habe das Gefühl, ständig beobachtet zu werden. Sogar nachts bilde ich mir ein, dass Shane mich verfolgt.«

Joey zögerte. »Vielleicht stimmt das sogar. Aber es ist nicht Shane.«

»Wer denn dann?«

Wieder zögerte Joey. »Ein alter Mann. Er heißt Thomas.«

In Geraldines Stimme lag Misstrauen. »Was weißt du von Thomas? Er sollte schon längst tot sein. Die Ärzte haben ihm damals nur noch ein paar Monate gegeben.« Gedankenverloren schwieg sie eine Weile. Dann streckte sie ihre Hand über den Tisch aus und griff nach meiner. »Ich habe Angst davor, mich in dich zu verlieben, Joey. Ich hab mich schon mal in einen Jungen verliebt und dann hat er sich so seltsam verändert. Versprich mir, dass du dich nicht auch so seltsam verändern wirst.«

»Wie hat sich Shane denn verändert?«

»Ich wünschte, das wüsste ich.« Geraldine zog ihre Hand wieder zurück, stand auf und trat ans Geländer. »Ich wünschte, ich hätte eine Erklärung dafür.«

Zweiunddreissigstes Kapitel

Geraldine

August 2007

Um zwei Uhr morgens hielt ein Polizeiauto vor dem finsteren Haus am Ende der Castledawson Avenue. Auf dem Rücksitz saß Geraldine zwischen ihrer Oma und Shanes Vater, der voller Sorge aus dem Fenster sah. Als Geraldine von dem Brunnen im Keller erzählt hatte, war er immer unruhiger geworden und hatte Geraldine so mit Fragen bestürmt, dass ihre Großmutter eingeschritten war. Er solle ihrer Enkelin nicht noch mehr Angst einjagen, meinte sie.

Geraldine war sich nicht sicher, ob die Polizisten ihr wirklich abgenommen hatten, dass in dem Haus ein alter Mann lebte. Zuerst hatten sie gesagt, dass es noch viel zu früh sei, um Shane als vermisst zu melden – wahrscheinlich war er einfach nur spät mit einem Freund unterwegs. Aber Geraldine wusste, dass Shane außer ihr keine Freunde in Blackrock hatte. Sie wusste auch, dass es zwischen ihnen beiden mehr als nur Freundschaft war. Erst jetzt, wo Shane verschwunden war, gestand sie sich ein, dass sie ihn liebte. Deshalb hatte sie auch seine Schimpftirade vor der Bücherei so schwer ertragen. Es war ihr vorgekommen, als hätte eine fremde Macht von ihm Besitz ergriffen. Sie hatte Angst um ihn.

»Wir müssen über die Mauer klettern«, sagte sie zu den beiden Polizisten, während sie aus dem Auto ausstiegen. »Ich kann durch das schmale Fenster einsteigen und dann die Hintertür öffnen.«

Aber sie achteten nicht darauf, was sie sagte, sondern gingen einfach die Stufen zur Haustür hoch und klopften, obwohl sie ihnen klarzumachen versuchte, dass Thomas nicht antworten würde. Noch nie war ihr eine Nacht so still vorgekommen. Es war, als würde die Dunkelheit selbst aufmerksam dem Klopfen lauschen. Dann kam einer der Polizisten zurück, um aus dem Auto Werkzeug zu holen, mit dem er die Tür gewaltsam öffnen konnte. Sie bohrten ein Loch in das Holz. Shanes Vater rief mehrmals laut nach seinem Sohn. Schließlich gab das Schloss nach und die schwere Haustür ging ächzend auf. Die Polizisten leuchteten mit ihren Taschenlampen in die finstere Eingangshalle hinein.

»Da ist niemand, sonst wäre er ja inzwischen aufgetaucht«, sagte Shanes Vater bestimmt, wie um sich selbst Mut zuzusprechen. »Wir haben genug Lärm gemacht, um Tote aufzuwecken.«

Doch sogar die Polizisten schienen zu zögern und betraten das Haus nicht sofort. Die Finsternis hatte etwas so Bedrückendes und Unheimliches, dass sie alle fröstelten. Dann kam Bewegung in die Schatten. Shanes Vater rief laut den Namen seines Sohnes. Aber es war nur eine schwarze Katze, die an ihnen vorbei aus dem Haus huschte.

Geraldine hielt es nicht länger aus. Sie musste unbedingt wissen, ob Shane hier war und wie es ihm ging. Sie stürmte die Treppe hinunter in das Souterrain, wo sich die Küche befand. Ihre Großmutter rief ihr nach, sie solle zurückkommen, und Shanes Vater rief noch einmal laut den Namen seines Sohnes. Die Polizisten rannten hinter Geraldine her und leuchteten mit ihren Taschenlampen, damit sie nicht stolperte. Als Geraldine die Küche betrat, blieb sie erschrocken stehen, weil es in dem Raum so eiskalt war. Die vier Erwachsenen folgten ihr. Es war lange her, dass so viele Personen den Fuß in dieses Haus gesetzt hatten.

»Hier ist niemand«, sagte einer der Polizisten. »Du gehst jetzt mit deiner Großmutter hoch, Mädchen, und wartest im Auto. Ich verspreche dir, dass wir jeden Raum durchsuchen werden, um ganz sicherzugehen.«

Er ließ den Strahl seiner Taschenlampe einmal durch die Küche wandern, um zu zeigen, dass sie leer war, und wandte sich schon zum Gehen, als Geraldine aufschrie.

»Was ist?«, fragte er.

»Leuchten Sie noch mal da unten in die Ecke. Auf den Türrahmen.«

Zuerst wusste der Polizist nicht, was sie meinte. Dann senkte er den Strahl, sodass er direkt über dem Boden auf die offene Tür fiel, hinter der der Gang in den Keller führte. Ihre Großmutter versuchte noch, sie zurückzuhalten, aber Geraldine stürzte bereits dorthin. Vier Finger hielten den Türrahmen umklammert. Jemand war in dem Gang zusammengebrochen. Er musste verzweifelt versucht haben, in die Küche zu gelangen, und hatte sich deshalb am Türrahmen festgekrallt, während ein anderer ihn in den Keller zurückzerren wollte.

Geraldine kniete sich neben die Tür. Sie flüsterte Shane zu, dass er jetzt sicher war, während sie seine Finger von dem Türrahmen löste. Doch dann zog sie ihre Hand erschrocken weg, denn die Finger gehörten nicht zu Shane. Es war Thomas, der versucht hatte, sich dort festzuklammern, bevor er ohnmächtig zusammengebrochen war. Sein Gesicht wirkte wie versteinert. Als die Polizisten in den Gang hineinleuchteten, war dahinter

Shanes Körper zu erkennen. Auch er hatte das Bewusstsein verloren. Er schien gestürzt zu sein und hatte sich dabei den Kopf angeschlagen. Doch er hatte nicht aus dem Keller zu fliehen versucht. Seine Arme waren fest um die Beine des alten Mannes geschlungen, als wollte er ihn in den Keller zurückzerren, oder als hätte er versucht, von ihm etwas Gestohlenes zurückzuerhalten.

Dreiunddreißigstes Kapitel

Joey

November 2009

Ich stand auf und stellte mich neben Geraldine an das Geländer. Sie sah mich an.

»Wir haben Shane und Thomas bewusstlos in dem alten Haus an der Castledawson Avenue gefunden«, sagte sie. »Drei Tage lang lagen beide im Vincent's Hospital im Koma, wie zwei Boxer, die sich gegenseitig k.o. geschlagen haben. Es war schrecklich, Shane so halb tot daliegen zu sehen.«

Ich legte den Arm um Geraldine. Ich spürte, dass sie das alles noch nie jemandem erzählt hatte. An Shanes Körper war bis auf eine Beule an der Stirn keine Verletzung zu erkennen, aber die Ärzte waren sich nicht sicher gewesen, ob er jemals wieder aufwachen würde, und wenn ja, ob er danach im vollen Besitz seiner geistigen Fähigkeiten sein würde. Nacht für Nacht fiel der Puls bei Thomas plötzlich so stark ab, dass man jeden Augenblick mit seinem Tod rechnete. Immer wenn dies geschah, verlangsamte sich Shanes Puls ebenfalls lebensbedrohlich. Niemand konnte sich erklären, weshalb ein gesunder Junge auf einmal dem Tod so nahe war.

»Ich hab mir große Vorwürfe gemacht«, sagte Geraldine. »Shane war damals eher ein Feigling, aber als ich in das Haus eingestiegen bin, ist er mir nach.«

»Du musst dir keine Vorwürfe machen«, sagte ich. »Shane hat ja überlebt.«

Geraldine sah mich wieder an. »Ich weiß, es klingt seltsam, Joey, aber ich bin mir da nicht so sicher.«

»Wie meinst du das?«

»Nach drei Tagen ist er aufgewacht. Alles wirkte bei ihm ganz normal. Nur seine Augen … die wirkten älter, als gehörten sie gar nicht ihm. Seine Eltern haben ihn dann mit nach Hause genommen. Aber sein Gehirn muss bei dem Sturz doch beschädigt worden sein, denn als ich ihn später besuchte, war er nicht mehr derselbe Junge. Er war nicht der, den ich liebte.«

»Was ist mit Thomas passiert?«

»Er ist am selben Tag wie Shane aus dem Koma aufgewacht und fing sofort an zu wüten und zu toben. Die Ärzte stellten dann fest, dass er bereits eine lange Krankengeschichte hinter sich hatte: Aufenthalte in Irrenhäusern, Wahnvorstellungen, Schizophrenie. Immer wieder tauchte er bei mir an der Haustür auf, redete wirres Zeugs und wollte mich unbedingt sehen. Ein paarmal hat Oma sogar die Polizei gerufen. Und dann passierte etwas wirklich Merkwürdiges.«

»Was denn?«

Geraldine schaute auf die Bucht hinaus. »Alle in Sion Hill wussten, wie schlimm sich Shanes Eltern fast jeden Abend stritten. Aber noch nie war es bei ihnen so hoch hergegangen wie an dem Abend, als Shane und sein Vater nach Hause kamen und auf einmal Thomas am Küchentisch saß. Man erzählt sich, dass Shanes Mutter nicht aufhörte zu schreien und immer wieder beteuerte, Thomas sei eigentlich ihr Sohn. Offensichtlich hat dann Shane nach einem Küchenmesser gegriffen und versucht, Thomas damit die Kehle aufzuschlitzen. Shanes Vater zerrte sie auseinander, schmiss Thomas hinaus und hinderte seine Frau daran, ihm zu folgen. Die Nachbarn sagen, dass sie daraufhin nur noch geschrien hätte, sie würde keine Nacht mehr unter demselben Dach wie Shane verbringen.« Geraldine sah mich an. »In derselben Nacht brannte das Haus der O'Driscolls ab. Ich hab dir ja schon erzählt, dass Shanes Vater erst den Leichnam seiner Frau aus den Flammen schleppte und dann noch einmal hineinlief, um seinen Sohn zu retten.« Ein Frösteln lief durch ihren Körper. »Ich glaube, dass Shane das Feuer gelegt hat, um sie beide zu töten.«

»Was redest du da?«, sagte ich. »Das klingt ja krank.«

Eine Gruppe von Mädchen kam laut quasselnd mit ihren Milchkaffees auf die Veranda heraus.

»Ich trau ihm nicht«, flüsterte Geraldine. »Er wollte unbedingt reich sein. Jetzt ist er es: Er hat ein Vermögen geerbt. Er bekommt alles, was er will. Er versucht auch, an mich ranzukommen. Hat er dich geschickt? Benutzt er dich dafür?«

»Keiner benutzt mich«, sagte ich. »Ich bin einfach nur ich selbst.«

»Was für ein romantischer Junge.« Geraldine beugte sich plötzlich vor und küsste mich auf die Lippen. »Als kleines Dankeschön, mir hat nämlich bisher noch nie jemand ein Gedicht geschrieben.«

»Ein Gedicht?«

Geraldines Lächeln gefror ein wenig. »Na, das Gedicht, das du mir gestern Abend in den Briefkasten geworfen hast. In dem du schreibst, wie gern du mit mir durch Blackrock spazieren und mit mir alle Plätze besuchen würdest, die ich so gern mag …« Das Lächeln verschwand und sie musterte mich auf einmal misstrauisch. »Woher weißt du das eigentlich alles? Als wüsstest du über meine ganzen Geheimnisse Bescheid?«

»Ich hab dir kein Gedicht geschrieben.«

»Es war mit deinem Namen unterzeichnet, in gestochener Handschrift.« Geraldine wich erschrocken zurück. »Das ist sein Werk. Wie konnte ich nur darauf hereinfallen. Shane versucht, uns zu manipulieren.«

»Geraldine, hör zu …«

Aber Geraldine hörte mich nicht mehr. Sie stürmte durchs Café davon. Die Mädchen am Nebentisch unterbrachen ihr Gequassel und starrten mich an, als hätte ich etwas Fürchterliches gemacht. Ich rannte Geraldine nach, aber als ich auf die Main Street kam, war sie verschwunden. Unschlüssig stand ich noch eine Weile da, verwirrt und wütend. Aber ich spürte auch immer noch ihren Kuss auf den Lippen.

Vierunddreissigstes Kapitel

Joey

November 2009

Bevor sie mich auf der Veranda von Starbucks geküsst hatte, war Geraldine für mich unerreichbar gewesen, aber jetzt hatte sich das geändert. Sie schien mich zu mögen und ich wollte sie unbedingt wieder küssen. Aber da spielte jemand ein Spielchen mit uns und ich wusste nicht, wer es war. Der Brief konnte genauso gut von dem alten Mann wie von Shane stammen. Als ich Thomas vor Geraldines Haus angetroffen hatte, konnte er den Brief schon gut eingeworfen haben. Warum versuchte er, sich in mein Leben einzumischen?

Donnerstag in der Schule spürte Shane, dass etwas vorgefallen sein musste, weil Geraldine so auffällig jeden Kontakt mit mir vermied. Während ich in der Klasse umherguckte, musste ich an meine alte Schule und das Mobbing dort denken. Vielleicht machte sich hier jemand über mich lustig, vielleicht lachten sie ja heimlich über mich, dass das mit dem Gedicht, das sie mir untergeschoben hatten, gleich so prima geklappt hatte. Ich konnte nicht aufhören, mir solche wilden Geschichten auszumalen. Wie gern hätte ich jemand davon erzählt. Ich wusste nicht mehr, ob ich Shane trauen konnte, zugleich war er der Einzige, den ich um Rat fragen konnte, mein einziger wirklicher

Freund an der Schule. Aber das war auch deshalb so, weil er es nicht zuließ, dass ich mich mit anderen anfreundete. Sobald ich ein Gespräch mit jemand anfing, drängte sich Shane dazwischen, sodass sie sich schließlich mit ihm unterhielten und nicht mit mir. In den Augen der anderen waren Shane und ich unzertrennlich. Ich hatte das Gefühl, dass sie mich gar nicht als eigene Person wahrnahmen, so sehr beherrschte Shane mein Leben.

Als er mich fragte, was ich denn am Mittwochnachmittag gemacht hätte, wich ich einer Antwort aus und erzählte ihm stattdessen von den alten Demotapes, die Bongo Drums bei sich auf dem Speicher gefunden hatte. Shane war sofort Feuer und Flamme. Ich sollte Bongo unbedingt bitten, sie mal auszuleihen. Meine Mutter würde sich bestimmt total freuen, die Stimme meines Vaters wiederzuhören. Ich war mir da nicht so sicher. Und was, wenn die Lieder nicht so gut waren, wie ich mir das immer ausgemalt hatte? Ich beschloss, meiner Mutter davon zu erzählen und sie am Abend um Rat zu fragen.

»Stell dir vor, Mum, ein Lehrer von mir hat auf seinem Speicher alte Demotapes von Dad gefunden.«

Mum schaute von ihrem Kreuzworträtsel auf. »Tatsächlich?«

»Er war bei ein paar Auftritten als Schlagzeuger dabei. Ich weiß nicht … ich bin mir nicht sicher, ob du seine Stimme wiederhören willst?«

Mum legte den Stift weg. »Ich höre seine Stimme oft«, sagte sie. »Ich höre sie in der Art und Weise, wie du manchmal sprichst, und jedes Mal, wenn du lachst.«

»Aber das ist doch nicht dasselbe.«

»Wie heißt denn dein Lehrer?«

»Mr Quinn. Wir nennen ihn Bongo Drums.«

»Bongo Drums.« Sie lachte. »Kein schlechter Name für Ben Quinn. Ich erinnere mich noch gut an ihn. Er hatte einen tief herabhängenden Schnurrbart und schwärmte immer von deutschen Frauen. Und er konnte einem echt die Ohren abquasseln.« Sie langte über den Tisch nach meiner Hand. »Wenn Ben Demotapes hat, brauchst du mich nicht um Erlaubnis fragen, ob du sie anhören darfst.«

»Aber ich fände es schön, wenn wir sie zusammen anhören.«

Mum schüttelte den Kopf. »Die Lieder deines Vaters würden in mir zu viel aufwühlen, Joey. Nach seinem Tod hatte ich eine sehr, sehr schwere, sehr traurige Zeit. Ich musste stark kämpfen, bis ich mich aus diesem schwarzen Loch herausgearbeitet hatte. Aber jetzt bin ich mit meinem Leben zufrieden.« Sie beugte sich wieder über ihr Kreuzworträtsel. »Ich finde es schön, dass du dir die Musik deines Vaters jetzt mal anhören kannst. Aber mach es in deinem Zimmer und setz dabei die Kopfhörer auf. Ich würde es nicht aushalten, seine Musik zu hören. Bitte versteh das, Joey. Versprich mir, dass du dich daran hältst.«

Mum wirkte am Abend nach der Arbeit immer sehr erschöpft. Jeden Samstag arbeitete sie eine Extraschicht, damit wir etwas mehr Geld hatten. Ich bot ihr immer an, mir auch einen kleinen Nebenjob zu suchen, um ein bisschen was beizusteuern, aber sie wollte nicht, dass ich vom Lernen abgehalten wurde. Als ich jetzt in ihr müdes Gesicht sah, spürte ich die Verantwortung, in meinem Leben später etwas Ordentliches auf die Beine zu stellen, damit sie mit mir zufrieden war. Als Ausgleich für die vielen mühevollen Jahre, in denen sie mich allein großgezogen hatte. Shane konnte leicht daherreden, von wegen ich würde Musik machen und er würde mein Manager werden und Konzerte in Städten organisieren, von denen ich bisher kaum den Namen gehört hatte. In jeder Familie gibt es nur Platz für einen Träumer und Dad hatte schon genug Träume für uns alle ausgelebt. Musik war meine große Leidenschaft, aber wenn es so weit war, würde ich irgendwas mit Betriebswirtschaft studieren, um später einen Beruf mit einem regelmäßigen Einkommen zu haben. Das war das Mindeste, was ich Mum schuldete. Ich setzte mich an meine Hausaufgaben. Ich würde Bongo Drums sagen, dass ich die Demotapes nicht hören wollte. Dann würde Dad für mich auch weiter der geniale Musiker bleiben, der zu Recht für seinen Traum gelebt hatte.

Als ich das Shane am Freitagvormittag sagte, wurde er wütend und nannte mich einen Feigling. Doch ich misstraute ihm und seinen Motiven immer mehr. Ich schickte Geraldine mehrere SMS, auf die sie nicht reagierte, aber schließlich erwischte ich sie für ein paar Augenblicke auf dem Korridor. Shane war noch im Klassenzimmer aufgehalten worden.

»Wir müssen uns unbedingt allein treffen«, sagte ich. »Nur fünf Minuten, egal wo.«

Geraldine blickte über meine Schulter. »Dein Schatten verfolgt dich. Wir sind nie allein, Joey. Ich hab das Gefühl, da in etwas hineingezogen zu werden, das ich nicht begreife. Ich fühle mich ständig beobachtet.«

Ich verfluchte Shane innerlich, der gerade auf uns zukam.

»Vielleicht war es gar nicht Shane«, flüsterte ich.

»Wie kommst du denn darauf?«

Bevor ich antworten konnte, war Shane schon bei uns. Geraldine presste die Bücher an die Brust und ging hastig davon. Shane stieß mich mit der Schulter an.

»Und – läuft da was?«, fragte er. »Habt ihr ein Date ausgemacht?«

»Kümmer dich um deine eigenen Sachen, Shane, und halt dich da gefälligst raus!«

Er lachte. »Beruhige dich, Joey. Wahre Liebe ist nie ein Zuckerschlecken. Ich sag damit ja nur, dass ich an deiner Stelle das Mädchen nicht von der Bettkante stoßen würde.«

Shane grinste mich an und er grinste so lange weiter, bis er mir auch ein halbherziges Lächeln entlockt hatte. Ich hatte auf ihn und seine Faxen im Moment wirklich keine Lust, aber es war schwer, lange sauer auf ihn zu bleiben, weil er seine Persönlichkeit so schnell wie einen Handschuh wechseln konnte. Außerdem begann ich zu spüren, welche Verzweiflung und Einsamkeit er hinter seiner grinsenden Fassade verbarg. Vielleicht hatte Geraldine ja doch unrecht und man brauchte vor ihm keine Angst zu haben. Vielleicht war es ja der alte Mann aus der Castledawson Avenue, der mit uns ein übles Spiel trieb. Ich musste das unbedingt herausfinden. Ich musste ihn treffen.

Fünfunddreissigstes Kapitel

Joey

November 2009

Am Freitagabend sagte ich zu Mum, dass ich wie üblich noch meine Runde drehen würde. Tatsächlich aber überquerte ich die Rock Road und eilte hastig die Castledawson Avenue entlang zu dem Haus, in dem Thomas McCormack angeblich wohnte. Die Fenster waren alle dunkel. Das Haus wirkte verlassen. Ich betätigte den Türklopfer, doch im Innern war nichts zu hören, deshalb ging ich ein paar Schritte weiter, kletterte auf die Mauer, stand kurz im Lichtschein der hell erleuchteten Blackrock Klinik und sprang dann in die Finsternis des Gartens hinunter. Ich kämpfte mich durch die Büsche zur Küche. Meine Unterarme waren zerkratzt, als ich es bis zur Hintertür geschafft hatte, wo ich den Schlüssel fand, wie Thomas es mir gesagt hatte.

Ich öffnete die Tür und betrat die Küche. Hier hatten also Shane und Geraldine vor zwei Jahren gestanden. Ich konnte die Umrisse einer Treppe erkennen und duckte mich unter dicken Spinnweben hindurch, um zu ihr zu kommen. Teile des Geländers fehlten, als hätte jemand mit aller Wucht dagegen getreten. Durch ein schmales Oberlicht über der Haustür fiel etwas vom Lichtschein der Straßenlampe ins Innere. Ich kam in ein Hinterzimmer, dessen Kamin herausgerissen war. Eine

Matratze lag auf dem Boden, mitsamt Decken. Auf einem Tisch stand eine Tasse, daneben lag ein Laib Brot. Ich fühlte mich beobachtet und drehte mich um. Hinter mir stand der alte Mann.

»Hat dich die Neugierde hergetrieben oder hat er dich geschickt, damit du für ihn die Drecksarbeit erledigst?«

»Keiner hat mich geschickt«, sagte ich. »Ich bin gekommen, um Ihnen zu sagen, dass Sie aufhören sollen, hier Verwirrung und Unruhe zu stiften.«

»Verwirrung und Unruhe?« Der alte Mann lachte verbittert auf. »Bei mir hat der Ärger damit angefangen, dass er in meinem Leben aufgekreuzt ist. Hast du ihm gesagt, dass ich es zurückwill?«

»Was wollen Sie von ihm zurück?«

Der alte Mann kam näher. Bei jedem Schritt, den er auf mich zuging, wich ich ein bisschen mehr zurück.

»Bist du wirklich so begriffsstutzig, dass du es nicht errätst? Wie dumm und ahnungslos bist du eigentlich, Joey?«

Ich konnte nicht weiter zurückweichen und stand da mit dem Rücken gegen eine mit Schimmel überzogene Wand gepresst. Neben mir war das Fenster mit einer Decke verhängt.

»Ich will wissen, ob Sie Geraldine ein Gedicht geschickt haben. Ein Gedicht, unter dem mein Name steht, obwohl ich es nicht geschrieben habe. Lassen Sie uns in Ruhe! Halten Sie sich aus meinem Leben raus und aus dem von Geraldine auch!«

»Das ist nicht alles, Joey. Du willst mehr. Du willst wissen, was hinter alldem steckt. Du willst das Geheimnis wissen. Neugierde ist eine gefährliche Krankheit. Hüte dich, sonst wird dir dein Wunsch womöglich erfüllt. Hat er dich geschickt?«

»Niemand hat mich geschickt.«

»Ganz sicher? Er hat so seine Wege, um die Leute tun zu

lassen, was er will. Er muss in diesem Haus noch etwas erledigen, aber er traut sich nicht, selbst einen Fuß hier hereinzusetzen. Sag ihm, dass das Testament mit dem letzten Willen von Thomas McCormack hier versteckt ist. Sag ihm, dass dort alles dem Jungen vermacht wird, der einem sterbenden alten Mann beigestanden hat. Wenn er das Haus möchte, wenn er es erben will, so wie er bereits andere Vermögen geerbt hat, muss er selbst herkommen und nach dem Testament suchen. Der hinfällige, klapperige Körper, in dem ich mich zwangsweise aufhalte, wird sehr bald sein Leben ausgehaucht haben. Wenn er nicht kommt, werden die Testamentsvollstrecker alles so ausführen, wie es ursprünglich festgelegt war: Sie werden das Haus abreißen lassen und das Grundstück dann verkaufen. Er giert nach dem Haus hier, genauso wie er nach Castledawson House gegiert hat, nachdem er es durch sein Glücksspiel verloren hatte. Sag ihm, er kann sein altes Haus zurückhaben, wenn er hierherkommt. Er muss mich nur vorher töten.«

»Wie meinen Sie das, ›er kann sein altes Haus zurückhaben‹? Es ist doch Ihr Haus. Warum sollten Sie es ihm überlassen?«

»Ich besitze nichts, Joey, ich habe nicht einmal mehr eine Familie. Meine Eltern sind bei einem Feuer ums Leben gekommen. Meine Tante ist in England mit ihrem Auto gegen einen Baum gefahren, als sie herausgefunden hat, dass sie mit einem Wechselbalg zusammenlebte. Ich hatte nur einen wirklichen Freund – das Mädchen, das ich immer noch liebe.«

»Sie sind geisteskrank«, sagte ich. »Und Ihre zwei Brüder hier hatten auch einen an der Waffel.«

Der alte Mann presste sein Gesicht gegen meines. »Ich bin Einzelkind und nur vier Monate älter als du.«

Ich schob ihn sachte weg. Er wirkte so zerbrechlich, dass ich bei ihm keinen Sturz verursachen wollte.

»Solche Erkrankungen muss man mit Medikamenten behandeln.«

Thomas hob seinen Stock und zerschmetterte die Tasse auf dem Tisch. »Ich brauche keine Medikamente! Ich will, dass du mir glaubst. Dieser Untote hat mir mein Leben gestohlen! Und das hat er vor mir schon bei anderen getan. Viele Jahrhunderte lang hat man hier alte Männer mit durchgeschnittener Kehle aufgefunden, nachdem ihre Körper verbraucht waren, die er ihnen in ihrer Jugend gestohlen hatte.« Er schaute mich an. »Willst du ewig leben, Joey?«

»Will das nicht jeder?«

»Aber nicht jeder erhält die Chance. Doch stell dir mal vor, du wärst der Auserwählte. Du müsstest nie sterben. Deine Seele und deine Gedanken könnten für ewig weiterleben – nicht in deinem eigenen Körper, weil alle Körper irgendwann erschöpft und ausgelaugt sind, aber zusammen mit einer anderen Seele, in einem neuen Körper. Was würdest du tun, wenn dir die Chance auf Unsterblichkeit angeboten würde?«

Ich machte ein paar vorsichtige Schritte in Richtung Tür. Der alte Mann setzte sich an den Tisch, er wirkte traurig und müde.

»Ich kann ja verstehen, dass du mir nicht glaubst. Sogar meine eigene Mutter hat mich zuerst nicht erkannt. Aber als es dann so war, hat er sie in den Flammen sterben lassen.« Er starrte auf seine knotigen Finger. »Du und ich könnten Klassenkameraden sein, Joey.«

»Sie brauchen dringend ärztliche Hilfe«, sagte ich. »Sie haben einen schizophrenen Schub.«

»Dieser Wechselbalg muss mir die Kehle durchschneiden. Dann wäre ich wenigstens seinen alten Körper los und meine Seele könnte dann in meinem eigenen Körper mit seiner Seele verschmelzen. Das hat er ja vor zwei Jahren auch versucht – in der Nacht damals, als ich mich an dem Türrahmen festklammerte; in der Nacht, als er ausrutschte und sich den Kopf anschlug. Wenn alles erfolgreich verlaufen wäre, würden unsere Seelen sich weiter in einem beständigen Kampf befinden, aber in ein und demselben Körper, nicht in zwei Körper aufgespalten wie jetzt. Aber nun bin ich sein Schatten und er ist meiner. Stell dir mal vor, Joey, wie das ist, wenn du einen anderen in deinem eigenen Körper herumlaufen siehst. Ich kenne jeden seiner Gedanken. Er ist es leid, jedes seiner Leben immer in solcher Einsamkeit verbringen zu müssen. Er will Freunde, Gefährten, menschliche Nähe, aber ich bin das einzige Lebewesen auf Erden, das ihn versteht. Die Stimmen in seinem Kopf flüstern ihm zu, dass er mich töten und ihr Geheimnis weiter wahren soll. Aber ihm graut es davor, wieder so allein zu sein.«

Er vergrub den Kopf in den Händen. Ich schlich vorsichtig zur Tür weiter.

»Frag dich mal selbst, Joey, wenn er ein ganz normaler Mensch ist, warum hat Geraldine in seiner Gegenwart dann solche Angst? Weil sie das Böse spüren kann.« Er blickte auf. »Bleib und hör mir zu, und wenn es nur deshalb ist, weil wir dasselbe Mädchen lieben.«

»Lassen Sie Geraldine in Ruhe!«

»Sie befindet sich in Todesgefahr. Er benutzt dich als Lockvogel, um sie ihm zuzuführen. Mein wahrer Name ist Shane O'Driscoll. Du musst mir das glauben und du musst Geraldine auch davon überzeugen. Sag ihr, dass in diesem alten und verbrauchten Körper der Junge steckt, den sie geliebt hat. Unverändert. Ich schreib jetzt hier für sie ein Wort auf, ich sprech es nicht laut aus, weil wir beide geschworen haben, dass wir es niemals jemand ausplaudern würden. Zeig es ihr!«

Er kritzelte das Wort Concord auf einen Zettel und reichte ihn mir.

»Was bedeutet das, Concord?«

»Frag sie.« Er wartete ab, bis ich den Zettel in die Hosentasche gesteckt hatte. »Hast du jemals Fotos von einem Tornado gesehen? Er fängt klein an, nur ein leichter Luftzug. Dann saugt er alles auf, was ihm in den Weg kommt, bis er eine Wolkensäule ist, die sich nur noch um sich selbst dreht. In seinem Kopf ist ein solcher Tornado aus Stimmen. Ein Sturm verlorener Seelen tost in ihm. Ich kann ihren Widerhall in meinem eigenen Kopf hören. Ein stummer Buckliger dachte, er könne diese Seelen retten, indem er sie mit der Seele eines Jungen vermischte, der zum Priester bestimmt war. Aber Thomas konnte ihnen keine Absolution verschaffen. Er versuchte, sich selbst von allen Menschen zurückzuziehen und hier unbemerkt zu sterben, aber die verlorenen Seelen wussten, dass er in Versuchung geführt werden konnte. Doch diesmal haben sie ihr Opfer schlecht gewählt. Sag dem Untoten, dass ich mein Leben zurückhaben will. Sag ihm, dass er meiner Vorhölle ein Ende bereiten soll, und zwar hier in diesem Haus, in dem beim Wechsel von Körper zu Körper etwas schiefgelaufen ist. Nur einer von uns beiden hätte danach weiterleben sollen. Sag ihm, dass ich auf ihn warte, damit er mir die Kehle aufschlitzt, wie er das früher bei den Schweinen gemacht hat.«

Sechsunddreißigstes Kapitel

Thomas

Dezember 2006

Früher einmal waren vor den Fenstern in diesem Irrenhaus in New Jersey Stäbe angebracht. Thomas ist sich da ganz sicher, obwohl es natürlich auch sein kann, dass er die Irrenhäuser allmählich durcheinanderbringt. Er war schon in so vielen Anstalten und Obdachlosenheimen, dass sie für ihn inzwischen alle gleich aussehen. Das Fenster hat ein Sicherheitsglas, aber mit einem Hammer könnte man es bestimmt einschlagen und zurück in die Welt flüchten.

Nicht, dass Thomas an Flucht denkt. Um seine Gesundheit steht es schlecht und draußen ist es unter null Grad. Siebzig Jahre lang streunt er nun schon durch Amerika, lässt sich durch das weite Land treiben wie ein Stück Holz im Ozean. Manchmal fragen die Ärzte ihn, in welchen Städten er denn gelebt und welche Berufe er denn ausgeübt hat. In Schlachthäusern habe er gearbeitet, erzählt er ihnen dann. Besonders gut sei er beim Schlachten von Schweinen gewesen. Die Schweine vertrauten ihm. Thomas aber vertraut den Ärzten nicht. Ärzte versuchen immer, ihre Patienten zum Reden zu bringen. Doch Thomas will nicht reden. Er spürt, dass der Tod naht, und er will mit ihm allein gelassen werden, in seinem Stuhl am Fenster, wo er in das Schneetreiben hinausblickt.

Hinter ihm sitzen die anderen Patienten der Station auch auf Stühlen herum, dösen vor sich hin oder starren blicklos ins Leere. Viele haben keine Ahnung, warum sie hier sind. Thomas ist hier, weil seine morschen Knochen nicht noch einen Winter auf der Straße überstehen würden. Er ist zu alt, um es mit den Typen auf Crack aufzunehmen, die gegen die Pappkartons treten, mit denen er sich vor der Kälte zu schützen versucht. Nichts hält den Wind besser ab als Pappkartons, aber nichts weicht auch im Regen so schnell auf. Auf der Straße zu leben war einfacher, als die Leute betrunken waren oder einfach nur durchgeknallt. Damit konnte Thomas umgehen, denn jeder Irre und Verrückte kann beruhigt werden, solange noch etwas Menschliches in seiner Seele geblieben ist. Thomas versteht sich auf Seelen. Er sieht den Schmerz in den Seelen der anderen. Thomas hat sich gut darauf verstanden, sie zu beruhigen, so wie er ein verängstigtes Schwein zu beruhigen wusste. Aber die Typen von heute, die auf Crack, sind anders, weil die Droge ihnen die Seele geraubt hat. Sie würden keine Gewissensbisse empfinden, ihn getötet zu haben, weil sie sich danach nicht mehr daran erinnern würden.

Und darum hatte Thomas vor ein paar Wochen, als ein Polizeiauto vor dem Lagerhaus hielt, in dessen Eingang er zu schlafen versuchte, so getan, als wäre er geisteskrank. Polizisten werden immer nervös, wenn sie befürchten, dass ein alter Obdachloser bei ihnen auf der Wache sterben könnte. Sie müssten dann jede Menge Papiere ausfüllen. Thomas wusste, dass sie ihn in ein Irrenhaus einliefern würden, und in dem Irrenhaus hier gibt es keine Zwangsjacken oder Elektroschockbehandlungen. Ihm kommt es eher wie ein Fünfsternehotel vor, wo einem das Mittagessen zusammen mit ein paar Spritzen serviert wird. Seine Mitpatienten sind überempfindliche, kranke Menschen, die eingebildete Stimmen hören, oder Schwindler wie er, die gelernt haben, wie man eine Geisteskrankheit mitsamt Stimmen vortäuscht, um im Winter besser über die Runden zu kommen. Thomas bleibt lieber für sich, weil er genauso wenig seinen Verstand verloren hat wie die Schwindler – nur mit dem Unterschied, dass er tatsächlich Stimmen hört.

Nichts kann diese Stimmen zum Schweigen bringen. Seit Monaten flüstern sie ihm schon zu: »Bring uns nach Hause.« Im Verlauf seines Lebens hat er vergebens versucht, die Stimmen durch Alkohol oder schwere Arbeit zu betäuben. Er hat sich bemüht, sie durch Psalme und Predigtworte in ekstatischen Gottesdiensten zu übertönen. Aber er hat herausgefunden, dass es am besten ist, einfach nicht auf ihr flehentliches Bitten zu reagieren.

Als eine Stimme seinen Namen ruft, während er am Fenster sitzt, braucht es bei Thomas deshalb eine Weile, bis er begreift, dass sie nicht aus seinem eigenen Innern stammt. Er dreht den Kopf. Zwei Männer stehen hinter ihm. Sie sind keine Patienten, dafür strahlen sie zu viel Autorität aus. Sie können keine Pfleger sein, weil er um diese Zeit nie irgendwelche Medikamente nehmen muss. Sie können keine Besucher sein, weil er nie Besuch erhält. Deshalb müssen sie Ärzte sein und Ärzte bedeuten Ärger. Letzte Woche hat ihn ein Arzt untersucht und ihm gesagt, er habe nur noch sechs Monate zu leben. Der Arzt hat ihm auch von einer Schmerztherapie erzählt, mit der sie ihm die letzten Wochen erleichtern könnten, aber Thomas hat nicht die Absicht, noch so lange in dem Irrenhaus zu bleiben. Wenn es Frühjahr wird, sucht er sich irgendwo einen Platz zum Sterben, unter freiem Himmel, damit er die Sterne sehen kann. Auf Ärzte setzt er nur bei zwei Dingen: Sie sollen ihn zu Beginn des Winters für geisteskrank erklären und ihm im Frühjahr attestieren, dass er wieder bei voller geistiger Gesundheit ist.

»Thomas McCormack?«, fragt der Mann noch einmal.

Thomas beschließt, sich taub zu stellen. Es hat in den letzten Tagen kräftig geschneit. Wenn sie ihn nicht mehr hierbehalten wollen, wird er in der Kälte draußen vor Unterkühlung sterben.

»Sind Sie Thomas McCormack aus Irland?«

Thomas zieht die Schultern nach vorne. Wenn sie ihn nicht in Ruhe lassen, muss er vielleicht einem von ihnen in die Hand beißen. Eine Gummizelle ist nicht gerade ein schöner Ort, um dort Weihnachten zu verbringen, aber dort überlebt man wenigstens, anders als auf einer Parkbank.

»Sind Sie Thomas McCormack aus der Castledawson Avenue in Blackrock, jüngster Sohn der verstorbenen Mrs Margaret McCormack und Bruder der verstorbenen Francis und Peter McCormack?«

Plötzlich diese Namen zu hören kommt so unerwartet, dass Thomas überrascht aufblickt. Er erkennt, dass einer der beiden Männer ein Arzt ist, aber der andere Mann ganz bestimmt nicht, denn er trägt einen teuren Anzug. Für einen normalen Polizisten ist er viel zu gut angezogen. Vielleicht haben sie ja einen Kommissar geschickt, um ihn festzunehmen.

»Sind Frankie und Pete tot?«

Der Mann im Anzug setzt sich neben Thomas und kann seine Aufregung nicht verbergen. »Also sind Sie der Thomas McCormack, nach dem ich suche?«

»Ich habe Sie etwas gefragt«, sagt Thomas.

»Ihre Brüder sind beide vor ein paar Jahren gestorben.«

»Bei ihrem hohen Alter muss das schon vor einiger Zeit gewesen sein«, sagt Thomas. »Sie haben sich Zeit gelassen.«

Der Mann nickt. »Es hat eine ziemliche Weile gedauert, bis ich Sie gefunden habe.«

»Und ich hab mich ziemlich lang versteckt«, antwortet Thomas. »Siebzig Jahre – lebenslang wäre da schon längst abgesessen. Aber ich wusste, dass die Polizei mich irgendwann finden würde. Ich wusste es seit der Nacht, als ich Josephs Leichnam auf den Felsen in der Nähe von Blackrock House zurückließ. Bringen Sie mir einen Stift. Ich werde mein Geständnis gleich unterschreiben. Ja, ich habe einen Mord begangen.«

Die beiden Männer schauten sich an. »Was für einen Mord haben Sie denn begangen?«

Thomas seufzt. »Spielen Sie keine Spiele mit mir, mein Herr, dann spiele ich auch keine Spiele mit Ihnen. Ich habe einem stummen, buckeligen Alten die Kehle durchgeschnitten als Vergeltung für ein Verbrechen, das er an mir begangen hatte. Mit seinem eigenen Messer mit schwarzem Griff. Ist es ein Verbrechen, den eigenen Körper zurückhaben zu wollen? Ich hatte vier Jahre als Krüppel hinter mir, vier Jahre, in denen ich im Schweinekoben neben grunzenden Schweinen schlief und Frondienste für die Nonnen in Sion Hill verrichtete. Ich musste mit ansehen, wie ein Untoter meinen Platz einnahm und als frommer junger Mann ins Priesterseminar eintrat. Ich lockte ihn aus dem Seminar heraus. Ich provozierte ihn so lange, bis er mit dem Messer auf mich losging. Er war schließlich so zornig, dass er ganz vergaß, wem er da die Kehle durchschnitt, nämlich seinem eigenen früheren Ich. Der Schmerz war grässlich, aber ich war auf einmal aus dem Körper des buckeligen Krüppels befreit und steckte wieder in meiner alten Haut. Trotzdem war ich ihn nicht losgeworden: Seine Stimme und die Stimmen der anderen verlorenen Seelen stecken seither wie ein Virus in meinem Blut. Ich hätte in das Priesterseminar zurückkehren können, doch ich wusste, dass ich zu den Verdammten gehörte und deshalb nur schwarze Messen lesen konnte. Ich flüsterte die Sterbegebete in Straßengräben und Obdachlosenasylen. Ich diente Gott auf meine ganz eigene Weise, als verderbter Priester, der durch sein Verschwinden über seine Mutter Unehre brachte. Jetzt wissen Sie, wen ich umgebracht habe, meine Herren. Und nun schaffen Sie mich nach Hause, nach Irland, und wenn ich nicht vorher vom Krebs umgebracht werde, dürfen Sie mich gerne wegen meines Verbrechens hängen.«

Siebenunddreissigstes Kapitel

Joey

November 2009

Am Freitagabend konnte ich lange nicht einschlafen. Als ich dann endlich doch in den Schlaf gefunden hatte, quälten mich merkwürdige Träume, in denen Shane und Thomas zu einer Person verschmolzen. Ich wachte schweißgebadet auf, im festen Glauben, ich sei von einem verzweifelten Schrei um Gnade aufgeweckt worden. Das einzige Geräusch in meinem Zimmer war das Ticken meines Weckers, trotzdem war ich mir sicher, dass ich mir den Aufschrei nicht eingebildet hatte. Allerdings wusste ich nicht, ob er von einem Schwein oder von einem Menschen gekommen war. Ich wurde das Gefühl einer schlimmen Vorahnung nicht los und ertrug es nicht länger, allein in meinem Zimmer zu bleiben. Aber als ich vor der Schlafzimmertür meiner Mutter stand und schon den Türgriff nach unten drücken wollte, kam ich mir viel zu alt vor, um wegen irgendwelcher Albträume zu ihr zu flüchten. Und wie hätte ich ihr das alles erklären sollen? Als sie am nächsten Morgen früh aufstand, um zur Arbeit zu gehen, war sie überrascht, dass ich am Küchentisch saß.

»Ist was nicht in Ordnung?«, fragte sie besorgt. »Du weißt, ich bin immer für dich da, falls du Hilfe brauchst.«

»Alles okay«, log ich. »Ich hab nur schlecht geschlafen.«

Dann hastete sie zu ihrer Frühschicht und ich war allein. Ich räumte etwas auf und überlegte dann, ob ich mich mit Shane treffen sollte. Aber was hätte ich ihm sagen sollen? Besser, ich unterhielt mich erst mal mit Geraldine. Auf meine vielen SMS antwortete sie nicht, erst als ich ihr eine schickte, in der ich sie fragte: *Was hat es mit dem Wort Concord auf sich?* Daraufhin schrieb sie sofort: *Komm um 4 zum Idrone Terrace Park.*

Ich saß dort schon eine Stunde vorher auf einer Bank mit Blick aufs Meer, weil ich mich zu Hause allein einfach nicht wohlfühlte. Mir kam es die ganze Zeit so vor, als würde mich irgendjemand beobachten. Als Geraldine endlich kam, musterte sie mich ernst.

»Alles in Ordnung?«

»Ich bin total durcheinander«, sagte ich.

»Was ist geschehen?« Sie setzte sich neben mich auf die Bank.

»Kennst du das Gefühl, wenn man glaubt, andauernd beobachtet zu werden?«

Geraldine nickte.

»An dem Abend, als das Gedicht bei euch in den Briefkasten geworfen wurde, hab ich jemand vor eurem Haus stehen sehen. Aber es war nicht Shane, es war Thomas.«

Sie schauderte. »Wenn ich an Thomas nur denke, läuft es mir kalt den Rücken hinunter.«

»Ich hab ihm gestern einen Besuch abgestattet. Er behauptet, dass er sich in deiner Nähe rumtreibt, um auf dich aufzupassen. Er behauptet alle möglichen total verrückten Sachen.«

»Was noch alles?«

Geraldine hörte sich schweigend an, was ich daraufhin erzählte. Als ich fertig war, fühlte ich mich wie ein Idiot, dass ich auch nur ein einziges Wort davon ernst genommen hatte.

»Ich habe immer noch Albträume von dem Haus«, sagte Geraldine nach einer Weile. »Ich wünschte, er würde endlich sterben, damit das Haus abgerissen wird. Er ist total krank im Kopf. Aber das Komische ist, dass alles plötzlich irgendwie einen Sinn ergibt, wenn wahr ist, was er behauptet.«

»Aber das kann nicht sein«, sagte ich.

»Nein, natürlich nicht.« Geraldine lachte nervös. »Das wäre ja auch wirklich zu abartig.«

Wir saßen eine Weile schweigend da. Geraldine nahm meine Hand.

»Warum hast du in der SMS nach dem Wort Concord gefragt?«, fragte sie. »Wundert mich, dass sich Shane überhaupt daran erinnert.«

Ich stutzte. »Aber es war nicht Shane. Es war der alte Mann, der mir aufgetragen hat, dich danach zu fragen.«

Geraldine zog ihre Hand zurück. »Lüg mich nicht an, Joey. Fang jetzt nicht auch noch an, mit mir irgendwelche komischen Spielchen zu spielen.«

»Warum sollte ich dich anlügen?« Ich zog den Zettel heraus. »Er hat das Wort noch nicht mal laut ausgesprochen, irgendwas mit einem Schwur, sondern es nur aufgeschrieben.«

Geraldine studierte die Handschrift. »Und es war wirklich der alte Mann?«

»Ja.«

Sie blickte auf. Ihre Augen waren weit aufgerissen und in ihnen war eine große Furcht zu lesen. »Das ist dieselbe Handschrift wie bei dem Gedicht.«

»Und was hat es mit dem Wort auf sich?«

»Concord ist die Marke der alten Armbanduhr meiner Mutter, mein kostbarster Besitz. Im Sommer vor zwei Jahren haben Shane und ich einen Geheimclub gegründet, nur wir zwei. Wir haben uns hoch und heilig geschworen, das Codewort niemals vor einer dritten Person laut auszusprechen.«

»Und wie lautete das Codewort?«

Geraldine erwiderte darauf nichts, aber ich wusste die Antwort auch so. Sie schaute mich noch einmal mit Furcht in den Augen an, dann stand sie auf und rannte davon.

Achtunddreissigstes Kapitel

Thomas

Dezember 2006

In dem Irrenhaus in New Jersey wirft der gut gekleidete Mann einen fragenden Blick zu dem Arzt, der mit den Schultern zuckt.

»Einen Mord zu gestehen ist wirklich eine neue Strategie«, sagt der Arzt. »Das kannte ich bisher nicht. Aber Thomas würde wahrscheinlich alles gestehen, nur um es den Winter über warm zu haben. In jedem Krankenhaus, in dem ich bisher gearbeitet habe, ist er jetzt schon aufgetaucht, und im Frühjahr verschwindet seine Geisteskrankheit immer auf wundersame Weise.« Er lächelt Thomas an. »Du brauchst jetzt nicht auch noch irgendwelche Verbrechen erfinden, Thomas. Niemand schickt dich in die Kälte hinaus. Außerdem ist Mister Weinberg auch kein Polizist.«

Thomas beugt sich vor und mustert den Fremden misstrauisch.

»Ich bin Rechtsanwalt, Mr McCormack. Meine Kanzlei hat eine Niederlassung in Dublin. Nach dem Tod Ihres Bruders war ich in Irland und habe mit dem Testamentsvollstrecker das weitere Vorgehen besprochen. Ich habe mit ihm auch die alte Molkerei besichtigt.«

Thomas richtet sich auf. »Das Haus steht noch? Mit allen Nebengebäuden?«

Der Rechtsanwalt nickt. »Ich bin kein abergläubischer Mensch, Mr McCormack, aber seither haben mich die seltsamsten Albträume verfolgt. Dieses alte Haus hat schon eine ganz besondere Atmosphäre.« Er dreht sich zum Arzt um. »Nach dem Tod der Mutter hörten die beiden älteren Brüder von Mr McCormack auf, miteinander zu reden. Keiner von beiden hat jemals geheiratet. Es durfte niemand das Haus betreten. Pete wohnte im ersten Stock und Frank im Erdgeschoss. Im Ort nannten sie ihn nur noch Shotgun-Frank, weil er sofort das Gewehr herauszog, sobald ein Bauunternehmer oder Immobilienmakler auftauchte, um einen Blick auf das Objekt zu werfen.«

Der Rechtsanwalt wendet sich wieder an Thomas. »Ihr Bruder Pete litt im Alter an Demenz. Er ließ sich einen Pferdeschwanz wachsen und behauptete, Stimmen zu hören. In Blackrock war er ein vertrauter Anblick. Als die Leute ihn ein paar Wochen lang nicht mehr gesehen hatten, erlaubte Frank widerstrebend der Polizei, das Haus zu betreten. Er beschwerte sich darüber, dass Pete zu faul sei, um aufzustehen. Pete lag tot im Bett und das ganze Zimmer war schwarz vor Fliegen. Die Sozialarbeiter konnten für Frank wenig tun. Er schien in seinem hohen Alter nicht mehr ganz bei Verstand zu sein. Wenige Monate nachdem Pete gestorben war, fand man auch ihn tot im Garten. Das Gewehr hatte er auf dem Schoß. Die Leute erzählten sich, er habe wie ein Besessener eine schwarze Katze zu verscheuchen versucht, die immer wieder über die Mauer in den Garten kletterte.« Der Rechtsanwalt klopft Thomas voller Mitgefühl auf die Schulter. »Tut mir leid, dass ich Ihnen so schlechte Nachrichten überbringe, Mr McCormack, aber ich habe auch eine gute Neuigkeit für Sie.«

»Welche denn?«

»Das Grundstück ist als Bauland ein Vermögen wert. Frank

hat Ihnen alles vererbt. Seit drei Jahren steht das Haus nun leer, weil wir Sie bisher nicht auffinden konnten. Aber zum Glück ist uns das ja jetzt gelungen.«

Thomas schaut aus dem Fenster. Siebzig Jahre lang hat er versucht, seine Spuren zu verwischen, aber die Stimmen in seinem Kopf haben ihm immer zugeflüstert, wenn die Zeit gekommen sei, würde er sich nicht mehr verstecken können. Er versteht kaum, was der Rechtsanwalt zu ihm sagt, weil die Stimmen aufgeregt durcheinanderrufen: Es geht nach Hause, es geht nach Hause!

»Meine Frau behauptet, dass ich geradezu davon besessen war, Sie aufzutreiben, Mr McCormack. Ich hab sogar von Ihnen geträumt. Noch nie hatte ich so viel Mühe damit, eine Person zu finden. Ich hatte den Eindruck, Sie wollten immer wieder alle Spuren hinter sich auslöschen.«

Thomas wendet sich ihm zu. »Was wissen Sie alles über mich?«

»Ab und zu gelangten spärliche Nachrichten nach Blackrock. Ihren Brüdern wurde zugetragen, dass Sie der einzige Überlebende waren, als während Ihrer Zeit bei der Marine Ihr Kriegsschiff sank. Achtzehn Tage trieben Sie allein in einem Rettungsboot. Ich habe in Ihrer Militärakte nachgelesen. Als man Sie auffand, waren Sie in einem Zustand der Raserei. Man hat Sie in eine Irrenanstalt gebracht, wo Sie allen erzählten, dass Sie eigentlich Priester seien. Die Ärzte konnten schließlich Ihre Familie ausfindig machen, indem Sie bei allen irischen Priesterseminaren nachfragten, ob dort jemals ein junger Mann mit Ihrem Namen als Kandidat eingeschrieben war. Eines Morgens waren Sie dann plötzlich verschwunden.«

»Sie haben kein Recht, mich so zu verfolgen«, sagt Thomas auf einmal wütend. »Ich bin hier Patient in einer Klinik.«

»Sie waren schon in vielen Nervenkliniken Patient und außerdem mehrmals im Gefängnis. Einer Nonne fiel auf, dass Sie niemals Besuch bekamen. Sie machte sich kundig, trieb Ihre Brüder auf und schrieb ihnen einen Brief, in dem sie sie bat, doch mit Ihnen Kontakt aufzunehmen.«

»Ich hab Nonnen noch nie gemocht«, sagt Thomas. »Können ganz schön scharfe Zungen haben, wenn man für sie arbeitet.«

»Der Brief der Nonne war der Grund dafür, weshalb Ihre Brüder sich zerstritten«, fährt der Rechtsanwalt fort. »Der eine wollte Ihnen schreiben, der andere war der Überzeugung, dass Sie Ihrer Mutter das Herz gebrochen hatten, und wollte mit Ihnen nichts mehr zu tun haben. Die Ärzte sagen, dass Sie zumindest geistig im Vollbesitz ihrer Kräfte sind, Mr McCormack. Sie sind jetzt ein reicher Mann. Wenn Sie das Haus verkaufen, können Sie sich die beste medizinische Versorgung leisten und die Zeit, die Ihnen noch bleibt, in größtem Komfort verbringen.«

»Kann ich nach Hause?«, fragt Thomas.

»Ich kann Ihnen einen Flug buchen. Ich kann Ihnen auch sofort ein Zimmer in der Blackrock Klinik reservieren, die neben Ihrem Haus erbaut worden ist.«

Thomas schließt die Augen. Der Rechtsanwalt fragt sich schon, ob er wohl eingeschlafen ist. Aber Thomas ist in eine Kindheitserinnerung versunken. Er sieht sich wieder als Junge die Rock Road entlangrennen, einem kleinen Flugzeug am Himmel hinterher, von einem Glücksgefühl erfüllt. Das ganze Leben lag damals vor ihm. Er schlägt die Augen auf und blickt den Rechtsanwalt an. »Ich hätte nicht gedacht, dass sie sich jemanden wie Sie aussuchen.«

»Wie meinen Sie das, Mr McCormack?«

»Ich will in keine Klinik. Das Haus und das Grundstück

sollen nach meinem Tod verkauft werden. Nächsten Sommer werde ich nach Hause fliegen, um darin zu wohnen.«

»Ihr Krebs befindet sich bereits in einem sehr fortgeschrittenem Stadium«, sagt der Arzt. »Sie werden dann wahrscheinlich nicht mehr leben.«

»Das können Sie mir glauben, die werden mich nicht sterben lassen, bevor ich nicht in Blackrock bin.«

»Ich muss Sie warnen, Mr McCormack«, sagt der Rechtsanwalt. »Das Haus ist in einem sehr verkommenen Zustand. Es müssen aufwendige Renovierungsarbeiten durchgeführt werden, um es bewohnbar zu machen.«

Thomas blickt zu dem Rechtsanwalt. »Ich will nicht, dass irgendjemand einen Fuß in dieses Haus setzt.«

»Es wird aber kein angenehmer Platz zum Leben sein.«

Thomas lacht auf. »Ich will dort auch nicht leben, Mr Weinberg. Ich habe dort etwas viel Wichtigeres zu tun.«

Neununddreissigstes Kapitel

Joey

November 2009

Nachdem Geraldine so plötzlich davongerannt war, ging ich nicht gleich nach Hause. Ich musste erst über alles nachdenken und den Kopf etwas freier bekommen. Ich machte einen langen Spaziergang bis Booterstown Marsh, kletterte dort über den Zaun und saß lange inmitten der Wildnis des Vogelschutzgebiets. Um mich herum war es still. Nur manchmal sah ich einen Zug vorbeifahren.

Als ich nach Brusna Cottages zurückkam, war es schon nach sieben. Ich sperrte die Haustür auf und wusste sofort, dass etwas nicht stimmte. Normalerweise hatte Mum immer das Radio an, um etwas Gesellschaft zu haben, aber diesmal war es im ganzen Haus ruhig. Dann hörte ich aus dem Wohnzimmer ein leises Schluchzen.

Ich stand im Flur und hatte keine Ahnung, was los war, aber ich befürchtete das Schlimmste. Als ich das Zimmer betrat, saß Mum mit dem Rücken zu mir. Auf dem Teppich lagen drei rote Rosen, ein umgekipptes Glas und eine halb leere Wodkaflasche. Es stank so stark nach Schnaps, dass mir beinahe schlecht wurde. Mum weinte. Ich wusste nicht, wie ich mich verhalten sollte. Schließlich setzte ich mich neben sie und legte ihr zärtlich den Arm um die Schultern. Ich dachte, sie würde sich daraufhin zu mir umdrehen und mich umarmen, aber sie zuckte bei meiner Berührung zusammen und stand rasch auf.

»Warum hast du mir das angetan, Joey?«

»Ich versteh dich nicht, Mum. Was meinst du damit?«

»Findest du das witzig? Willst du mir damit irgendwas beweisen? Oder mich verspotten?«

»Was ist los, Mum?«

Sie sah mich mit einem verstörten Gesichtsausdruck an. »Ich dachte, ich traue meinen Augen nicht, Joey. Als ich reinkam und die drei Rosen gesehen habe, hab ich eine Sekunde lang geglaubt, dein Vater wäre hier gewesen.«

»Hast du getrunken?«

Sie sah mich mit kaltem Blick an. »Ging es dir also darum? Und was wolltest du damit beweisen? Hast du mich unbedingt betrunken sehen wollen? Nach fünfzehn Jahren, in denen ich erfolgreich dagegen angekämpft habe, jemals wieder auch nur ein Gläschen zu trinken? Ich geh so selten abends aus, weil ich es nicht ertrage, wenn um mich herum in den Pubs sich alle mit Bier und Schnaps volllaufen lassen. Nur weil ich keinen Alkohol mehr trinke, heißt das nicht, dass ich keine Alkoholikerin mehr bin. Ich bin einfach nur trocken, mehr nicht. Nach dem Unfall deines Vaters wollte ich mich zuerst zu Tode saufen. Aber das konnte ich dann nicht, weil ich ja dich hatte. Für dich musste ich weiterleben. Ich hab mit dem Trinken erst angefangen, als dein Vater zu unserem ersten Date eine Flasche Wodka mitbrachte. Vorher hatte ich Alkohol noch nie angerührt. Wenn man schüchtern ist, wird das Leben nach ein paar Gläsern leichter. Als wir uns das erste Mal küssten, schmeckten seine Lippen nach Schnaps. Nach seinem Tod erinnerte mich jeder Schluck Wodka an ihn. Ich rede ja nicht viel über ihn, aber eines sag ich dir: Er hat zwar auch seine Kanten gehabt, aber böse oder heimtückisch war er nicht. Er hätte nie getan, was du mir heute angetan hast.«

»Aber ich hab nichts gemacht, Mum.«

Mum hob die Flasche vom Boden auf und ging in die Küche. Sie schüttete den Rest des Wodkas in den Abfluss und schmiss die Flasche in den Abfalleimer. Als ich in die Küche kam, stand sie am Fenster und schaute hinaus.

»Lüg mich nicht an, Joey. Mir kommt es so vor, als würdest du das extra machen, um herauszufinden, wo meine Schwachstelle ist. Spiel keine Spielchen mit mir. Hast du jetzt herausgekriegt, was du wissen wolltest, oder warten noch mehr solcher Tests auf mich? Wenn du gewollt hast, dass ich zusammenbreche und nur noch heule, hat das ja prima geklappt. Denn als ich reingekommen bin und auf einmal Dessies Stimme gehört habe, ist genau das passiert.«

»Aber wie hast du seine Stimme hören können, Mum? Wovon redest du?«

»Jetzt tu nicht so. Ich bin müde von der Arbeit gekommen, und als ich die Tür aufsperre, dröhnt mir aus dem Wohnzimmer in voller Lautstärke das Demotape deines Vaters entgegen. Du hast die Anlage voll aufgedreht, obwohl ich dich extra gebeten hatte, die Lieder nur allein in deinem Zimmer anzuhören. Und dann hast du eine Flasche Wodka aufgemacht und schon mal das erste Glas vollgeschenkt. Warum du dann auch noch die halbe Flasche auf den Teppich ausgeschüttet hast, weiß ich nicht. Wahrscheinlich damit es so richtig nach Säuferbude stinkt. Und als wär das noch nicht genug, hast du dann auch noch drei Rosen auf den Boden gestreut, wie Dessie es mir im ersten Lied auf dem Demotape verspricht – dem ersten Lied, das er für mich geschrieben hat.«

»Du weißt, dass ich so was nie tun würde, Mum.«

»Ja, tatsächlich? Ich hab auch gedacht, ich würde deinen Vater kennen, aber da gab es ein paar Sachen, die hab ich erst rausgefunden, nachdem wir geheiratet hatten. Diese Lieder haben das in mir alles wieder aufgewühlt, Joey. Ich hab die Musik gleich ausgemacht, aber danach hab ich eine Stunde lang dagesessen, nur geheult und mich danach gesehnt, ein paar Gläser hinunterzukippen.«

»Und hast du es gemacht, Mum?«

»Als ich vor fünfzehn Jahren alles weggeschmissen habe, was mich an deinen Feigling von Vater erinnert hat, habe ich mir geschworen, dass ich nie mehr einen Tropfen Alkohol trinken würde. Daran hab ich mich gehalten. Ich bin nämlich besser darin, Versprechen zu halten, als Dessie es war.«

»Bitte nenn Dad keinen Feigling«, sagte ich. »Ich hab von dir bis jetzt noch nie ein schlechtes Wort über ihn gehört.«

»Vielleicht ist es dann höchste Zeit, dir auch mal die Wahrheit zu sagen: Er war ein viel zu großer Feigling, um jemals ein Album herauszubringen. Er sagte immer, dass er noch nach dem perfekten Sound suche, der ihn unsterblich machen würde. Aber eigentlich hatte er nur Angst vor dem Misserfolg.«

Sie drehte sich zu mir. Ich konnte sehen, wie verletzt und durcheinander sie war.

»Ich schwör dir, Mum, ich hab mir das Demotape von Bongo Drums nicht geholt.«

»Willst du damit sagen, dass es von allein hier hereinspaziert ist und unterwegs schnell noch eine Flasche Wodka gekauft hat? Dass es mit seinem eigenen Schlüssel die Tür aufgesperrt und dann genau zu dem Zeitpunkt zu spielen angefangen hat, als ich nach Hause kam?«

Plötzlich dämmerte mir, wer das alles hier veranstaltet hatte. Aber es war keine Spur von einem Einbruch zu sehen. Doch dann erinnerte ich mich an den Abend, an dem ich meine Schultasche bei Shane gelassen hatte, nachdem wir miteinander Geschichte gelernt hatten. Er hat den Schlüssel darin nachmachen lassen, bevor er mir die Schultasche am nächsten Tag auf meinen Platz legte, so musste es gewesen sein.

»Ich war es nicht.«

»Und wer sollte sonst so was machen?«

Jemand, der mit aller Macht versuchte, einen Keil zwischen mich und meine Mutter zu treiben. Wie hatte Shane selbst gesagt? »Freunde dich nie mit einem einsamen Menschen an, Joey.« Trotz seiner umgänglichen Art war Shane ein einsamer Mensch und Einzelgänger. Die Leute in unserer Klasse glaubten, ihn zu kennen. Aber sie sahen nur die Maske, die er aufgesetzt hatte, um seine Einsamkeit zu verbergen.

»Shane hat das gemacht.«

»Aber warum?«

»Weil er eifersüchtig ist, dass ich von jemandem geliebt werde.«

»Warum sollte ich dir glauben?«

»Weil ich dein Sohn bin.«

»Ich hab einmal einem Mann geglaubt, weil er mein Mann war. Aber er hat mich belogen und betrogen.«

»Hör auf, solche Sachen zu sagen, Mum.« Ihre Worte machten mit allen meinen Kindermärchen über meinen Vater Schluss. »Das klingt so, als hättest du ihn gehasst.«

»Ich hab ihn geliebt. Deshalb tut es ja immer noch weh«, sagte Mum. »Und deshalb hab ich dir ja bisher auch noch nie davon erzählt. Es machte mir nichts aus, dass wir fast nie genug Geld hatten. Ich bin auch gern arbeiten gegangen, um für uns beide was zu verdienen, damit er genug Freiraum für seine Musik hatte und sich ganz seinem Ziel widmen konnte, ein Genie zu sein. Ich hab erst dann mit dem Trinken angefangen, als ich rausgefunden habe, dass er mich mit jeder hübschen jungen Blondine, die ihn bei einem Konzert anhimmelte, betrogen hat. Wenn dein Dad weitergelebt hätte, Joey, hätten wir uns getrennt. Du hättest ihn nur sonntags gesehen, wenn er dich in den Zoo oder zu McDonald's mitgenommen hätte.«

»Falls er dann überhaupt aufgetaucht wäre«, sagte ich. Die Verehrung, die ich meinem toten Vater immer entgegengebracht hatte, verwandelte sich in Bitterkeit.

»Natürlich wäre er immer gekommen. Für dich hätte er alles getan, Joey. Von der ersten Minute an gab es zwischen euch beiden ein besonderes Band. So stark, dass ich sogar eifersüchtig war. Er hat mich zwar betrogen, aber er wäre barfuß durch die Hölle gegangen, wenn du dringend seine Hilfe gebraucht hättest.«

»Bitte sag, dass du nicht glaubst, dass ich das mit dem Demotape und dem Wodka und den drei Rosen gemacht habe.«

»Ich weiß nicht, Joey, keine Ahnung.«

»Ich schwör dir, dass ich dich nie anlügen würde. Ich bin nicht wie Dad.«

Die Worte fühlten sich in meinem Mund wie ein Verrat an. War es das, was Shane wollte? Nicht nur einen Keil zwischen mich und Mum treiben, sondern auch das Bild zerstören, das ich bisher von meinem Vater hatte?

»Ich glaub dir«, sagte sie und schien zu spüren, wie schwer es mir gefallen war, das zu sagen. »Aber warum sollte dein Freund so etwas tun?«

»Das werde ich jetzt gleich herausfinden.«

Mum versuchte, ihre Arme um mich schlingen, aber ich war so wütend, dass ich mich von ihr jetzt nicht zurückhalten ließ. Mein einziger Gedanke war, dass ich jetzt ganz schnell Shane finden musste. Mum rief mir noch etwas nach und bat mich umzukehren. Aber ich hörte nicht auf sie. Ich rannte los. Als ich auf der Main Street war, tat jeder gut daran, sich mir besser nicht in den Weg zu stellen, so zornig war ich.

Vierzigstes Kapitel

Joey

November 2009

Um halb neun war ich an dem Haus an der Pine Lawn, in dem Shane zur Untermiete wohnte. Ich klopfte so heftig an der Tür, dass Mrs Higgins sofort öffnete. Erschrocken sah sie mich an.

»Wo ist er?«

Shanes Tür ging auf. Aus der Haltung, mit der er im Türrahmen stand, war mir gleich klar, dass er mich erwartet hatte. Mrs Higgins blickte zwischen uns beiden hin und her.

»Aber dass ihr mir hier keinen Streit anfangt, Jungs«, sagte sie.

»Warum sollten wir Streit anfangen, Mrs Higgins?«, fragte Shane.

»Ihr schaut einfach so aus, als ob …«

»Ich habe Joey versprochen, ihm bei der Geschichtshausaufgabe zu helfen. Komm rein, Joey«, erwiderte Shane. »Wir werden Sie auch nicht weiter stören, Mrs Higgins.«

Ich ging in sein Zimmer. Er machte die Tür zu. Wir lauschten beide den Schritten, die sich durch den Gang entfernten. Kaum hatte ich gehört, dass Mrs Higgins die Küchentür hinter sich zugezogen hatte, packte ich Shane und stieß ihn gegen die Tür.

»Ich könnte dich umbringen! Was fällt dir ein, meiner Mutter das anzutun!«

»Jetzt beruhige dich mal, Joey.« Shane wirkte eher belustigt. Bedroht schien er sich durch mich jedenfalls nicht zu fühlen. »Dass du jemand umbringst, kann ich mir wirklich nicht vorstellen. Setz dich hin und erzähl mir, was los ist.«

»Was los ist? Erklär mir mal, warum du meiner Mutter das angetan hast!«

»Was denn?«

»Du bist in unser Haus eingebrochen.«

»Du in meines auch.«

Ich ließ ihn los und machte einen Schritt zurück. »Was?«

»Letzte Nacht. Ich hab dir gesagt, dass du dich um den alten Mann nicht kümmern sollst. Aber du bist schwach, genauso wie dein Vater. Ihr lasst euch so leicht in Versuchung führen. Neugierde wird bei euch immer über Klugheit siegen.«

Ich packte ihn wieder. »Erwähn noch einmal meinen Vater und ich mach Hackfleisch aus dir.«

Shane fasste mich an den Handgelenken und schob meine Hände beiseite. Dazu flüsterte er Laute, als ob er ein verschrecktes Tier beruhigen wollte. »Hast du geglaubt, ich krieg nicht mit, dass du gestern Abend in dem Haus warst?«

»Du bist nicht normal«, sagte ich. »Du weißt viel zu viel über alle möglichen Dinge, von denen du gar nichts wissen kannst. Ich hab dir nie erzählt, dass Mum früher getrunken hat.«

»Musstest du auch nicht.« Er ließ meine Handgelenke los. »Man braucht sich die Texte deines Vaters bloß genau anzuhören, dann erfährt man alles über deine Eltern und ihre gemeinsame Geschichte. Ein Minnesang, der durch die Ankunft eines Babys beendet wurde. Drei rote Rosen, drei rote Rosen. Soll ich dir was sagen, Joey? Ich glaub, dass du ein unerwünschter Zwischenfall warst. Danach war Schluss mit den Rosen. Vielleicht hat sein Tod ja was Gutes gehabt. Da wurde aus deiner Mutter wenigstens keine betrunkene Schlampe, die eine Enttäuschung nach der anderen erleben musste.«

Ich schlug Shane so heftig ins Gesicht, dass er aus der Nase blutete. Sein Hinterkopf knallte gegen die Tür. Ich dachte, jetzt würde er es mir aber zurückgeben, doch er verzog kaum das Gesicht und ließ sich dann in den Sessel fallen.

»Was für Geschichten hat dir der alte Mann denn gestern Abend erzählt?«

»Er ist krank im Kopf«, sagte ich. »Er hat die fixe Idee, eigentlich ein Junge in meinem Alter zu sein, dem sein Körper geraubt wurde.«

»Klingt wirklich krank. Ich meine, wer würde ihm denn schon eine solche Geschichte abnehmen?« Shane lachte, aber ich merkte, dass er meine Reaktion sehr ernst beobachtete. »Du etwa?«

»Na, ich weiß nicht.«

»Aber natürlich wäre es der echt krasseste Diebstahl, den es gibt: einen anderen der eigenen Identität zu berauben. Für das, was von solchen Leuten blieb, gab es früher einen Namen. Man nannte sie Untote. Ist alles purer Aberglaube. Aber stell dir einmal vor, wie das wäre: Leute sterben zwar, aber sie verschwinden nicht. Wenn du die Straße langgehst, bewegst du dich durch Wolken umherirrender Geister, aber du bist zu sehr mit dir selbst und deinen banalen Problemen beschäftigt, um ihr Flehen zu hören. Und wenn es nun so wäre, dass es immer wenigstens einen Menschen geben muss, der ihr Geflüster hören kann und sie dadurch lebendig hält?«

»Du klingst wie Thomas.«

Shane ging zum Waschbecken. Er machte ein Handtuch nass und wischte sich das Blut aus dem Gesicht. »Vielleicht bin ich ihm ja auch ähnlich. Jedes Mal, wenn ich in diesen Spiegel schaue, sehe ich sein Gesicht und eine unendliche Reihe anderer Gesichter. Hast du mal gedacht, dass er vielleicht auch recht haben könnte?«

»Du redest genauso seltsam wie er.« Meine Wut hatte sich in Unwohlsein verwandelt. Ich setzte mich auf die Bettkante.

»Und ich bin genauso einsam. Ich beneide dich darum, dass du eine Mutter hast, die dich liebt, Joey. Ich beneide dich darum, dass du eines Tages sterben wirst.«

»Wir müssen alle sterben.«

»Müssen wir das?« Shane drehte sich vom Spiegel weg und setzte sich neben mich aufs Bett. »Hast du eine Ahnung, wie alt ich bin, Joey? Und wie einsam man sich fühlt, wenn man sich nie jemandem anvertrauen kann? Weil man nichts mit jemandem teilen kann?«

Ich hörte, wie die Haustür aufging und die drei Studentinnen, die im ersten Stock Zimmer gemietet hatten, nur einen halben Meter von mir entfernt auf der anderen Seite von Shanes verschlossener Tür vorbeigingen. Ich hätte am liebsten um Hilfe gerufen, aber wie hätte ich ihnen verständlich machen sollen, wovor ich eigentlich Angst hatte? Ich fühlte mich, als würde sich ein Netz immer dichter um mich schließen.

»Was willst du von mir?«

»Ich will wissen, wie es sich anfühlt, normal zu sein«, antwortete Shane. »Wie es sich anfühlt, Dinge das erste Mal zu erleben. Ich will an deiner Seite sein, wenn dein Leben allmählich Gestalt annimmt. Ich will, dass du für mich Geraldine küsst, weil Geraldine mich nie küssen wird. Und selbst wenn sie es täte, könnte ich ihre Lippen nicht wirklich spüren, weil meine vom Alter trocken und rissig sind. Ich kann nichts mehr fühlen und schmecken. Ich brauche, was du hast.«

»Und was hab ich?«

»Unschuld. Das Leben liegt noch vor dir, mit all seinen Glücksverheißungen, für dich fühlt sich alles noch aufregend an, und das möchte ich durch dich auch wieder spüren. Ich will, dass du das alles mit mir teilst. Für mich ist das Leben schal geworden, weil ich das alles schon geschmeckt und erfahren habe. Ich will nicht ein weiteres Leben in Einsamkeit verbringen. Sei mein Freund, Joey. Wir können zusammen die Welt bereisen. Ich hab genug Geld und Geschäftssinn, um dich berühmt zu machen. Denn das hast du bei deiner musikalischen Begabung verdient – zu erreichen, was deinem Vater verwehrt blieb, nämlich Unsterblichkeit. Ich habe bereits Dutzende von Leben hinter mir, und doch fühlt es sich so an, als hätte ich noch nie wirklich gelebt. Aber diesmal werden du und ich jede Erfahrung teilen und durch dich wird das für mich alles erst wirklich werden.«

»Du bist krank im Kopf«, sagte ich. »Genauso krank wie Thomas.«

Shane blickte zur Tür. »Und du wirst auch krank werden, wenn du auf mein Angebot nicht eingehst und einfach zur Tür hinausspazierst. Krank vor Neugierde. Ich biete dir Ruhm und Ehre an, Joey. Ich kann dich berühmt machen. Erzähl mir nicht, dass dich das nicht reizt. Der Versuchung nachzugeben liegt dir ja im Blut. Hast du deine Mutter gestern nicht betrunken auf dem Sofa gefunden?«

»Sie hat den Wodka in die Spüle gekippt.«

»Ein Grund mehr, nicht länger bei ihr zu bleiben – ihr seid einfach zu verschieden. Du gleichst viel stärker deinem Vater. Sobald dein Vater in Versuchung geführt wurde, musste er es haben. Wird Zeit, dass du auf den Geschmack kommst, Joey. Lass mich für deine Berühmtheit sorgen. Hey, das wird für uns beide eine Riesenparty werden, noch besser als alles, was ich damals im Hellfire Club erlebt habe. Wenn du jetzt zur Tür hinausgehst, wirst du den besten Freund verlieren, den du je hattest.«

Ich stand auf, um zu gehen. »Wer auch immer du bist, mein Freund jedenfalls nicht.«

»Ein guter Freund würde alles für dich tun. Hier zum Beispiel.« Shane langte unter sein Bett und zog eine Tonbandspule hervor. »Bongo Drums hat einen riesigen Speicher. Weißt du, wie viele alte Schachteln ich aufmachen musste, bis ich das Demotape gefunden hatte? Und dann musste ich auch noch das Haus durchwühlen und ein paar andere wertvolle Dinge mitgehen lassen, wenn nämlich nur das eine Band gefehlt hätte, wäre der Verdacht sofort auf dich gefallen. Als er auch noch unerwartet früh nach Hause kam, war ich leider gezwungen eine Maske aufzusetzen und ihm einen kräftigen Haken zu verpassen – alles nur für dich.«

»Ich habe nichts damit zu tun.«

»Hast du dir die Kopie von dem Tape angehört?«

»Nein.«

»Dann hör dir das jetzt mal an. Ich muss jeden Tag Dutzende von toten Stimmen in mir ertragen. Da kannst du jetzt schon auch mal den Mut haben, dir die Stimme deines Vaters anzuhören.«

»Fahr doch zur Hölle!«, stieß ich hervor. Trotzdem blieb ich wie gebannt sitzen, als Shane das Band in ein altes Tonbandgerät einlegte.

»Ich bin schon in der Hölle«, antwortete Shane ruhig. »Blackrock ist meine Hölle. Ich kann diesem Ort nicht entkommen, selbst wenn ich um die ganze Welt reise. Ich war ein stummer Schweineschlachter, ein Mörder, ein Lüstling, ein Kapitän, ein Mönch, ein Stallbursche. Ich habe in einem Weizenfeld einmal eine junge Frau verführt, die mit Nachnamen Fleming hieß, und mehrere Jahrhunderte später ihre Urururenkelin beim Einbruch in meinen Unterschlupf ertappt, ein rehäugiges, verängstigtes Mädchen.«

Ein leises Klicken zeigte an, dass das Band zurückgespult war. Shane wollte schon auf die Taste drücken, um es abspielen zu lassen, da hielt er noch einmal inne.

»Du wirkst so zornig, Joey, und auch ängstlich. Ich wünschte, ich könnte diese Gefühle verspüren. Ich gäbe zwanzig Jahre meines Lebens, um einen einzigen Tag lang du zu sein. Aber das ist leicht gesagt, wenn ich sowieso nicht sterben muss. Ich besitze Unsterblichkeit. Genau was dein Vater immer wollte.«

Ich brauchte dringend frische Luft. Ich wollte nur noch weg aus Shanes Zimmer und schaffte es sogar, die Tür zu öffnen und ein paar Schritte in den Hausflur von Mrs Higgins zu tun. Doch weiter kam ich nicht, weil mich die Stimme, die jetzt vom Tonbandgerät zu hören war, wieder zurücklockte. Eine Stimme, die zugleich fremd und vertraut klang. Sie befahl Ben Quinn und den anderen Musikern, noch mal von vorn anzufangen. Dann begann mein Vater zu singen. Ein zärtliches und trauriges Lied, das atemberaubend schön war. Shane saß neben dem Tonbandgerät und hörte konzentriert zu.

»Ich hör dich in ihm«, sagte er. »Du bist in jeder Hinsicht sein Sohn.«

»Wenigstens weiß ich, wer ich bin.«

Shane nickte. »Und du bist gut, während ich weder gut noch böse bin. Aber ich habe gelernt, wie man vorausdenkt und plant und etwas fixer ist als die anderen. Musiker wie du scheitern immer an ihrer mangelnden Menschenkenntnis. Sie sind so mit ihren Songs beschäftigt, dass sie sich ums Geschäftliche nicht richtig kümmern. Bei deinem Talent hast du es verdient, in großen Hallen aufzutreten und nicht in schäbigen Hotellobbys den Alleinunterhalter zu spielen. Aber wenn du mich zu deinem Manager machst, wirst du so berühmt werden, wie du dir das nie erträumen könntest. Du musst dafür noch nicht mal deine Seele verkaufen. Es reicht, wenn du mein Freund wirst.«

»Fahr zur Hölle«, sagte ich noch einmal, diesmal schon schwächer.

»Es gibt einen schlimmeren Ort als die Hölle, Joey, nämlich die Vorhölle. Dort befindet sich dein Vater. Hör dir doch seine Texte an. Du kannst ihn berühmt machen: Diese Lieder sind dein Erbe. Ich kann dir bei jedem Label einen Plattenvertrag besorgen, egal bei welchem, und noch dazu Drogen, Frauen, alles. Ich kann die Leute dazu bringen, alles zu tun, was ich will, ohne dass sie es merken. Ich bin der heimliche Strippenzieher. Du brauchst nur mein Leben mit mir zu teilen und mich deines mit dir teilen zu lassen. Ich habe deinen Vater von den Toten auferstehen lassen. Er steht jetzt hinter dir und wünschte, er hätte sein eigenes Talent nicht so vergeudet. Gib ihm diese zweite Chance. Denk an die Songs, die du schreiben wirst. Er wird dir Texte, die du nicht hören kannst, ins Ohr flüstern und ich werde sie dir laut sagen.«

Ich hörte nur halb zu, was er sagte, weil ich mich kurz umgedreht hatte, um auf den leeren Fleck zu starren, wo angeblich mein Vater stand. Ich spürte eine riesengroße Wut in mir aufsteigen.

»Lass mich mein Leben allein führen.«

»Joey, ich kenne jeden Gedanken, den du denkst. Ich hab solche wie dich schon so oft gesehen.«

»Stell das Tonbandgerät aus.«

»Zu spät, Joey. Du hast seine Stimme gehört. Sie wird dir nicht mehr aus dem Kopf gehen, genauso wie ich nicht mehr von deiner Seite weichen werde.«

Shane hörte auf zu reden. Er starrte plötzlich erschrocken hinter sich, als hätte er bisher nur Lügengeschichten erzählt und auf einmal stünde da wirklich wer. Ich spürte, wie es im Zimmer eiskalt wurde. Ich konnte nichts sehen, aber ich hörte in meinem Kopf eine Stimme – dieselbe Stimme, die ich auch damals in der Nacht auf Bull Island gehört hatte. Sie flüsterte nur zwei Wörter: »Renn weg.«

Einundvierzigstes Kapitel

Joey

November 2009

Als ich auf die Straße hinausgerannt war, wusste ich nicht, wohin. Mum konnte ich von der ganzen Sache nichts er-zählen, weil sie nur geglaubt hätte, ich sei jetzt vollkommen wirr im Kopf. Aus einem Haus am Ende der Pine Lawn war Musik zu hören. Durchs Fenster konnte ich sehen, wie sich dort ein paar Mädchen in Minikleidern fürs Ausgehen fertig machten, wahrscheinlich wollten sie in die Wes Disco in Donnybrook. Sie quasselten und kicherten ununterbrochen. In der Einfahrt standen ein paar Jungs herum und spielten mit einem Rugbyball, während sie auf die Mädchen warteten. Aus dem Park, der sich hinter der Siedlung von Newtownpark House bis zu den Häusern von Mount Albany erstreckte, tauchten zwei weitere Jungs auf. Einer ließ aus seiner Jacke kurz eine Flasche Wodka hervorblitzen, was bei den Rugbyspielern anerkennendes Gelächter hervorrief, weil es ihm gelungen war, sie sich zu besorgen. Sein Kumpel trug rechts und links zwei Sixpacks mit Bier. Sie kamen direkt auf mich zu, aber ich hatte keine Lust, ihnen auszuweichen. Sie auch nicht. Doch schließlich machten sie zwischen sich einen schmalen Spalt frei, durch den ich mich zwängen konnte.

»Pass bloß auf dich auf, Kumpel«, murmelte der Junge mit der Wodkaflasche im Vorbeigehen.

Ich drehte mich um. »Warum? Was soll das?«

Sechzehn Jahre lang war ich wie Knetmasse gewesen, bereit, mich von jedem formen zu lassen und mich immer anzupassen. Nie hatte ich von mir aus mit irgendjemand Streit angefangen, aber jetzt tobte es in mir. Ich hatte die Nase voll von Shanes seltsamen Spielchen und ich war so wütend, dass er Mum einen so üblen Streich gespielt hatte, dass mir eine richtige Schlägerei gerade recht kam, egal mit wem. Wenn es sein musste, würde ich es auch mit allen Jungs gleichzeitig aufnehmen, dachte ich, selbst wenn sie mich zu Brei schlugen. Ich wollte eine Rauferei, denn mich verprügeln zu lassen, war mir immer noch lieber, als zu versuchen, den Wirrwarr an Gedanken in meinem Kopf zu sortieren. Ich griff blitzschnell in die Jacke des Jungen und zog die Flasche Wodka heraus.

»Fick dich doch ins Knie!«, rief ich, drehte mich um und ging weiter. Nach ein paar Schritten war ich im Park und machte mich schon darauf gefasst, dass sie bei den alten Bäumen über mich herfallen würden. Aber etwas schien sie zögern zu lassen, als hätte sie mein Mut beeindruckt. Dann hörte ich zwischen ihren verärgerten Rufen eine vertraute Stimme und wusste, dass Shane zu ihnen gestoßen war und sie in dem sanften Tonfall, den er so oft benutzte, beruhigte. Ich wusste auch, dass er ihnen Geld geben würde, um sich eine neue Flasche zu kaufen, und dann würde er mir in den Park folgen, weil er es in seiner Einsamkeit nicht ertrug, mich gehen zu lassen. In seinem Zimmer hatte ich ihm seine Lügenmärchen beinahe geglaubt, aber jetzt in der kalten Novemberluft, während ich an den leeren Tennisplätzen vorbeiging, war mir klar, dass Thomas und er einfach nur krank im Kopf waren und sich die merkwürdigsten Dinge zusammenfantasierten. Aber dass ich den Geist meines Vaters in Shanes Zimmer hinter mir gespürt hatte, löschte auch die kalte Nachtluft nicht aus.

Ich schraubte die Flasche auf und nahm einen ersten Schluck. Am liebsten hätte ich den Wodka gleich wieder ausgespuckt. In meiner Kehle brannte es und einen Moment lang konnte ich nichts sehen. Aber dann nahm ich einen zweiten Schluck und einen dritten, noch größeren, während ich über den Rasen auf die Häuser von Mount Albany zuging. Ich drehte mich nicht um, aber ich wusste, dass Shane mir folgte. Ich war zornig auf ihn und alles, was mit ihm zu tun hatte. Gleichzeitig fühlte ich mich von dem Wodka seltsam beschwingt, wenn mir auch etwas schwindlig war. Ich sagte mir, ich sollte jetzt besser mit dem Trinken aufhören, und gleichzeitig wollte ich die Flasche leeren. Zum Glück tat ich das nicht, aber die Hälfte davon hatte ich runtergestürzt, bevor ich die Flasche in eine Einfahrt schmiss. Das Glas zersplittern zu hören erfüllte mich mit einer seltsamen Befriedigung. Ich schwankte zwar leicht, aber ich fühlte mich voller Energie. Shane würde nicht länger über mein Leben bestimmen. Das würde ich selbst tun. Ich würde ihm zeigen, dass ich alles, was er tat, auch tun konnte. Vor einem Haus parkte ein Auto in zweiter Reihe mit laufendem Motor, ein junger Chinese lieferte Pizza aus. Das Mädchen im Hauseingang verschwand, um ihren Geldbeutel zu holen, und ich blieb neben der offenen Fahrertür stehen. Shane näherte sich.

»Was hast du vor?«, flüsterte er.

»Vielleicht bin ich jetzt zur Abwechslung mal dran und fahre dich ganz stilvoll zu einem echt coolen Konzert.«

»Du kannst doch gar nicht fahren.«

»Na und. Das hier ist ein Automatik. So schwer kann das nicht sein.« Doch als ich auf dem Fahrersitz Platz genommen hatte, merkte ich, dass es wirklich nicht einfach war. Der Pizzamann wartete immer noch auf sein Geld. Shane öffnete die Beifahrertür und zischte mir zu: »Bist du verrückt?«

Vielleicht war ich das ja. Als Shane sah, dass ich die Handbremse löste, sprang er herein. Das Auto machte einen Satz nach vorn. Ich musste heftig auf die Bremse treten, um nicht gegen ein anderes geparktes Auto zu rumpeln.

»Mein Gott, dann lass wenigstens mich ans Steuer«, sagte Shane.

Ich antwortete nicht. Das Auto schoss wieder los. Ich fuhr jetzt in der Mitte der Straße und versuchte, mit dem Lenkrad zurechtzukommen. Hinter uns hörte ich ein Rufen und sah im Rückspiegel den Pizzamann, der uns nachrannte. Das Auto steuerte mal auf die eine, dann auf die andere Seite, immer knapp an den parkenden Wagen vorbeischrammend. Shane schrie, ich solle anhalten. Er versuchte, selbst nach dem Lenkrad zu greifen, und schien zugleich Angst zu haben, dass das Auto dann völlig außer Kontrolle kommen könnte. Dieser Kontrollverlust machte ihm zu schaffen, denn es bedeutete, dass er nicht mehr länger alle Fäden in der Hand hatte. Vom ersten Augenblick an hatte immer ich ihn bestimmen lassen, wo es in unserer Freundschaft langging. Aber diesmal bestimmte ich und er musste mir folgen. Er hatte in meinem Kopf genug Durcheinander angerichtet, jetzt konnte ruhig auch mal seiner ein bisschen durchgeschüttelt werden. Als das Auto dahinschoss, hatte ich das erste Mal das Gefühl von Macht, das erste Mal fühlte ich mich ihm ebenbürtig.

»Auf zur Eagle Tavern«, rief ich, so wie er es immer wieder getan hatte.

Irgendwie brachte ich es fertig, am Ende der Einbahnstraße das Auto zu wenden, obwohl es einmal ausscherte und beinahe gegen eine Mauer geknallt wäre. Schließlich war das Manöver beendet und ich gab wieder richtig Gas, schrammte dabei aber einen geparkten SUV, bei dem der Alarm losging. Dann rasten wir durch die Straße, direkt auf den wütenden Pizzamann zu, der sich uns in den Weg stellte, dann jedoch schnell zur Seite sprang.

»Hast du völlig den Verstand verloren?«, rief Shane, als wir die Newtownpark Avenue erreicht hatten. »So was passt doch gar nicht zu dir.«

»Woher willst du denn wissen, was zu mir passt und was nicht?« Ich bog nach rechts ab, wobei ich beinahe mit Autos aus beiden Richtungen zusammengestoßen wäre. »Vielleicht bin ich ja ganz anders, als du denkst, und habe meinen eigenen Kopf.«

»Dann benutz ihn verdammt noch mal. Halt an, bevor du uns beide umgebracht hast.«

Ich sah Furcht in seinen Augen. »Ich dachte, du kannst nicht sterben«, sagte ich. »Wie kann ein Untoter denn bei einem Autounfall ums Leben kommen?«

»Tu nicht so superschlau«, antwortete er. »Das steht dir nicht.«

»Du bist ein Geschichtenerzähler und Schwindler.«

»Was weißt du denn schon.«

»Thomas und du, ihr seid beide total krank im Kopf.«

Shane packte mich am Arm. »Brems!«

Wir waren an dem Autohändler und der Kirche vorbeigerast und näherten uns den Ampeln an der Kreuzung von Newtownpark Avenue/Stradbrook Road. Ich musste auf die andere Fahrbahn wechseln, weil ich nicht mehr rechtzeitig abbremsen konnte. Die Autos, die uns entgegenkamen, wichen hastig auf den Gehweg aus. Irgendwie schaffte ich es, links abzubiegen, ohne mit einem anderen Auto zusammenzustoßen, und dann rasten wir die Temple Hill entlang.

»Wie war das eigentlich mit deiner Tante in England? Warum ist die denn gestorben?«, fragte ich.

»Sie ist mit ihrem Auto gegen einen Baum gefahren, es war Selbstmord. Wir haben es nicht gut miteinander ausgehalten. Ich hab immer versucht, nett zu ihr zu sein, aber sie hatte Angst vor mir.« Die Fahrer, die uns entgegenkamen, drückten auf die Hupe, weil ich die Spur nicht halten konnte. »Wo fährst du überhaupt hin?«

»Es gibt da ein altes Haus, das ich dir gern zeigen möchte. Früher war dort mal eine Molkerei.«

Shane sah mich entsetzt an. »Thomas! Er benutzt dich!«

»Keiner benutzt mich. Ich will endlich wissen, was da eigentlich gespielt wird.«

»Du kriegst mich nicht dazu, meinen Fuß in dieses Haus zu setzen. Nur über meine Leiche.«

Shane hatte die Beifahrertür aufgerissen. Er schien sich tatsächlich lieber aus dem Auto stürzen zu wollen, mit dem Risiko, dabei ums Leben zu kommen, als sich auch nur noch ein Stück weiter dem Haus in der Castledawson Avenue zu nähern.

»Mach die Tür zu!«, brüllte ich.

Er blickte über die Schulter zurück. »Du glaubst, dass du tust, was du willst, aber der Strippenzieher ist immer ein anderer.«

Er wollte springen und ich trat scharf auf die Bremse. Das Auto kam ins Schleudern. Die rasende Wut in mir war auf einmal verschwunden. Ich wollte nicht sterben, keinesfalls, das spürte ich in diesem Augenblick. Aber es lag nicht mehr in meiner Macht. Ich konnte nichts mehr tun, um einen tödlichen Unfall zu verhindern. Das Auto drehte sich um sich selbst, die Reifen stießen gegen die Bordsteinkante, beinahe hätte es sich überschlagen. Dann fuhr es in eine Bushaltestelle hinein, an der zum Glück niemand wartete. Die Glasscheibe des Wartehäuschens zersplitterte und die Scherben prasselten auf das Autodach.

Zweiundvierzigstes Kapitel

Joey

November 2009

Ich konnte mich nicht bewegen. Aus meinem Körper war alle Energie verschwunden. Es war ein Wunder, dass an der Bushaltestelle niemand gewartet hatte. Sonst hätte ich jetzt jemand getötet. Ich wusste nicht mehr, was in mich gefahren war. Wie hatte ich nur so etwas tun können. Ich stand unter Schock. Es war mir egal, was jetzt mit mir passierte. Ich wäre reglos im Auto sitzen geblieben und hätte gewartet, bis die Polizei kam. Aber Shane war schon ausgestiegen und zerrte auf meiner Seite die Tür auf. Er hievte mich aus dem Auto.

»Hast du sie nicht mehr alle?«, brüllte er. »Du bist total durchgeknallt. Jetzt nichts wie weg von hier.«

Aber ich konnte mich nicht rühren. Dann hörte ich auf einmal die Sirene eines Polizeiautos und mein Selbsterhaltungsinstinkt war geweckt. Ich rappelte mich auf und rannte los, ich rannte und rannte, obwohl aufgebrachte Autofahrer, die angehalten hatten, sich mir in den Weg zu stellen versuchten. Ich rannte immer weiter, bis ich schließlich im St Vincent's Park war. Hinter mir hörte ich Shane. Als wir es bis Temple Hill geschafft hatten und uns keiner mehr verfolgte, machte er einen Satz und schmiss sich von hinten auf mich. Ich stürzte und Shane war mit dem ganzen Gewicht seines Körpers über mir, mit den Knien presste er meine Schultern nach unten und schlug mich ins Gesicht.

»Was war das denn? Du bist wohl völlig verrückt geworden«, rief er. »Ich wollte nur einen Freund, das war alles. Vielleicht erfinde ich ab und zu ein paar Geschichten, aber seit meine Eltern bei dem Brand ums Leben gekommen sind, ist das eben so, ich brauch noch eine Weile, bis ich mit allem zurechtkomme.«

Shane hörte auf, mich zu schlagen, und hockte eine Weile stumm neben mir auf dem Boden, während ich mein Gesicht betastete. Ich hatte Nasenbluten.

»Mir tun die Knöchel weh«, sagte Shane.

»Bestimmt kein Vergleich zu meiner Nase«, sagte ich.

»An unserem ersten Schultag hier hast du dich total in dich verkrochen. Kann schon sein, dass ich ein paar Lügengeschichten aufgetischt habe, aber ich hab dich aus der Reserve gelockt.«

Ich stand auf und wischte mir das Blut aus dem Gesicht. Meine Knie waren schlimm aufgeschürft. Ich schaute auf Shane runter und wollte nur noch weg und ihn nie wiedersehen.

»Ich glaub dir kein Wort mehr«, sagte ich.

Shane blickte hoch. Ich hatte das Gefühl, dass er mich musterte und eine Entscheidung fällte. »Du willst wirklich die Wahrheit wissen?«

»Ja. Dein richtiges Alter wär schon mal ein Anfang.«

Er machte eine Handbewegung, als wäre das die dümmste Frage, die er jemals gehört hatte. »Schau mich an, Joey. Ich bin sechzehn, was sonst? Und ich bin einfach ein Typ, der immer mal gern ein bisschen was aufmischt. Ich hab geahnt, dass Thomas dir irgendwann auflauern würde. Deshalb hab ich mir einen Spaß draus gemacht, dir dieselben Lügengeschichten zu erzählen wie er. Er ist krank im Kopf und glaubt wirklich, er sei ich. Aber ich hab's vielleicht etwas übertrieben, tut mir leid.«

»Und warum hast du dann nicht gewollt, dass ich mit dir zu dem Haus fahre? Warum hat dir das so einen Riesenschrecken eingejagt?«

Shane sah wie ein Häufchen Elend aus, als er da auf dem Boden kauerte. Ich blickte kurz auf, ob schon was von der Polizei zu sehen war. »Mir graut einfach vor dem Haus. Ich finde es dort so unheimlich, ich mag da nicht mehr hin.« Er sah mich an. »Ich bin einfach total einsam, Joey, und wenn man einsam ist, erfindet man schnell mal ein paar Geschichten, um sich interessant zu machen. Okay, lass mich ehrlich sein. Halte dich besser von mir fern, Joey, hörst du? Aber halt dich auch von Thomas fern, verstanden? Lass dich nicht von ihm für seine Ziele einspannen. Er hat es auf Geraldine abgesehen. Das ist echt lächerlich, aber er ist heimlich in sie verknallt. Du darfst nicht zulassen, dass er mit ihr allein ist. Man darf ihn überhaupt mit niemandem allein lassen.«

Ich ließ Shane sitzen, wo er war, und ging weg. Mir war schlecht. Ich fühlte mich einsam und verloren. Ich brauchte unbedingt jemand, der mich umarmte und mir sagte, dass alles wieder gut werden würde. Ich ging weiter und weiter, bis ich schließlich vor Geraldines Haus stand. Bevor ich klingelte, wischte ich mir noch übers Gesicht, damit ich nicht zu blutverschmiert aussah. Geraldines Großmutter machte sofort auf.

»Du musst Joey sein.« Sie musterte mich.

»Ist Geraldine da?«

»Was ist mit dir passiert? Bist du in eine Schlägerei geraten? Wo ist Geraldine?«

»Geraldine?«

»Sie ist kurz vor sieben weg. Ich hab sie noch nie so angespannt erlebt. Sie hat mir nichts gesagt, aber ich hab gespürt, dass sie sich mit einem Jungen treffen wollte. Warst du das? Habt ihr miteinander Schluss gemacht?«

»Aber wir sind gar nicht zusammen«, sagte ich.

»Geraldine erzählt ganz oft von dir, sie scheint dich sehr zu mögen.« Geraldines Oma dachte nach. »Aber wo kann sie denn sein? Sie war so aufgeregt. Jetzt ist sie schon Stunden weg. Denk bitte nach, Joey. Mit wem könnte sie sich denn sonst noch getroffen haben?«

Shanes Worte kamen mir in den Sinn. Er ist heimlich in sie verknallt. Am Nachmittag hatte ich ihr von Thomas' verrückten Fantasien erzählt. Dass er glaubte, der Junge zu sein, in den sie sich vor zwei Jahren verliebt hatte. Shane. Dass er nur auf einmal in einem alten Körper versteckt war. Thomas hatte mich benutzt, um sie in sein Haus zu locken. Aber das konnte ich Geraldines Oma jetzt nicht alles erklären. Deshalb rief ich nur: »Ich hab eine Idee«, und rannte dann in Richtung Castledawson Avenue davon.

Dreiundvierzigstes Kapitel

Joey

November 2009

Als ich das Haus von Thomas McCormack erreicht hatte, kletterte ich hastig über die Mauer. Ich zwängte mich durch das Gewirr an Ranken und Zweigen in dem verwilderten Garten. Mir war egal, ob ich völlig zerkratzt wurde. Ich musste unbedingt schnell in das Haus hinein, vielleicht konnte ich in letzter Sekunde verhindern, dass Geraldine irgendetwas geschah. Aber vielleicht war es auch schon zu spät und diesmal würde ich dort zwei bewusstlose Körper finden.

Die Hintertür zur Küche stand weit offen, als wäre jemand dort vor Kurzem hineingestürmt. Drinnen war es merkwürdig still. Durch die schmutzigen Fenster kam etwas Mondlicht herein und so tastete ich mich bis zur Hintertreppe voran. Schauder liefen durch meinen Körper und ich musste mich zwingen, nicht umzukehren und davonzurennen.

Die vollkommene Stille um mich herum hatte etwas Unnatürliches. Ich misstraute ihr, weil ich zu spüren glaubte, dass es in Wahrheit gar keine Stille war, sondern mich das unhörbare Flüstern zahlreicher Stimmen umgab. Die Geister griffen nach meinen Haaren, sie schrien erzürnt auf und setzten sich gegen mein Eindringen zur Wehr. Ich wandte mich um und spürte, dass sie in einiger Entfernung auch stehen geblieben waren. Sie hielten nicht den Atem an wie ich, weil sie schon seit Langem aufgehört hatten zu atmen. Aber sie beobachteten mich, wollten, dass ich so schnell wie möglich das Haus verließ.

Ich hatte Angst, ohne zu wissen, wovor. Noch vor zwei Monaten hätte ich mich nie getraut, überhaupt so etwas zu tun, einfach in ein altes, leer stehendes Haus eindringen. Damals wäre ich am liebsten für alle unsichtbar gewesen. Shane hatte recht: Die Freundschaft mit ihm hatte mich verwandelt. Ich konnte hier auf der Treppe sozusagen einem Zweikampf zwischen den beiden Joey Kilmichaels in mir beiwohnen. Der eine, der mich am liebsten aus der Küche gezerrt hätte, war der ängstliche Junge von früher, mit dem die anderen leichtes Spiel hatten. Er flehte mich an, so schnell wie möglich zu fliehen. Der andere, der auch Angst hatte, aber wild entschlossen war weiterzugehen, war der junge Mann, der ich werden wollte: weder einer, der wie ein Schatten an Shane klebte, noch eine Kopie meines Vaters, sondern ein unabhängiger Mensch, der seine eigenen Entscheidungen traf. Wenn Geraldine hier in dem Haus war, dann würde ich sie herausholen, dazu war ich fest entschlossen.

Ich kam in die Eigangshalle. Meine Augen gewöhnten sich allmählich an die Dunkelheit. Meine Ohren achteten auf jedes Geräusch. Ich hatte nicht länger das Gefühl, von unsichtbaren Geistern umgeben zu sein, sondern fühlte mich unendlich einsam. Wenn mir hier irgendetwas zustieß, würde man mich wahrscheinlich nie finden. Aber was sollte mir denn schon passieren? Ich war jung und stark. Thomas war ein gebrechlicher alter Mann, den ich leicht überwältigen konnte. Dann hörte ich ein schwaches Geräusch, wie ein Seufzer oder das Tropfen eines Wasserhahns. Aber ich wusste, dass es sich dabei um eine menschliche Stimme handelte. Ich durchquerte die Halle und sah, dass unter einer Tür ein Lichtstreifen war.

Wenn Thomas Geraldine hier in einem Zimmer gefangen hielt, würde ich ihn umbringen. Wenn er ihr auch nur ein Haar gekrümmt hatte, würde ich ihn in Stücke zerreißen. Vorsichtig schob ich die Tür auf. Der alte Mann saß in seinem abgewetzten Sessel und Geraldine kniete vor ihm und streichelte sein Gesicht. Beide hatten Tränen in den Augen. Geraldine wirkte nicht, als würde man sie hier gegen ihren Willen festhalten oder als hätte man sie eingesperrt. Sie wirkten wie zwei Menschen, die sich liebten und nach einer langen Trennung endlich wiedergefunden hatten. Wie ein echtes Liebespaar. Es war ein merkwürdiges Bild. Geraldine wirkte dabei ganz traurig und verloren. Aber Thomas auch. Irgendetwas daran machte mich wütend und ich schlug mit der Faust gegen die Tür. Das Geräusch ließ beide zusammenfahren. Dann blickten sie in meine Richtung.

»Was machst du hier, Joey?« Geraldines Stimme klang fremd und fern, wie in Trance oder als wäre sie plötzlich in einem Albtraum gefangen.

Ich machte einen Schritt auf sie zu. »Komm mit, Geraldine. Lass uns von hier verschwinden.«

Der alte Mann legte seine Hand besitzergreifend auf Geraldines Schulter. »Du hast sie zu mir gebracht, Joey, wie ich das erwartet habe, und ich bedanke mich bei dir dafür. Aber jetzt verlass mein Haus. Das hier geht dich nichts an. Nur mich und Geraldine.«

»Sie haben mich missbraucht, um sie hier in die Falle zu locken. Nehmen Sie Ihre Hand von ihr weg.«

»Geh, Joey«, sagte Geraldine und ihre Stimme klang wie hypnotisiert. »Siehst du nicht, dass ich freiwillig hier bin? Ich könnte dich nie lieben, weil ich schon einen anderen liebe – von dem ich bisher geglaubt habe, ich hätte ihn für immer verloren. Ich hab das alles nicht verstanden, weil ich kein einziges Mal mehr mit Shane allein war. Du hast den echten Shane ja nie gekannt. Deshalb kannst du auch nicht wissen, wie er wirklich ist. Aber ich bin mir jetzt ganz sicher, dass es nicht derjenige ist, der hinter dir in der Tür steht.«

Ich fuhr herum. Hinter mir stand Shane. Er zitterte am ganzen Körper und hatte die Augen weit aufgerissen.

»Was machst du denn auf einmal hier?«, fragte ich.

Der alte Mann versuchte aufzustehen, aber Geraldine drückte ihn sanft in den Sessel zurück. Shane schüttelte traurig den Kopf.

»Ich hab dich gewarnt, Joey. Ich hab dir doch gesagt, dass du Geraldine nicht mit ihm allein lassen sollst. Jetzt siehst du, was du angerichtet hast. Wie eine Spinne webt er jetzt immer dichter und dichter sein Netz um sie herum. Mir graut vor diesem Haus, aber ich bin dir gefolgt, weil ich einfach nicht mit anschauen konnte, wie du allein hier rein bist, und weil ich auch nicht will, dass Geraldine verletzt wird.«

»Shane würde mich nicht verletzen«, sagte Geraldine.

»Ich bin Shane«, sagte der Junge hinter mir in der Tür.

»Bist du nicht.«

Er drängte an mir vorbei ins Zimmer. »Doch, Geraldine. Ich auch. Wir beide. Das musst du mir glauben. Der Shane, den du damals geliebt hast, steckt in mir genauso wie in dem alten Sack da in dem Sessel.«

»Du denkst dir schon wieder neue Lügengeschichten aus«, rief ich. »Noch vor einer halben Stunde hast du mir erzählt, das sei alles erstunken und erlogen, um dich über deine Einsamkeit hinwegzutrösten.«

»Ich hab dir erzählt, was du hören wolltest, Joey, nachdem mir klar geworden war, dass du die Wahrheit niemals verkraften würdest. Ich hätte nie versuchen sollen, dich als Freund zu gewinnen. Aber ich fühlte mich tatsächlich allmählich etwas einsam. Jeder, der schon so oft gelebt hat, würde sich bei dem Gedanken, ein weiteres Leben als Einzelgänger zu verbringen, etwas einsam fühlen. Aber ich habe erkannt, dass du nicht mein Freund sein kannst – kein Sterblicher kann das sein. Deshalb verschwinde schleunigst von hier und nimm Geraldine mit. Ich habe diese Auseinandersetzung zu lange gescheut. Das hier betrifft nur ihn und mich, niemand sonst.«

»Und was verbindet euch?«, fragte ich.

»Was uns verbindet?« Shane lachte auf. »Wir sind Blutsbrüder. Wir haben dasselbe böse Blut in unseren Adern, das bis in die Zeiten zurückreicht, als hier ringsum noch nichts anderes war als ein schwarzer Felsblock, der die Stadtgrenze von Dublin markierte. Bis in die Zeiten zurück, als der erste Lehrling dieser finsteren Kunst herausfand, wie er dem Tod ein Schnippchen schlagen konnte, indem er seine Seele in den Körper eines jungen Opfers schmuggelte, immer wieder und wieder, bis unendlich viele Seelen ineinandergeschachtelt waren, so ähnlich wie die Puppen in einer russischen Babuschka. Ich kann dir nicht sagen, wer ich bin, Joey, weil ich keine Einzelperson bin. Ich bin gleichzeitig sechzehn und sechshundert Jahre alt. Ich bin Träger einer Krankheit, die sich Unsterblichkeit nennt. Der alte Mann da mit seinem ausgemergelten Körper sollte schon längst nicht mehr am Leben sein, aber seit zwei Jahren schon bringe ich es nicht über mich, ihn zu töten. Ich habe einen großen Bogen um dieses Haus gemacht, weil ich nicht noch einen weiteren Mord begehen wollte. Es lastet schon genug auf meinem Gewissen.«

»Gewissen?« Der alte Mann spuckte das Wort angewidert aus. »Wo war denn dein Gewissen, als du meine Mutter und meinen Vater in den Flammen umgebracht hast?«

»Das war bedauerlich, aber leider notwendig. Du wolltest einen Kampf um Leben und Tod und hier bin ich. Wenn wir miteinander fertig sind, wird es keine Verwirrung mehr darüber geben, wer wer ist. Es ist höchste Zeit, dass du in meinen neuen Köper hinüberwechselst und wir eins werden.«

Geraldine stellte sich vor den alten Mann.

»Ich werde nicht zulassen, dass er dich anfasst«, sagte sie.

Der alte Mann erhob sich und schob sie beiseite. Sie stürzte und fiel so unglücklich, dass sie sich dabei den Knöchel verdrehte. Ihr Aufschrei gellte mir in den Ohren, aber ich starrte wie gebannt auf das Messer mit dem schwarzen Griff, das Thomas aus seinem Mantel hervorgezogen hatte. »Ich wusste doch, dass ich nur den richtigen Lockvogel aufbieten musste, dann würdest du schon kommen. Du hattest von Anfang an ein Auge auf sie geworfen. ›Herzlich willkommen bei mir zu Hause, sagte die Spinne zur Fliege.‹ Das waren deine Worte, als Geraldine und ich damals hier eingebrochen sind. Jetzt bin ich die Spinne und du bist die Fliege. Du hast mir meinen Körper gestohlen und jetzt will ich ihn zurück.«

»Es gibt nur einen Weg, um ihn dir zurückzugeben.« Der junge Shane tänzelte vor ihm hin und her, wobei er darauf achtete, dem Messer keinesfalls zu nahe zu kommen. »Das weißt du auch. Weil wir nämlich beide die Gedanken des anderen kennen und dieselben Stimmen hören. Aber ich habe dir etwas gegeben, das du nie hättest haben dürfen: ein längeres Leben. Ich habe dem Flehen der Stimmen nicht nachgegeben, weil dein Großvater und ich einst Freunde waren. Ich habe den Fehler begangen, dich in meinem alten Körper noch weiterleben zu lassen.«

Geraldine verzog vor Schmerzen das Gesicht, als sie aufzustehen versuchte. Aber sie schaffte es nicht, und deshalb bat sie mich, die beiden auseinanderzudrängen. Thomas McCormack schnitt mit dem Messer durch die Luft.

»Das ist kein Leben«, rief er. »Vor zwei Jahren war ich ein vierzehnjähriger Junge. Und jetzt, was bin ich jetzt? Schaut mich an – gefangen im Körper eines Greises.« Er fuhr erneut mit dem Messer durch die Luft, aber man merkte ihm an, dass er nicht mehr viel Kraft besaß. »Warum hast du den Fluch nicht gebrochen und bist hier allein gestorben?«

Shane wich der Klinge geschickt aus. »Und warum musstest du in das Haus einbrechen?«, fragte er. »Ich habe die Haustür verriegelt und das Fenster verhängt. Ich habe nachts nur zwei Kerzen angezündet. Aber eure Neugierde hat euch hierher getrieben und deine Gier nach Geld. Das haben die Geister genau gespürt und sich zunutze gemacht.«

Der alte Thomas McCormack stürzte beinahe, als er wieder mit dem Messer durch die Luft fuhr. Shane fasste ihn am Handgelenk, aber er unternahm keine Anstalten, ihm das Messer zu entwenden.

»Vor siebzig Jahren habe ich mir gewünscht, die Welt kennenzulernen«, sagte Shane. »Die Stimmen erfüllten mir diesen Wunsch tausendfach. Ich kniete neben sterbenden Wanderarbeitern, die vom Dach eines Güterzugs gefallen waren. Ich fischte nach verlorenen Seelen, wie ein Strandläufer nach angeschwemmtem Treibgut sucht. Ich machte mir dabei vor, ich würde ein barmherziges Werk tun, im Namen Gottes. Aber ich rettete diese Seelen nicht, ich sperrte sie in mir ein, wo sie wie Bienen in einem Bienenkorb herumsummen.«

»Dann heb doch deinen Pullover hoch«, sagte der alte Mann. »Ich schneid dir gern das Herz heraus und lasse sie alle frei.«

»Wenn du diesen jungen Körper tötest, dann tötest du uns beide, und du willst ja auch noch nicht sterben. Aber es gibt einen Weg, um dir wieder zu deinem früheren Körper zu verhelfen«, sagte Shane. »Ich weiß, dass du Angst davor hast, weil ich auch Angst davor hatte, damals, als ich als Vierzehnjähriger auf einmal im Körper eines buckeligen Stummen weiterleben musste. Ich habe vier Jahre gebraucht, bis ich den Mut aufbrachte, mich vor diesen Untoten, den Wechselbalg hinzustellen, und mir von ihm die Kehle durchschneiden zu lassen. Die Kehle des alten Körpers, in dem ich gefangen war. Ich erinnere mich noch an den Schmerz, als ich die Klinge spürte, aber danach erfolgte die Befreiung, und als ich die Augen wieder öffnete, befand ich mich wieder in meinem früheren, jungen Körper und der buckelige Stumme war zu einem unter vielen anderen Geistern geworden, die in mir lebten. Lass mich meinem alten Körper die Kehle durchschneiden, Shane. Lass mich dich befreien, damit du wieder deinen eigenen Körper bewohnen kannst.«

»Ich will es zurück, ich will mein altes Leben zurück.« Der Alte machte einen wütenden Sprung nach vorne. Der Junge wich zurück, fing dann wieder an, hin und her zu tänzeln, den Blick aufmerksam auf das Messer gerichtet.

»Dann lass das Messer sinken. Es gibt keinen anderen Weg. Bald werden wir beide nur noch einen Körper bewohnen. Thomas McCormack wird dann nur noch eine Stimme in deinem Kopf sein. Gib mir das Messer.«

»Wer … wer … bist … du?« Geraldines Stimme war kaum hörbar. Der Junge blickte sie an.

»Ich bin Thomas McCormack, ein verhinderter Priester. Ich bin Joseph Nally, ein stummer Buckeliger und Schweinehirt bei den Nonnen. Ich bin Michael Byrne, der Stallbursche, der es durch Glück im Spiel weit gebracht hat, der Erbauer dieses Hauses. Ich bin Henry Dawson, der liederliche Erbe, der Castledawson House verzecht hat. Ich bin noch zahllose weitere

Männer, an die sich keiner mehr erinnert. Ich bin ein Ameisenhaufen durcheinanderirrender Seelen, deren Geheimnisse nur ich kenne.«

Als danach aus dem Jungen die Stimmen zu sprechen anfingen, nutzte der Alte die Gelegenheit, um mit dem Messer einen Satz nach vorn zu machen. Aber er traf nicht. Der Junge wartete ab, bis er wieder auf die Füße gekommen war, trat dann ruhig vor, sodass der andere ihn leicht erreichen konnte, und zog Pullover und Unterhemd aus. Schweißtropfen glänzten auf seiner nackten Brust.

»Wenn du willst, dass wir beide sterben, dann will ich es dir leicht machen«, sagte er ruhig. »Ich werde dir sogar die Klinge führen. Doch denk daran, dass sie auf dein eigenes Herz gerichtet sein wird. Wenn du mich tötest, tötest du auch dich selbst, weil der Körper, in dem du wohnst, zu alt ist, um noch lange durchzuhalten. Er hätte schon vor zwei Jahren sterben sollen. Aber wenn ich dir die Kehle durchschneide, werden wir eins. Wir können die anderen Stimmen in dieser langen Reihe beherrschen, und wenn die Zeit kommt, haben wir die Kraft, diesem Fluch gemeinsam ein Ende zu setzen. Du willst leben, Shane, das weiß ich, denn ich kenne jedes Geheimnis deiner Seele.«

»Was ist mit denen?« Der Alte schielte zu Geraldine und mir. »Wie passen die in deinen Plan?«

»Das hab ich noch nicht entschieden«, antwortete der Junge. »Es war ein Fehler von mir, endlich einmal einen Freund haben zu wollen.«

Der Ältere ließ betrübt das Messer sinken. »Du hast alles genau bedacht. Du bist ein so guter Lügner, dass es kein Problem für dich sein wird, die Polizei davon zu überzeugen, dass du hier eingebrochen bist und uns alle drei tot aufgefunden hast.

Sie werden glauben, dass der geisteskranke Alte das Mädchen umgebracht hat, dann wurde er von Joey überrascht, die beiden kämpften miteinander und versetzten sich gegenseitig tödliche Stichwunden. Du wolltest nicht nur einen Freund, du hättest auch gerne Geraldine als Freundin gehabt. Aber solche Beziehungen sind für die vielen Seelen in dir viel zu gefährlich. Deshalb wirst du den Leichen all derer, die dir bisher bei deinem Weg zur Unsterblichkeit in die Quere kamen, noch zwei weitere hinzufügen. Ich dachte, ich hätte dich heute hierher gelockt, aber in Wirklichkeit hast du das mit uns getan. Kann sogar sein, dass du bis zu diesem Augenblick noch nicht genau gewusst hast, was dein Plan ist, aber jetzt haben die bösen Stimmen in dir die Übermacht gewonnen. Ich weiß, was du vorhast. Du willst uns alle töten.«

Vierundvierzigstes Kapitel

Joey

November 2009

Der alte Mann fasste das Messer an der Klinge und reichte Shane den schwarzen Griff.

»Töte mich zuerst«, flüsterte er. »Dann können wir es zusammen mit den anderen aufnehmen.«

Ich war vor Furcht wie gelähmt, aber Geraldine schaffte es plötzlich, auf die Füße hochzukommen. Als der Junge nach dem Messer greifen wollte, schmiss sie mit der Tasse nach ihm, die auf dem Tisch stand. Instinktiv duckte er sich, und als er das tat, fasste der alte Mann das Messer plötzlich am Griff und rammte es dem Jungen in den Bauch. Shane krümmte sich vor Schmerzen, aber Thomas McCormack erging es nicht anders. Er ließ das Messer fallen und fasste sich an den Bauch, als hätte ihn dort selbst jemand verletzt. Beide sanken auf die Knie, einer das Spiegelbild des anderen.

Geraldine versuchte an ihnen vorbeizuhumpeln, doch der Jüngere packte sie an den Haaren. Ich versetzte ihm einen Kinnhaken, er sank zur Seite und ließ überrascht los. Danach bekam er sie noch einmal an den Beinen zu fassen, aber ich trat gegen seinen Arm, bis er aufgab. Geraldine war frei und wir schafften es bis zur Tür. Weil ihr Knöchel verletzt war, ging das nur in albtraumhafter Langsamkeit. Dann waren wir im dunklen Flur. An meinem Arm humpelte sie langsam zur Treppe.

Hinter uns hörte ich Schritte – schlurfend und langsam, aber unaufhaltsam näher kommend. Als wir die schmale Treppe erreicht hatten, nahm ich Geraldine in meine Arme. Es war stockdunkel. Vorsichtig setzte ich Schritt vor Schritt und wäre auch sicher unten angekommen, hätte mich nicht eine knochige Hand die letzten Stufen hinuntergestoßen. Ich stolperte, fiel nach vorne und hörte, wie Geraldine mit dem Kopf schwer auf den Steinfliesen aufschlug. Eine schwarze Katze sprang aus dem Schatten und huschte davon. Mich durchfuhr ein heftiger Schmerz, ich musste mir wohl die Schulter ausgerenkt haben. Eine Hand griff von oben nach mir. Es war der alte Mann, der behauptete, im Innern Shane O'Driscoll zu sein.

»Vertrau mir«, sagte er. »Der Wechselbalg blutet oben so stark, dass er nicht mehr lange am Leben ist. Was ist mit ihr?«

»Sie ist bewusstlos. Ich glaube, wir sollten sie jetzt besser nicht bewegen.«

»Dann lass sie hier.«

»Ich lass sie nicht allein hier liegen. Außerdem tut mir meine Schulter so weh, dass ich sowieso nicht über die Mauer klettern könnte.«

»Du kommst mit mir.«

Er packte mich mit beiden Händen an der Jacke und zerrte mich mit wilder Entschlossenheit über die Steinfliesen. Ich schrie laut auf, weil die Schmerzen in meiner Schulter unerträglich wurden. Dann schubste er mich durch einen schmalen Gang und ich hatte das Gefühl, dass die Wände mich immer enger umschlossen. Das alles war ein einziger Albtraum, nur dass der Schmerz in meiner Schulter mich wach hielt. Der alte

Mann stieß mich in einen Keller und brach danach zusammen. Ich konnte hören, wie er schwer atmete. Vielleicht waren wir alle gleich tot. Shane, der oben in dem Zimmer verblutete. Geraldine, die sich womöglich das Genick gebrochen hatte. Der alte Mann, der da auf den Steinfliesen lag. Und ich?

»Wagen Sie es nicht, hier vor meinen Augen zu sterben«, flüsterte ich dem Alten zu. »Lassen Sie mich nicht allein.«

Der Alte wühlte in seiner Manteltasche nach einer Streichholzschachtel. Das erste Streichholz ging schnell aus, aber ich erkannte einen niedrigen, gewölbten Keller. Er zündete ein zweites Streichholz an und dann erhellte auf einmal das Flackern einer Kerze den dunklen Raum. Der alte Mann ließ etwas Wachs auf den Boden tropfen und presste das Ende der Kerze hinein. Ich bemerkte, dass eine Fliese in der Mitte des Raums beiseitegeschoben war, und spürte instinktiv, dass dort Wasser war, in dem ich ertrinken konnte. Ich versuchte aufzustehen, aber ich schaffte es gerade mal, ein kleines Stück über den Boden zu kriechen. Schwere Schritte waren zu hören, die den Gang entlang auf uns zukamen.

»Haben Sie das Messer noch?«, flüsterte ich.

Der alte Mann schüttelte den Kopf, als würde es ihn zu viel Kraft kosten zu sprechen. Dann tauchte Shane in der Türöffnung auf, mit Geraldines leblosem Körper in den Armen. Er beugte sich herunter und legte sie sacht auf den Boden.

»Hat einer von euch beiden etwas, worauf ich ihren Kopf betten kann?«, fragte er.

Geraldines Kleidung war von der Wunde des Jungen mit Blut verschmiert. Seine Jeans war mit Blut durchtränkt und ich wusste, dass sich von dem Zimmer oben bis hier herunter eine Blutspur ziehen musste.

»Du musst zu einem Arzt«, flüsterte der alte Mann. »Du hast

schon viel zu viel Blut verloren. Ich spüre auch schon, wie ich immer schwächer werde.«

»Zu spät«, sagte der Junge. »Wir müssen jetzt beide sterben, Shane.«

»Ich will nicht sterben, Thomas.« Die Stimme des alten Mannes wurde immer schwächer. »Ich dachte, es würde mir nichts ausmachen. Aber jetzt habe ich viel zu große Angst davor.«

»Ich habe dem Tod schon Dutzende Male ins Auge geschaut«, sagte der Junge. »Jedes Mal habe ich mir geschworen, mich ihm zu stellen, nicht wieder davor zu fliehen, aber ein Ertrinkender klammert sich an alles, um weiterleben zu können, und sei es auch nur einen Atemzug lang.«

Beide schwiegen und mir wurde bewusst, dass sie mich anschauten. Sie schienen tatsächlich dieselben Gedanken zu denken und sich wortlos zu verstehen.

»Nein«, sagte ich. »Nein, was auch immer ihr vorhabt.«

Beide kamen näher. Ich versuchte hochzukommen, aber der Schmerz in meiner Schulter war zu groß. Dann wollte ich sie mir mit Fußtritten vom Leib halten, aber der Junge musste das geahnt haben, denn er warf sich über meine Beine, um mich auf den Boden zu pressen. Das Gesicht des Alten beugte sich über meines.

»Wünsch dir etwas«, keuchte er. »Wünsch dir, was du willst: als Musiker berühmt zu werden, unsterblich zu sein, egal was. Es wird dir erfüllt werden.«

»Fahrt zur Hölle!«

»Hölle?« Beide lachten bitter auf und antworteten dann wie aus einem Mund: »Wir sind schon in der Hölle. Wenn du verstehen willst, was die Hölle ist, dann schau uns an, Joey.«

»Und ihr glaubt, dass ich auch so einer werden will wie ihr?«, schrie ich. »Ich soll auch so eine verlorene Seele werden? Für immer in einem Körper gefangen?«

»Hast du denn eine Wahl?«, sagten sie beide gleichzeitig. »Wir werden beide sterben und du kannst dich vor Schmerzen kaum rühren. Weder du noch Geraldine werden es hier rausschaffen. Und keiner wird in diesem Keller nach euch suchen. Ihr werdet verhungern und verdursten. Aber das muss alles nicht sein. Wir können zu dritt weiterleben. Wir können gemeinsam deinen Körper bewohnen. Du musst dir nur etwas wünschen. Denk an Geraldine, sie hat sich vielleicht bei dem Sturz das Genick gebrochen. Wünsche dir, dass sie das alles unversehrt übersteht. Wir lieben sie alle drei und wollen ihr nichts Böses.«

Sie schleiften mich über die Steinfliesen, bis ich vor dem Brunnen lag. Ich starrte in das Wasser. Der Jüngere der beiden hatte so viel Blut verloren, dass er blass und ermattet neben mir zu Boden sank. Ich wusste nicht, ob er noch lebte oder schon tot war. Der Ältere griff nach den beiden Würfeln im Wasser. Er schloss die Finger darum.

»Bist du unter dieser Larve wirklich erst sechzehn?«, fragte ich.

»Ich habe jedes Alter und keines«, flüsterte er. »Ich muss jetzt sterben und habe Angst davor. Gib mir deine Hand.«

Seine Greisenhand zitterte, die Handfläche war von unzähligen Linien durchzogen. Keine Handleserin wäre jemals in der Lage, sie zu entziffern. Aber wenn er vorhin die Wahrheit gesagt hatte, dann steckte in dieser Haut ein Junge, der nur vier Monate älter war als ich. Ich streckte ihm meine Hand hin. Sein Griff war auf einmal überraschend fest, fast wie ein Schraubstock hielt er sie umklammert, als hätte er sich seine letzte Kraft für diesen Moment aufgespart. Ich merkte erst, dass er immer noch das Messer mit dem schwarzen Griff in der Hand hatte, als er rasch einen Schnitt über mein Handgelenk machte und dann sein eigenes Handgelenk aufritzte. Dann ließ er das Messer fallen, drückte die Würfel in meine zusammengepresste Faust und wartete, bis das Blut aus unseren Wunden sich vermischte.

»Nein!«, schrie ich. »Du wirst mein Leben nicht für deine Zwecke missbrauchen! Fahr zur Hölle!«

Der Jüngere kroch auf uns zu. Zuerst glaubte ich, er wollte meine Hand befreien. Dann sah ich seine wilde, entschlossene Miene. Er wollte den alten Mann beiseiteschieben und seinen Platz einnehmen. Das überall verschmierte Blut aus seiner Stichwunde vermengte sich mit meinem Blut. Beide lagen auf mir und versuchten, meine Faust mit den Würfeln in das Wasser zu tauchen. Nur dann schien sich der Fluch erfüllen zu können. Der Brunnen wirkte nicht tief, doch ich wusste auf einmal, dass das täuschte. Er reichte in unendliche Tiefen. Mir war klar, wenn ich hineinfiel, würden sie mir nachstürzen, die Steine würden unter uns nachgeben und wir würden alle drei in dem dunklen Wasser ertrinken. Ihre beiden Gesichter hatten denselben Ausdruck.

»Lass los!«, schrien sie. »Lass los!« Ich hatte keine Ahnung, ob sie damit mich meinten oder jeder den anderen. Meine Faust öffnete sich unwillkürlich und die Würfel entglitten mir. Ich versuchte noch, nach ihnen zu greifen, aber vergebens. Als sie ins Wasser sanken, hörte ich den Jungen und den Alten auf mir rufen: »Ich will es zurück!«

Dann stürzten wir alle drei in die Tiefe. Während mein Kopf in das Wasser eintauchte, nahm ich wahr, dass im Brunnen Gesichter auf mich warteten. Ich konnte das Gesicht meines Vaters und meiner Großmutter erkennen, auch zahllose weitere

Gesichter, die mir jedoch nichts sagten. Aber ich bedeutete ihnen etwas. Sie waren alle meine Ahnen, von meinem Vater herbeigerufen. Sie waren die Schutzgeister, die auf Bull Island ihre Gesichter gegen die Scheiben des geklauten Autos gepresst hatten. Sie umgaben mich, als das eisige Wasser mir in die Nase drang. Ihre Liebe umhüllte mich, während in meinem Kopf der letzte Ausruf widerhallte: Ich will es zurück.

Ich hörte Shane und Thomas immer noch rufen, aber eine andere Stimme verdrängte sie. Es war meine eigene Stimme, ich selbst schrie innerlich diesen Wunsch heraus. Ich schloss die Augen, weil mein Vater mir zuflüsterte, nicht auf die endlose Reihe von flehentlich dreinblickenden Gestalten zu schauen, die langsam aus den Mündern von Shane und Thomas hervorgezogen wurden. Diese verlorenen Seelen, die zu Menschen gehört hatten, die schon vor langer Zeit gestorben waren, griffen nach meinen Haaren, krallten sich in mein Gesicht, versuchten sich überall an mich zu klammern, als suchten sie bei mir ein neues Leben. Manche hatten unschuldige Gesichter und blickten mich flehend an; bei anderen waren die Gesichtszüge zu einer Fratze verzerrt und sie feixten böse. Ich hielt die Augen geschlossen, aber ich spürte ihre Nähe. Die Nähe all der Geister, die in Shanes Körper und in Thomas' Körper und davor in Josephs Körper gewohnt hatten. Aber ich spürte auch die Nähe der Geister, die mein Vater herbeigerufen hatte, um ein Schutzschild der Liebe um mich herum zu bilden. Inmitten all des Schreckens wusste ich, dass die Liebe meines Vaters mich barg und beschützte und dass er mich nicht loslassen würde, bevor nicht alle Gefahr vorbei war.

Ich vertraute ihm, während ich in dem Wasser immer weiter nach unten sank. Ich hatte keine Ahnung, wie tief der Brunnen war oder wie viele Geisterhände inmitten des Strudels von verlorenen Seelen um mich herum an mir zerrten, die Geiser der Toten aus Blackrock, die aus den Mündern von Shane und Thomas entschlüpft waren. Aber ich spürte auf einmal, dass sie anfingen, sich zu bekämpfen. Manche Seelen wollten sich von dem Fluch befreien und sich dem Gericht stellen, das sie erwartete, oder aber dem ewigen Vergessen anheimgegeben werden. Andere flehten mich an, ich solle doch den Mund öffnen und sie in mich hineinlassen. »Wir werden in dir weiterleben, wir werden dein Fleisch und Blut sein«, flüsterten sie. »Wir werden dich lehren, unsterblich zu sein.«

Ich wusste, dass ich mich entscheiden musste. Ich wusste, dass Shane und Thomas mir die Möglichkeit eröffnet hatten, für immer in einem Zwischenreich weiterzuleben. Ich würde vielleicht nie sterben müssen. Ich könnte ein Glied in dieser langen Kette verlorener Seelen werden, die immer wieder in neuen, jungen Körpern weiterlebten und dadurch Unsterblichkeit erlangen. Aber wenn ich mich weigerte, meinen Tod zu akzeptieren, wie konnte ich dann mein Leben richtig leben? Der Tod gehörte doch zum Leben, weil jedes Leben eben auch ein Ende hat, genauso wie einen Anfang. Ich wollte nicht ewig leben, denn das bedeutete, kein richtiges Leben als Mensch zu haben. Ich würde jetzt und hier in dem Brunnen ertrinken, das wusste ich, und ich entschied mich ganz bewusst dafür. Mit fest geschlossenen Augen bereitete ich mich darauf vor, gleich dem Tod zu begegnen.

Ich spürte, wie Shane und Thomas sich ein letztes Mal an mich zu klammern versuchten. Aber die Geister meiner Ahnen schützten mich. Hand in Hand umringten sie mich. Die Stimme meines Vaters sagte: »Ich war schwach und unvollkommen, mein Sohn. Kein Sterblicher ist jemals vollkommen. Man kann nicht den perfekten Song schreiben oder das perfekte Leben führen. Vergeude dein Leben nicht damit, der Unsterblichkeit nachzujagen. Lebe dein Leben nicht im Schatten eines anderen. Denk immer daran, dass ich dich liebe. Freue dich an jedem Tag, denn das Leben währt nicht ewig.«

Dann war das Gefühl zu ertrinken auf einmal vorbei. Stattdessen fühlte ich mich in rasender Geschwindigkeit nach rückwärts gezogen, als würde das Leben auf einmal zurückgespult. Shane und Thomas schrien immer noch, aber ihre Stimmen verschwammen allmählich. Ich hatte keine Ahnung, wohin sie in die Tiefe stürzten – Fegefeuer, Hölle, ewiges Vergessen oder vielleicht sogar in den Himmel –, und ich hatte auch keine Ahnung, was mich erwarten würde, wenn ich die Augen aufschlug. Plötzlich hörte das Gefühl von rasender Beschleunigung im Rückwärtsgang auf. Ich wusste, dass mein Vater nun noch einmal etwas zu mir sagen würde, das letzte Mal. Ich wusste auch, dass seine Liebe mir geholfen hatte, nicht wie so viele andere vor mir dem Bösen zu verfallen. Dadurch war mein sehnlichster Wunsch erfüllt worden. Ich hatte es zurück, das kostbarste Geschenk, das man bekommt: mein Leben. Er hatte mir mein eigenes Leben wiedergeschenkt.

Epilog

Joey

Ich hatte nicht die geringste Ahnung, was mich erwartete. Damals in der Nacht, als ich meinen Tod bejahte. Damals in der Nacht, als ich endlos tief in das eiskalte dunkle Wasser stürzte. Damals in der Nacht, als ich dann das Gefühl hatte, zurückgeschleudert zu werden. Bis diese Empfindung auf einmal aufhörte und mir die Stimme meines Vaters das letzte Mal etwas zuflüsterte. »Öffne die Augen, jetzt bist du in Sicherheit.« Seine Stimme klang bereits wie aus weiter Ferne, als hätte er, nachdem er mich viele Jahre begleitet hatte, nun beschlossen, sich dorthin auf den Weg zu machen, wohin die Toten entschwinden. Wo auch immer das ist. Durch meine Augenlider drang helles Morgenlicht und ich musste einen Moment lang blinzeln, bevor ich sie öffnete. Ich streckte blind die Hand aus und spürte Holz unter meinen Fingern. Die Tür eines Klassenzimmers.

Da wusste ich, wo ich war und was ich zurückbekommen hatte. Ich machte die Tür auf und betrat ein überfülltes Klassenzimmer. Die Gesichter wandten sich mir kurz zu, weil ich neu in der Klasse war. Die Blicke waren eher abschätzig als neugierig. Aber auch nicht wirklich feindselig. Ich war zu normal, um interessant zu sein. Aber ein Mädchen mit pechschwarzen Haaren blickte ebenfalls hoch und lächelte eine Sekunde lang, bevor sie den Kopf wegdrehte.

Dieses Lächeln reichte aus, um mir Mut zu machen, wie es auch später noch oft der Fall war. Es dauerte einige Zeit, bis Geraldine und ich uns näherkamen. Doch dann griff sie nach meiner Hand und öffnete mir ihr Herz. An jenem Abend – drei Monate nach meinem ersten Tag im Stradbrook College – ging sie mit mir zu dem Doppelhaus in Sion Hill, wo zwei Jahre zuvor ihr erster Freund durch eine Rauchvergiftung ums Leben gekommen war. Man fand ihn später in den Armen seines Vaters, der in das brennende Haus zurückgerannt war, um ihn zu retten. Geraldine gestand mir, dass sie in Shane O'Driscoll sehr verliebt gewesen war, aber die Geschichte zwischen uns beiden sei etwas ganz anderes, da sei wirklich Liebe im Spiel.

Danach gingen wir an der Baustelle in der Castledawson Avenue vorbei, wo vor Kurzem die Gebäude der alten Molkerei abgerissen worden waren, in Richtung Booterstown, um dem kleinen Friedhof hinter der Esso-Tankstelle an der Merrion Road einen Besuch abzustatten. Vor einem alten Familiengrab blieb sie stehen. Auf dem Grabstein war der Name von Thomas McCormack eingraviert, der nun wieder mit seinen Brüdern vereint war. Geraldine legte eine Blume auf das Grab. Shane und sie hatten sich mit dem alten Mann damals im Sommer angefreundet, als sie Privatdetektive gespielt und in den Gebäuden der alten Molkerei herumgeschnüffelt hatten. Man hatte Thomas McCormack später tot im Keller seines Hauses gefunden. Er war erst kurz zuvor nach Blackrock zurückgekehrt, nachdem er viele Jahrzehnte in Amerika gelebt hatte.

Fünf Jahre später brachte ich mein erstes Album *New Town Soul* heraus. Es enthielt sechs Stücke von mir und sechs Lieder meines Vaters, die von einem Demotape stammten, das einer meiner Lehrer bei sich auf dem Speicher entdeckt hatte. Ich hatte damit großen Erfolg und wurde schlagartig berühmt. Für kurze Zeit hatte ich tatsächlich das Gefühl, ein Star zu sein. Meine Lieder wurden andauernd im Radio gespielt. Aber wie das mit dem Berühmtsein eben so ist, es hält nicht ewig an. Seit damals habe ich alle Höhen und Tiefen eines Musikerlebens kennengelernt – Niedergeschlagenheit und Freude, Buhrufe aus dem Publikum und unerwartete Erfolge. Kurzum, ich habe ein ganz normales Leben geführt, in dem ich mich bemüht habe, jeden Tag als ein kostbares Geschenk zu nehmen und mich an dem Wunder zu erfreuen, von dem ich niemandem erzählen kann – dem Wunder, mir eine zweite Chance in meinem Leben gewünscht zu haben, und diesen Wunsch auch erfüllt zu bekommen.

Als ich an dem Morgen in der Tür des Klassenzimmers stand, mich umdrehte und feststellte, dass hinter mir kein anderer Junge war, da begriff ich, dass ich tatsächlich einen zweiten Versuch geschenkt bekommen hatte. Jetzt lag es an mir. Die Kette des Bösen war durch die Geister meiner Ahnen zerbrochen worden, deren Liebe um mich herum einen Schutzwall gebildet hatte. Aber diese guten Geister waren ebenfalls verschwunden. Vielleicht begegnete ich dem Geist meines Vaters ja eines Tages in einem anderen Reich wieder. Aber jetzt musste ich selbst handeln. Ich ging durch die Reihen der quasselnden Schüler hindurch, um mich auf den freien Platz am Fenster zu setzen.

Ich war nicht nervös und tat auch nicht so, als wäre ich wahnsinnig mit irgendwas beschäftigt. Ich dachte nicht an Shane oder Thomas oder an das Haus in der Castledawson Avenue. Das alles wirkte wie aus einem bösen Traum. Ich versuchte, nicht über die Vergangenheit nachzudenken. Ich freute mich einfach nur darüber, dass ich einen Neuanfang machen durfte. Sonnenstrahlen fielen durch das Fenster. In meiner alten Schule war ich unglücklich gewesen, aber jetzt tat sich ein neues Leben vor mir auf. Ich wusste jetzt, wie einmalig das alles war, und war wild entschlossen, mir mein Glück zu erobern.

Ruhig saß ich auf meinem Platz am Fenster und wartete darauf, dass Geraldine sich umdrehte und mir zulächelte.

Nachwort des Autors

Wo die verlorenen Seelen wohnen entstand während eines Aufenthalts als Writer-in-Residence in Blackrock, im Rahmen des vom Dún Laoghaire-Rathdown County Council organisierten »Place & Identity Per Cent for Art Programme«. Ich halte dieses Programm für eine sehr gute, unterstützenswerte Sache und möchte mich bei Ciara King, Carolyn Brown sowie sämtlichen Mitarbeitern des Dún Laoghaire-Rathdown County Council Arts Office, der Bibliotheken und des Dún Laoghaire-Rathdown County Council Library Service bedanken. Mein Dank gilt außerdem Siobhán Parkinson und Elaina O'Neill von Little Island in Dublin, Derek Johns und Linda Shaughnessy von A P Watt und Beth Vesel in New York für ihre Unterstützung.

In *Wo die verlorenen Seelen wohnen* sind Eindrücke meines Aufenthalts in Blackrock eingeflossen, jedoch in fantasievoller, freier Form. Mit den Fakten und Aspekten aus der Geschichte des Orts gehe ich dort sehr spielerisch um. Ähnlichkeiten mit lebenden oder toten Personen sind rein zufälliger Art und nicht beabsichtigt. Die Straßen, die im Buch erwähnt werden, existieren zwar tatsächlich, aber das Haus an der Castledawson Avenue ist erfunden. Genau darin besteht jedoch die Aufgabe eines Schriftstellers, nämlich das Wirkliche und das Unwirkliche zu verschmelzen; nicht nur zu zeigen, was an einem Ort ist, sondern auch, was dort sein könnte; darauf zu beharren, dass jeder Jugendliche – egal ob als Leser oder als künftiger Schriftsteller – das Recht hat, sein eigenes imaginäres Paralleluniversum und Reich der Möglichkeiten zu entwerfen.

Dermot Bolger, März 2010

Dermot Bolger wurde 1959 in Dublin geboren. Er hat bereits zahlreiche Romane für Erwachsene sowie Theaterstücke und Gedichtbände veröffentlicht. Für seine Werke wurde er in Irland mit verschiedenen Preisen ausgezeichnet. *Wo die verlorenen Seelen wohnen* ist sein erstes Buch für ein junges Lesepublikum.

www.dermotbolger.com

Das Leben ist zu kurz, um vielleicht zu sagen

Katie Kacvinsky
DIE REBELLION DER
MADDIE FREEMAN
Aus dem amerikanischen
Englisch von
Ulrike Nolte
368 Seiten
ISBN 978-3-414-82300-7

Eine Stadt in den USA, wenige Jahre in der Zukunft: Maddie, 17, lebt wie alle um sie herum ein digitales Leben. Schule und Verabredungen – das alles findet im Netz statt. Doch dann verliebt sie sich in Justin – für den nur das wahre Leben offline zählt. Gemeinsam mit seinen Freunden kämpft Justin gegen die Welt der sozialen Netzwerke, in der alles künstlich ist. Dieser Kampf richtet sich gegen die ganz oben – und damit auch gegen Maddies Vater, der das System der Digital School gesetzlich verankert hat. Maddie wird für die Bewegung zu einer Schlüsselfigur. Und sie muss sich entscheiden: Auf welcher Seite will sie stehen?

Boje

Wie weit würdest du für einen Sieg gehen?

Jessica Martinez
VIRTUOSITY - LIEBE
UM JEDEN PREIS
Aus dem amerikanischen
Englisch von
Sabine Bhose
256 Seiten
ISBN 978-3-414-82322-9

Die siebzehnjährige Carmen ist ein Star. Sie tourt mir ihrer Geige durch die Welt und spielt überall vor ausverkauften Konzertsälen. Doch die Konkurrenz ist hart. Beim Guarneri-Wettbewerb treten Jungstars aus den verschiedensten Ländern gegeneinander an – und nur der Sieg zählt.
Carmen steht unter Druck, den sie nur noch mit Tabletten in den Griff bekommt. Doch dann lernt sie Jeremy kennen, ihren ärgsten Konkurrenten um den Sieg. Und obwohl Carmen weiß, dass sie sich vor ihm in Acht nehmen sollte, fühlt sie sich unwiderstehlich zu ihm hingezogen. Für Carmen ist die Zeit gekommen, sich zu entscheiden: Setzt sie auf Sieg oder auf die Liebe ...

Boje